女流歌人が詠み解く！
万葉歌の世界
今に詠い継がれる最古の歌集

久恒啓一 監修
久恒啓子 著

日本地域社会研究所

万葉集の庶民の歌

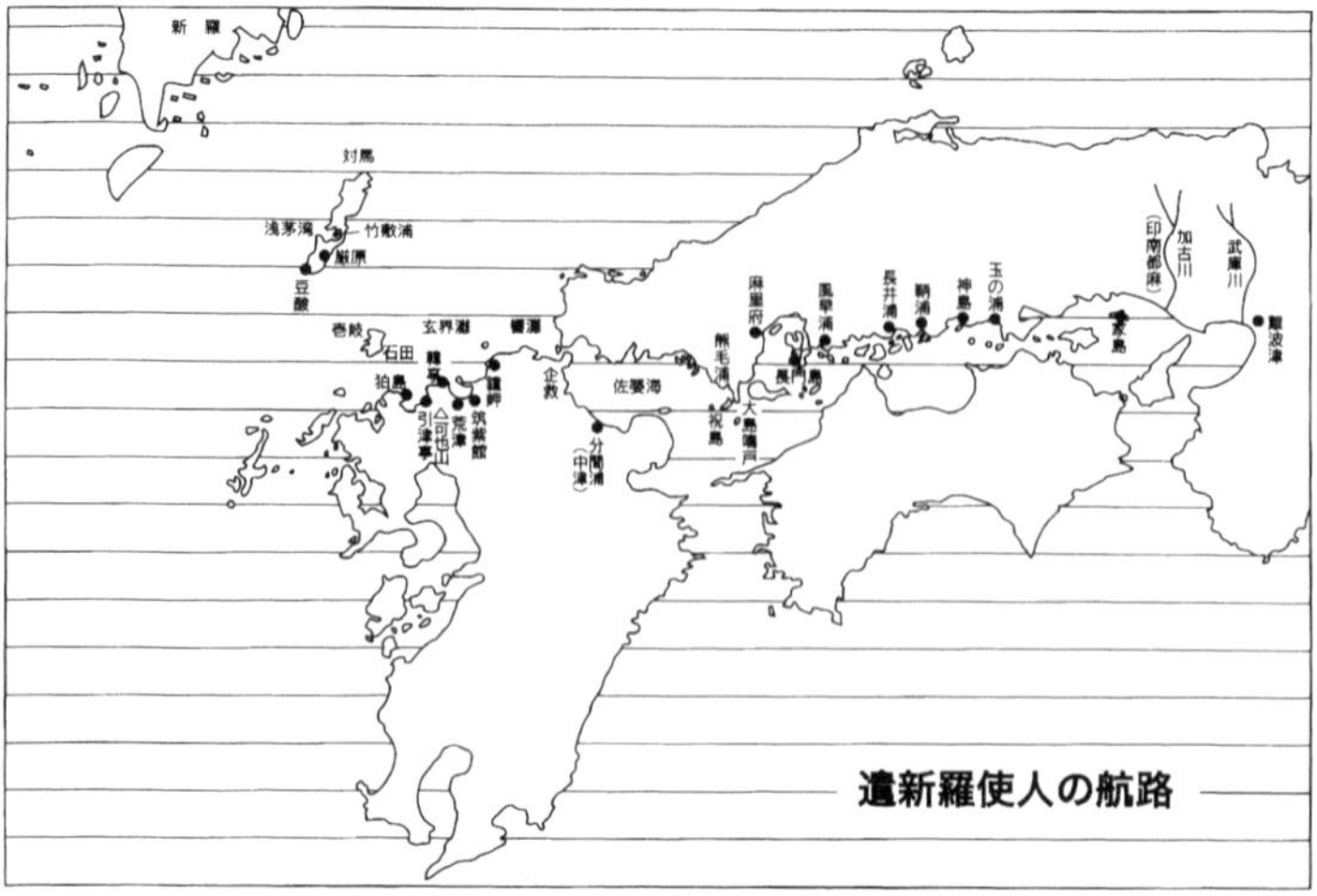
新羅
対馬
浅茅浦
竹敷浦
厳原
豆酘
壱岐
石田
玄界灘
響灘
韓亭
狛島
引津亭
可也山
荒津
筑紫館
鐘岬
企救
佐婆海
分間浦
（中津）
熊毛浦
祝島
大島鳴戸
麻里府
長門島
風早浦
長井浦
鞆浦
神島
玉の浦
家島
（印南都麻）
加古川
武庫川
難波津

遣新羅使人の航路

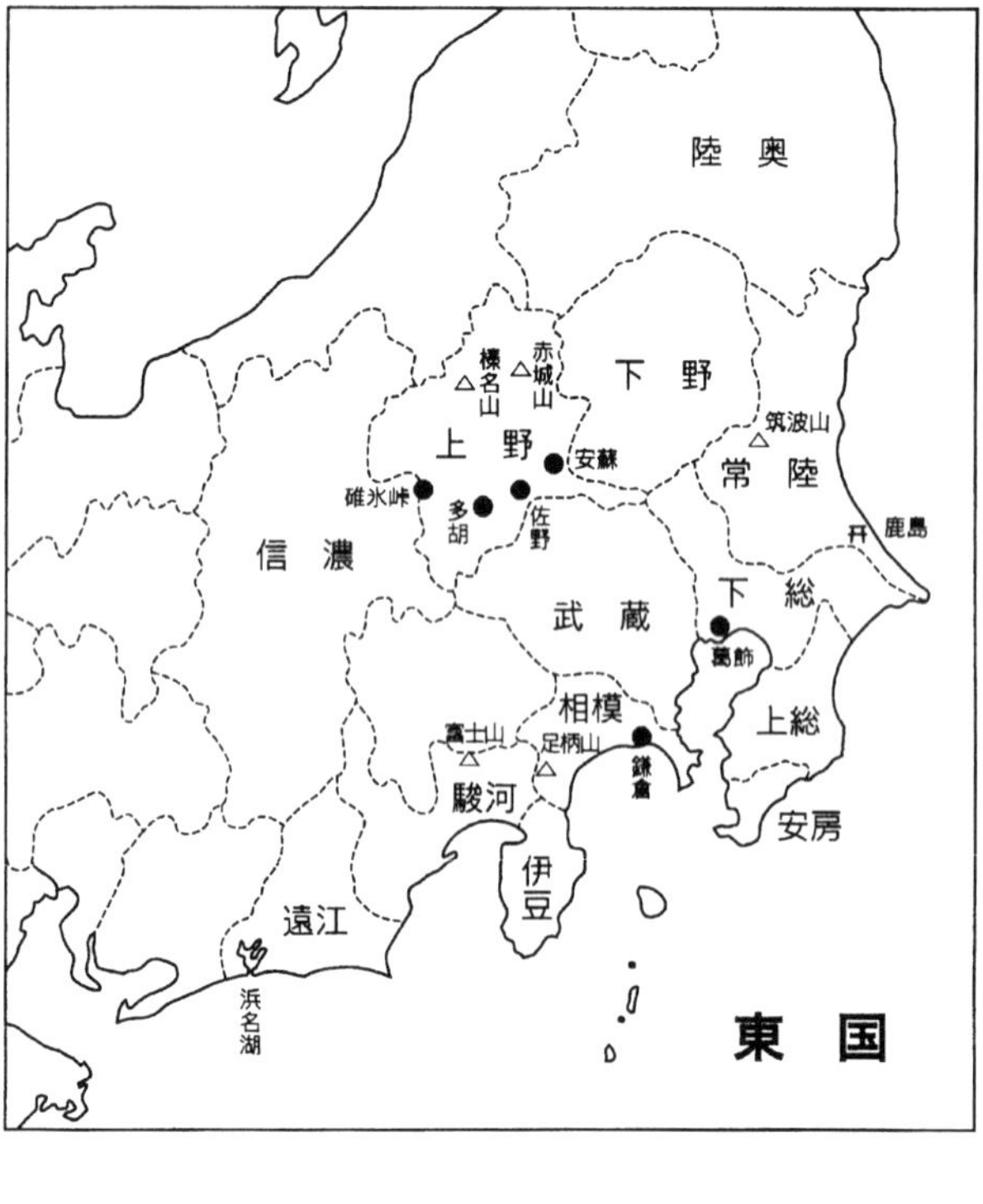
陸奥
下野
榛名山
赤城山
上野
安蘇
筑波山
常陸
碓氷峠
多胡
佐野
鹿島
信濃
武蔵
下総
葛飾
相模
富士山
足柄山
鎌倉
上総
駿河
安房
伊豆
遠江
浜名湖

東国

目次

万葉集の庶民の歌

遣新羅《けんしらぎ》使人《しじん》の歌《うた》

私の住んでいる大分県中津市の、分間《わくま》の浦でうたわれた歌が、万葉集巻十五に八首のっている。歌をよんでみるとただの旅ではなく、天皇の御命令によって来たらしいということである。何のために、どうして立寄ったのであろうか。素朴な疑問が湧いてきた。歌の内容はこのあたりの風土を殆ど詠っておらず、ただただ都を思い妻を懐かしむ歌ばかりである。詞書きには、逆風にあって漂流のはて下毛郡分間の浦に流れついたとある。この中津分間の浦に漂着した一行は、天平八年（七三六）新羅へ使わされた遣新羅使人《けんしらぎしじん》たちだったのである。

遣唐使のことは歴史の本に詳しく書かれているが、遣新羅使のことはあまり知られていない。武者小路実《みの》氏《る》の論文『遣新羅使歌の背景』に当時、日本と新羅との関係をこう書いてある。「新羅は朝鮮三国の中で最も日本に近く、日本より侵攻される位置にあったため、互いに敵視しあっていた。ことに大陸の統一をなしとげてその余勢をかって朝鮮半島に領域を広げようとする唐と新羅の武烈王が手をつなぎ、日本と親しかった百済王が亡されてしまうとその対立はさらに激しくなった。日本は丁度大化改新（六四五）に成功して律令制による古代国家の強化につとめているときであり、日本は大軍を送って百済を助けようとして白村江《はくすきのえ》の戦（六六三）で唐、新羅の連合軍に大敗してしまった。しかし、翌年唐は新羅を孤立させるため日本との国交回復をもとめてきたのである。すると新羅も安全を計ろうとまもなく日本へ使者をよこしてきた。そこで日本は危機を脱することが出来たのである。これから七二六年まで相互の使者を往来させ表面上はおだやかに国交が行われた。新羅は軍事的組織が強かったのでさらに高句麗も倒して統一的な民族国家をつくり上げていた。それから八世紀の初頭まで新羅は比べもののない美しい文化を生み出すことになったのである。又、唐は最盛期、日本も藤原京、平城京初期にいたる国力上向時代であり、これら三国の勢力が釣り合いがとれていたと云ってもよい時代であった。しかし、この均衡状態もそれぞれの国内の情勢によってくずれ始めることになる。

新羅は未開発地（渤海《ぼっかい》）を侵略することでこれに対する防備の負担をおわなければならなくなってきた。その渤海と日本との国交が始まると日本と新羅との関係が悪化してきた。天平四年、新羅の使がその来朝を三年一期に減じようとしたことはまず日本にとって面白くなかった。しかも丁度この使者と入れ違いに行動した日本の遣新羅使が何を見聞してきたのか帰朝すると同時に非常事態を宣言したのである。東海、東山、山陰、西海の四道の節度使の任命がそれである。これは軍事的な意識をもつもので、烽《のろし》の設置や山陰や西海道の警固式の発布など切迫した空気であった。何が新羅の態度を硬化させたのか、何が日本政府をおそれさせたのか、これより約二年間使者の往来はなかった。」

その後、筑紫に来た新羅の使、金相貞らの一行が国号を王城国としていたので追いかえしてしまった。その揚句に発遣されたのが、この中津分間の浦に流れついた天平八年の遣新羅使一行だったのである。

灘波津《なにはつ》（大阪）

中津市の「分間の浦《わくま》」に流れついた遣新羅使人《けんしらぎしじん》の歌が、万葉集巻十五の前半に、一四五首の多きにわたって集録されている。天平八年（七三六）二月、遣新羅大使として、阿倍朝臣継麻呂《あそんつぎまろ》、副使として、この歌群の集録者とみられている大伴宿弥三中《すくねみなか》、それに大判官壬生宇太麻呂《みぶのうだまろ》、少判官大蔵麻呂が任命され、四月に拝朝し、六月に難波の港を船出している。この一行は、翌年三月に帰りついた副使と使人四十名が拝朝しているとあるから、それをはるかに上まわる使人と、水手《かこ》まで含めた相当な人数で出かけたようである。

使人らは途中、逆風に遇い、生死の境をさまよい難渋の末新羅に着いた。しかし、そこでの交渉は屈辱的に終り、無礼な仕打をうけたのである。又、旅の途中、天然痘にかかり、大使をはじめ多くの犠牲者を出し、悲惨な修羅場をくぐりぬけて、やっと帰京することができた。その時、彼らは天然痘を背負いこんで帰って来たので、たちまち都では天然痘が流行し、政府要人藤原四兄弟をはじめ、つぎつぎと多くの人々がなぎ倒され、奈良王朝は壊滅的な打撃をうけてしまった。「遣新羅使人の歌」はそのような状況をバックグラウンドにして成立したのである。

灘波津を出発する前に、都における彼ら夫婦の悲別贈答歌が、巻十五の冒頭に十一首ある。

新羅に遣はさえし使人等、別《わかれ》を悲しびて贈答し、また海路《うみつぢ》にして情《こころ》を慟《いた》み思《おもひ》を陳《の》ぶ。所に当りて誦する古歌を并《あは》せたり

①武庫の浦の入江の渚鳥《すどり》羽《は》ぐくもる君を離れて恋に死ぬべし（巻十五―三五七八）

〈武庫の浦の入江の渚にいる鳥が、親鳥の羽に包まれるように大事に可愛がって下さった。そのあなたの手を離れて、きっと私は焦れ死にしてしまうでしょう〉大使夫妻の贈答歌と言われている。「羽ぐくもる」は夫に愛された懐の温もりの譬喩《ひゆ》的表現で、その温もりから離れる辛さを「恋に死ぬべし」と誇張して歌っている。大使は途中、任務を果たせないまま、対馬で死没してしまうのである。

②大船に妹乗るものにあらませば羽ぐくみ持ちて行かましものを（同―三五九八）

〈朝廷の御命令によって乗るこの大船に、お前が乗れるものなら、羽で包むよう大事にして一緒につれて行きたいものだが〉　それができない悲しみを夫は歌っている。送る女と送られる男の心がぴったりと合った情緒纏綿《てんめん》たる夫婦の抒情歌となっている。

それにしても、これらの歌は、はるばる新羅へおもむき、やがて国家の威信をかけて対外交渉にのぞもうとする使人の歌にしては、めめしく覇気にかけているのではないだろうか。送る側の妻の歌は仕方がないとしても、使人が妻を船に乗せて、羽で包むよう大事にして行けるものならなどと詠うのは、先が思いやられるというものである。この歌群に見られる使命感の欠如は、先

に記したような新羅と日本との険悪ないきさつがあり、彼ら一行の前途は始めから多難と予想されていたからである。

それに比べて、遣唐使の歌は公式的な贈答歌が多い。

入唐使に贈る歌

海神のいづれの神を祈らばか行くさも来さも船は早けむ（巻九―一七八四）

多治比真人鷹主《たじひのまひとたかぬし》が副使大伴胡麻呂宿祢《こまろのすくね》を寿ぐ歌

唐国《からくに》に往き足《たら》はして帰り来むますら建男《たけを》に神酒たてまつる（巻十九―四二六二）

天平五年の遣唐使の母の歌

旅人の宿りせむ野に霜降らばわが子羽ぐくめ天の鶴群《たづむら》（巻九―一七九一）

山上憶良、唐より日本を懐ひて作る歌

いざ子ども早く日本《やまと》へ大伴の御津《みつ》の浜松待ち恋ひぬらむ（巻一―六三）

とむしろ、悲哀感は少く「唐へ」としっかり方向をさだめて歌っており、遣新羅使の後向きの歌とは全く違っている。

新羅使の歌のように文芸的な操作は加わっていないようである。

③君が行く海辺の宿に霧立たば吾が立ち嘆く息と知りませ（三五八〇）

④秋さらば相見むものを何しかも霧に立つべく嘆きしまさむ（三五八一）

③の歌は〈あなたが行く海辺の泊りにもし霧がたったなら、それはわたしが嘆いている息とお思いになって下さい〉と歌えば、④は〈秋になったら又逢えるのに、どうしてお前の息が霧になるほどそんなに嘆くのか〉と妻をなぐさめている。アミニズムの大地に生きていた古代人にとって、霧や霞は神の息そのものであると思っていたようだ。又激しい恋や嘆き、死の悲しみにも、人が大きく吐く息を霧という誇張表現で用いた例が、万葉集では多く使われている。③④は副使夫婦の贈答歌と言われている。副使も途中、病に倒れ帰京が大幅におくれることになる。

⑤大船を荒海《あるみ》に出《いだ》しいます君障《つつ》むことなく早帰りませ（三五八二）

⑥真幸《まさき》くて妹が斎《いは》はば沖つ浪千重《ちへ》に立つとも障りあらめやも（三五八三）

⑤〈大船を荒海に漕ぎ出して遠く行かれるあなた、障りなく無事に早く帰って来て下さい〉と歌うと、夫は、

⑥〈無事であることをお前が物忌《ものいみ》をして祈ってくれたら、たとえ沖の波が千重に立とうとも障りなどあろうか〉と答える。斎い待つとは、けがれを忌み慎しんで神を祭り旅などの平安を祈ることで、大判官夫妻の歌であると言うことである。

⑦別れなばうら悲しけむ吾が衣下にを着ませ直《ただ》に逢ふまでに（三五八四）
⑧吾妹子《わぎもこ》が下にも着よと贈りたる衣の紐を吾《あれ》解《と》かめやも（三五八五）

⑦〈お別れしたら悲しい思いをするでしょう、わたしの衣を肌身につけていて下さい。直接お逢いするまで〉こうして妻から衣を贈られた夫は、

⑧〈いとしいお前が肌身につけよと贈ってくれた衣の紐を、どうして私が解くものか〉決して解きはしないと意志表示している。朝廷の命令とはいえ、果たして生きて帰れるかわからぬ苦難の多い旅に、夫を旅立たせる妻としては切実なものがあったであろう。直接言葉では言えないようなことでも歌には詠めるのである。

⑨吾が故に思ひな痩せそ秋風の吹かむその月逢はむものゆゑ（三五八六）
⑩栲衾《たくぶすま》新羅へいます君が目を今日か明日かと斎《いは》ひて待たむ（三五八七）
⑪はろばろに思ほゆるかも然れども異《け》しき心に吾が思はなくに（三五八八）

右の十一首は、贈答なり

⑨〈わたしのことを心配するあまり、痩せないでおくれ、秋風が吹くその月には逢えるだろうから〉男の歌で「秋にはきっと逢おう」と妻に誓った歌である。

⑩〈新羅へ行かれるあなたに又逢える日を、今日か明日かと物忌をしてお待ちしましょう〉待つ側の妻の誓いの歌である。面白いのは、夫の⑨の歌が、秋のその月に逢おうと誓っているのに、

妻の⑩の歌は「今日か明日か」という日刻みで待とうと誓っているところに、待つ側の切実さがにじみ出ている。

⑪の歌は、やはり男の歌で、その独立性が危ぶまれるような歌だが、⑩の新羅への歌をうけて〈新羅の国は遥か遠く思われることよ、しかしながら変な心を私は持ったりはしないよ。決してわたしは浮気心など持ちはしないよ〉と言うのである。

このように、遣新羅使の歌群が、妻恋いと、あとから執拗に歌われている望郷という統一された主題をもち、又それにふさわしい構成をもつのは、それが文芸的な意図による操作を経ているからであると言われている。遣唐使や遣新羅使は何度も派遣されているのに、天平八年の遣新羅使の歌だけが万葉集に収録されたのは、副使として大伴三中が一行に加わったからではないか。大伴三中は言うまでもなく大伴一族の出と考えられ、彼が筆録した資料を大伴家持に提出したからこそ遣新羅使の歌群が、万葉集の中に組みこまれたのであろう。

こうして使人らは、都で妻と悲別贈答歌を交わした後、難波に下るが、「大伴の御津」で船《ふな》装《よそお》いや潮待ちをする間、その短い暇をみつけては妻に逢うため、又慌ただしく生駒山を越えた。その時の歌二首がある。

①夕さればひぐらし来鳴く生駒《いこま》山越えてぞ吾が来る妹《いも》が目を欲り（三五八九）

右の一首は、秦間満《はたのはしまろ》のなり

②妹に会はずあらば術無《すべな》み岩根踏む生駒の山を越えてぞ吾が来る（三五九〇）

右の一首は、しましくも私家《しか》に還りて思《おもひ》を陳《の》ぶといふ。

①〈夕方になるとひぐらしが来て鳴く生駒山を越えて私はやって来る。いとしい人に会いたくて〉

②〈いとしい人に会わないでいるとどうにもしようがなくてけわしい岩を踏んで生駒山を越えて私はやって来る〉

船出の大幅な遅れがあったのであろうか。これは夫婦の秋には帰るという誓いを果たせるかどうかという不安感と、悲劇的な結末への伏線であったのだろうか。ひぐらしの物悲しい鳴声と共に暗示的である。

武庫の浦・玉の浦（兵庫・岡山）

遣新羅使一行は、妻子との別れを惜しみ秋には必ず帰郷するという誓いをたてて、天平八年六月新羅へ向かって灘波津を出発した。当時の航路は大阪湾を真直に西へ進むのではなく、沿岸づたい、島づたいに船を進めてゆくのである。

いつだったか、私は東京から福岡行きの飛行機の中から、偶然に見下した瀬戸内海に全く驚いてしまったことがある。本州と四国の間には夥しい大小の島々が、さまざまな形で散らばっていたのである。遣新羅使の一行は、この島々や入江に風波を避け、潮待ちをして新羅へ船を進ませたのであろうかと思うと、何とも言えぬ感動を覚えた。

①妹とありし時はあれども別れては衣手寒きものにぞありける（巻十五―三五九一）
②海原に浮寝せむ夜は沖つ風いたくな吹きそ妹もあらなくに（三五九二）
③大伴の三津に船乗り漕ぎ出てはいづれの嶋に廬《いほり》せむ吾（三五九三）
　右の三首は発つに臨《のぞ》む時に作る歌なり

①季節は夏だから「衣手寒き」ということはないであろうが、妻と別れてきた独り寝のわびしさを言ったのであろう。

　天平十一年六月、大伴家持が妻を失ったとき
　今よりは秋風寒く吹きなむをいかにか独り長き夜を寝む
と夏の独り寝の寒さを詠んでいる。

②は〈広い海上に船を浮かべて寝る夜は、沖の風よ、ひどく吹かないでくれ、妻もいないことだから……。〉

③〈大伴の三津（難波津）を船出したが、沖の風に激しく吹かれて、私の船はどんな島に吹きよせられ仮の宿りをするのであろうか〉と前途の不安を表現している。

次の歌群は、「船に乗りて海に入り路上にして作る歌」とあり、典型的な海路の道行の歌となっている。道行歌の特徴は地名の列挙詠法にあって、灘波津（大阪）―武庫の浦（兵庫）―印南《いなみ》都麻《つま》（兵庫加古川）―玉の浦（岡山）と進んで航くことになる。

武庫《むこ》の浦（尼ケ崎市から西宮市にかけての武庫川旧河口）

朝びらき漕ぎ出て来れば武庫の浦の潮干の潟に鶴《たづ》が声すも（三五九五）

「朝開き」は早朝の港をおし開くように船出するという朝の港の情景を思わせる美しい言葉となっている。その船が武庫の浦に近づくと、干潟でさかんに鶴の声がしている。しかし、これは単なる叙景描写でなく、万葉びとの耳には鶴の鳴く声を妻の呼ぶ声、雌雄が互いに呼び交わす声と聞こえるのである。鶴の鳴き声は決して美しい声ではなく、むしろ、身も世もなく絶叫するようなかしましい声であるが、それがかえって妻と別れて来た彼らにとって妻恋を連想させ胸うたれたのであろう。

印南都麻《いなみつま》（兵庫県加古川河口附近）

我妹子《わぎもこ》が形見に見むと印南都麻《いなみつま》白波高み外《よそ》にかも見む（三五九六）

加古川のイナミツマに妻の響きを感じたのであろう。故郷に残してきた妻をしのぶよすがとして見ようと歌っている。妻を連想させるその島を親しく見ていこうと思うが、折からの島のまわりには白波がたち、うねりが高く、容易に船が近づけないと落胆している。

印南都麻《いなみつま》といういうめずらしい名の地名は、天皇の求婚伝説に由来しているという。神野富一氏の「万葉の旅」に印南都麻は妻が隠れるという意味で、美女の噂の高かった印南の別嬢《わきのいらつめ》という豪族の娘に、景行天皇が求婚したという。しかし、娘はそれに応じないで遁走した。ところが別嬢《わきのいらつめ》が可愛がっていた犬が海の方へ向かって吠えたので、天皇は別嬢《わきのいらつめ》のいる所がわかり、島へわたって見つけた。その時、天皇は、「此の島の隠愛妻《なではしつま》（隠れていた愛しいわが妻よ）」と言った。そこより南毗都麻《なびつま》というようになり、後に印南都麻《いなみつま》になったというが、単純に「否み妻」からきたとも考えられるのではないだろうか、いずれにしても背後に天皇の征服欲が暗示されているが、一目ぼれをして追いかける天皇と逃げかくれる豪族の娘と、いささかユーモラスな感じがする。なぜ別嬢《わきのいらつめ》は逃げなければならなかったかについては、折口信夫は「彼女は土地神に仕える巫女《みこ》で、人間の男との結婚は許されていなかったからだ」と言っている。

玉の浦

遣新羅使一行は、泊りを重ねて瀬戸内海を西へ西へと進み、備前の国の玉の浦に碇泊した。誰が作ったのかまるで航海日誌のような長歌がある。

朝されば、妹が手をまく　鏡なす　三津の浜辺に　大船にま梶しじ貫き　韓国《からくに》に　渡り行かむと　真向《ただむ》かふ　敏馬《みぬめ》をさして　潮待ちて　水脈《みを》引き行けば　沖辺には　白波高み　浦廻《ま》より　漕ぎて渡れば　我妹子《わぎもこ》に　淡路の島は　夕されば、雲居隠りぬ　さ夜ふけて　行方を知らに　吾

が心　明石の浦に　船泊《と》めて　浮寝をしつつ　わたつみの　沖辺を見れば　漁《いざり》する　海人《あま》のをとめは　小船乗り　つららに浮けり　暁の　潮満ち来れば　葦辺には　鶴《たづ》鳴き渡る　朝なぎに　船出をせむと　船人も　水手《かこ》も声呼び　鳰鳥《にほどり》の　なづさひ行けば　家島は　雲居に見えぬ　吾が思《も》へる　心和ぐやと　早く来て　見むと思ひて　大船を　漕ぎわが行けば　沖つ波　高く立ち来ぬ　外《よそ》のみに　見つつ過ぎ行き　多麻の浦に　船を停《とど》めて　浜びより　浦磯を見つつ　泣く子なす　音《ね》のみし泣かゆ　海神《わたづみ》の　手巻《たまき》の玉を　家づとに　妹に遣らむと　拾《ひり》ひ取り　袖には入れて　返し遣る　使《つかひ》なければ　持てれども　験《しるし》を無みと　また置きつるかも（三六二七）

反歌二首

多麻の浦の沖つ白玉拾へれど　またぞ置きつる見る人を無み（三六二八）

秋さらばわが船泊てむ　忘れ貝寄せ来て置けれ沖つ白波（三六二九）

潮流を利用しての出発、波を避ける浦伝いの航行、夜の船の中での宿り、そして朝凪ぎに水手《かこ》たちが声をかけあい、再び海路を難渋しながら進んでゆく描写など、当時の航海の様子をよくうかがわせてくれる。

まず三津の浜（大阪灘波津）を船出して、敏馬《みぬめ》（神戸）、淡路島、明石の浦、家島（兵庫県飾磨郡）、玉の浦（倉敷市玉島）と地名をあげて道行風、旅日記風の詠み方をしている。玉の浦で望郷の心に堪えかねて声をあげて泣き、玉を拾っては妻の家づと（土産）にしたいが、それも出来ないと嘆き、結局、「また置きつるかも」と連綿たる旅情が詠嘆風に歌われていて感動的である。反歌では、秋には帰朝できることを信じて、玉の浦で美しい白玉を拾ってはみたものの、自分は使命をおびて新羅へ行く途中、又それを見せる妻もいない、仕方なくもとの所へ置いたよと歌い、切ない郷愁がひびいてくるようだ。

万葉時代の玉の浦は、白砂に鶴が飛び交い、松の緑は濃く一幅の絵を見るような風景であったのであろう。

ぬばたまの夜は明けぬらし玉の浦にあさりする鶴《たづ》鳴きわたるなり（三五九八）

玉の浦の夜明け、鶴の鳴き声に彼らは眠りから覚めたのであろうか。干潟で餌をあさっていた鶴が鳴いて飛んでゆく。満ち潮にのって船を漕ぎ出すときが近づいたと歌っている。

玉の浦はどこかというのに、いろいろと説があるが、当時の航路上からも、船泊りの立地条件からしても、又遣新羅使歌群の排列の順序からみても、倉敷市玉島が最も有力と言われている。

玉島は高梁《たかはし》川の西側にあるもと島であった。大量の土砂が運ばれ一面大湿地帯となっていたようで、鶴の生息地として最適であったのであろう。

玉島は倉敷市から海へ向って車で三十分の所、高梁《たかはし》川から運ばれる大量の砂と堆積と干拓によって、今は陸つづきになっている。良寛ゆかりの円通寺のある白華山の頂に立って見下すと、西側が柏島、東に乙島が相対しており、その間を奥ふかく港が入りこんでいる。そのあたり万葉歌をわずかに偲ばせるものがあるが、左手の彼方には水島工業地帯の建物やクレーン車が林立しており、その遥か向うには白い瀬戸大橋が、まるで玩具のように見え、昔を偲ぶよすがは殆ど失われていると言ってもよかった。

ところで、遣新羅使たちの交通手段はどんなものであったのであろうか。万葉時代のころの船の規模や構造、航海の実態については不明な点が多いが、まず、調庸物や米を運んだ船は、米五十石から八十石積める「熊野船」「松浦船」と言われている。又、防人らの乗った「伊豆手船」や、足の速い「足柄小船」などが歌によまれている。これらは良材を産し造船技術のすぐれた地域で造られたもので、一目でそれとわかる特色のある外観をもっていたということである。

又、遣唐使船は百済や唐の技術を学び、主に中国地方で造られた大型構造船であった。平戸に旅したとき史実にもとづいて造られたという遣唐使船をみたことがあるが、丹塗りのいかにも中国風な美しい船であった。遣新羅使の船もそれに準じたものであったであろう。後に彼らが対馬にたどりついたとき、海人娘子《あまおとめ》の「紅葉の色に染め出されたような美しい官船に心ひかれて里から出てきました」という意の歌からみるとやはり立派な船であったのであろう。

当時は帆走は未発達であったというから、櫂《かい》や櫓《ろ》で多くの水手《かこ》たちがひたすら漕いだに違いない。しかし、当時の船は波をきる力が弱いため、気象条件に大きく左右され、入江や島陰に船を停めて、風待ち、潮待ちが常で、これからの彼らの歌自身がそれを物語ることであろう。

神島《かみしま》　鞆《とも》の浦　長井の浦　風早《かざはや》の浦（岡山・広島）

東国出身の防人《さきもり》たちは、家を出発する時、親や妻子との別れを惜しみ、長い道のり、望郷の歌をうたいつつ灘波津（大阪）に集結した。そこで、

白波の寄そる浜辺に別れなばいともすべなみ八度《やたび》袖振る（巻二十—四三七九）

という別れの歌を最後として、あとは防人たちの海路の歌、筑紫の歌は殆ど残されていない。しかし、この瀬戸の海路は、防人以前のこの遣新羅使らによって、望郷の歌声に染められていたのである。

天平八年の遣新羅使人の歌群は、望郷と妻恋を主題にした虚構的な歌物語だという見方もあるが、私は歴史的事実にもとづいた、望郷と妻との別れの悲しみを歌いながら海路を進んだ新羅へ遣わされた人々の実感的な歌として読んでみたい。その湿潤性に富んだ抒情を読んでゆくうちに、複雑な歴史的背景が浮かびあがってくると思うのである。

神島

遣新羅使一行は、白砂青松、鶴《たず》鳴きわたる玉の浦から神島に着いた。

月読《つくよみ》の光を清み神島の磯間の浦ゆ舟出す我は（巻十五—三五九九）

月明りを利用して船出をする感動である。空は澄みきって沖の島々がシルエットのように見える夜だ。夜の間に船を出すことは何と素晴らしいのだろう。汗のにじむ昼間とはうって変って涼しい風が吹き、月光が海に照り映えて美しい。

神島《かみしま》は何処かということでいろんな説があるが、岡山県笠岡市の神島《こうのしま》説が最も有力のようである。

笠岡市からバスに乗って約三〇分ほど南下すると神島に着く。神島は古い地図では島となっているが、現在は干拓によって地続きとなっている。神島大橋をわたって、神武天皇ゆかりの伝説のある神島神社につくと、海に向って正面に小さな差出島、その向こうに明地島、高島が見える。晴れた日には遠く塩飽《しあく》の島々も数えることができるという。

頭書の万葉歌碑は神島神社から十分ほどバスでもどった所「島の天神」に鹿児島寿蔵の揮毫で建っていた。昭和の初期まで、多数の帆船が風待ち潮待ちのため停泊した所だそうだ。美しい入江で、笠岡行きの白い船が往き来していた。

しかし、神島はひとたび荒れると、「神島の浜にて調使首《つきのおみのをびと》の死を見て作れる歌」によってもわかるように、

吹く風も　おほには吹かず　立つ波も　のどには立たぬ　恐《かしこ》きや　神の渡《わたり》の　重波《しきなみ》の寄する浜辺に………

と恐ろしい神の渡り（難所）となり、浜辺には漂着死体が、しばしばあったということだ。

鞆《とも》の浦

神島を月夜に船出した使人一行は島伝いに南下し、大飛島《おおひしま》の砂州に碇泊し、ここで韓国《からくに》への航海に恒例となっていた前途の平穏を祈る厳粛な祭祀を行ったといわれている。そして、その夜明けに一行は潮流にのって鞆の浦についたのである。

離磯《はなれそ》に立てるむろの木うたがたも久しき時を過ぎにけるかも（三六〇〇）

しましくもひとりありうるものにあれや島のむろの木離れてあるらむ（三六〇一）

〈離れた磯に立っているむろの木は、きっと久しい時を過ぎてきたことであろう〉

〈しばらくでもひとりでいられるものだろうか。どうしてあの島のむろの木は離れているのであろうか〉と歌っている。

鞆の浦は、福山市から車で三十分、芦田川を渡って南下し、南に突き出た沼隈半島に出ると、その突端にある。途中、船具などの鉄工所が軒をつらねており、港はさびれてしまっている。しかし、それだけに昔の面影が残っていて懐しい風景である。突端に近い福禅寺の小高い対潮楼で見渡すと、弁天島、仙酔島、皇后島が眼下に見え、そのたたずまいは実にのどやかで、素晴らしい眺めである。ここは、瀬戸内の東西の潮流がかち合う所、人力や風力を利用する船の時代には、この狭い鞆港はよい船泊りだったのであろう。

大伴旅人《たびと》が丁度その五年半ほど前に、この鞆の浦のむろの木に託して、亡妻を偲んで歌ったことがある。

我妹《わぎもこ》が見し鞆の浦のむろの木は常世《とこよ》にあれど見し人ぞなき（巻三―四四六）

鞆の浦の磯のむろの木見むごとに相見し妹は忘れえめやも（巻三―四四七）

この亡妻を偲ぶ悲歌は話題となっており、使人たちもこれを知っていたのであろう。彼らは磯に根を這わせているむろの大樹をひと目見て、旅人《たびと》の悲嘆を共有できたのであろう。一本だけ寥々と立っている姿に、むろの木を共に見た妻は今は亡く、ただひとり旅ゆく旅人《たびと》みずからの心の象徴をそこにみたのであろうか。

そのむろの木が向かいの仙酔島にあるというので船で渡ってみた。そして小高い御膳山を歩きまわった。むろの木は松杉科のネズミサシ（山地に自生）、イブキビャクシン（海岸に自生）とかいわれている。土地の人に聞いてみると、それをモロギと言っているようで、あまり大きくない、松とも杉ともつかぬモロギの群生している所を見つけた。しかし、旅人《たびと》や使人らが見た、海岸に這うように自生していたむろの大木はついに見かけることはできなかった。

長井の浦

備後国水調郡《きびのみちのしりみつきのこほり》の長井の浦に舟泊りする夜に作る歌三首

あをによし奈良の都に行く人もがも草枕旅行く舟の泊り告げむに（三六一二）　旋頭歌なり

右の一首は、大判官のなり

海原を八十島《やそしま》隠《がく》り来ぬれども奈良の都は忘れかねつも（三六一三）

帰るさに妹に見せむにわたつみの沖つ白玉拾ひて行かな（三六一四）

大判官とある作者は、壬生宇太麻呂《みぶのうだまろ》で、大使、副使に次ぐ役目を担っていた。彼の歌は、この先、筑前の韓亭《からどまり》で一首、引津《ひきつ》の亭《とまり》で二首、対馬で一首と前の旋頭歌と五首のっている。

さて、宇太麻呂は今宵、長井の浦に船泊りすることを都の妻に告げてやりたいといっている。「奈良の都に行く人もがも」と切ない願望に実感がこもっている。

鞆の浦から長井の浦までは実に島が多い。まさに八十島《やそしま》というにふさわしい。地図で見ると、向島、因島《いんのしま》、弓削《ゆげ》島、生口《いくち》島、佐島、岩城島、大三島、大島、伯方《はかた》島、生名島等々、大小さまざまな島が浮かび、その景観の美しさは万葉びとの目を見はらせたに違いない。しかし、夜になると都恋しさ、妻恋しさがつのってくる。潮が引いて美しい貝や玉石を帰りには拾って行こう、都で待っている妻のため、彼らの心は西へ行くにつれて逆に都へ惹きつけられるのだった。

長井の浦は、鞆の浦から長井の浦まで一日航程として、糸崎港という説が最も有力である。広島県三原市の糸崎港は、もと松浜港と呼ばれその名のごとく沿岸には松が立ち並ぶ美しい浜であったというが、やはりこの海岸線にはその面影が残っていた。糸崎神社正面の玉垣のそばに、頭書の「帰るさに妹に見せむにわたつみの沖つ白玉拾ひて行かな」の歌碑が立っている。

風早の浦

風早の浦に舟泊りする夜に作る二首

我が故に妹嘆くらし風速の浦の沖辺に霧たなびけり（三六一五）

沖つ風いたく吹きせば我妹子が嘆きの霧に飽かましものを（三六一六）

さきに、都を離れるとき妻が

「君が行く海辺の宿に霧立たば我がたち嘆く息と知りませ」と、このように歌ってくれたが、この風早の浦では沖の方に霧がたちこめている。自分のことを思って妻は今ごろ門口に立って嘆いていることだろう。沖の風がひどく吹いてくれればよい。そうすれば妻の嘆く吐息の霧を胸いっぱい吸えるであろうと妻恋に咽んでいるが、彼らとしてはまさに実感であったのであろう。

風早の浦はJR三原駅で呉線に乗りかえると、すなみ―さいざき―忠の海―竹原―風早と、磯辺あり、白砂ありで見れど飽かぬ景観である。この美しい島々が浮かぶ沿岸を遣新羅使一行は手漕ぎの船で西航したのだ。風早の浦の歌が霧の歌であったように、やはり沖の方に霧がたちこめていて、遠い島々は霞んでいた。

駅を背にして左手方向に徒歩で三十分程行くと、こばんもち、あすなろ、椎の木などこんもりと茂った祝詞山《のりとやま》八幡神社に着く。その境内に先の二首をきざんだ歌碑が立っていた。そこから見下すと、沖の中ほどに龍王島、東に藍之島、鼻繰島《はなぐり》、ホボロ島、西に大芝島がうっすらと海に浮かんで見えた。その島々が防波堤の役目をしており、いまはさびれているが、風早の浦は静かな天然の良港であったようだ。神社を下って、民家の並ぶ道を通りぬけ、海岸に着くとそこはコンクリートの堤防がめぐらされていた。

風早の浦の静かな海をつくづく眺めていると浜辺に船を繋ぎ一夜の宿りをする使人らが艱難に耐え、夕霧に包まれると妻恋に咽ぶ姿が彷彿として浮んでくる。沖の島々も、使人一行のこと、来し方行く末の人間の歴史をじっと見つめ続けてきたことであろう。

長門《ながと》の島　麻里布《まりふ》の浦　大島の鳴門《なると》（広島・山口）

古代では、海を眺める者と身をもって航海する者とは大きな違いがあった。瀬戸内海というと静かな海を想像するが、現在のような大きな船ならばとも角、古代の船では刻々と変化する潮流に想像もつかない危険が伴ったのである。

「時つ風」「沖つ風」が吹き出すと、「立つ波ものどには立たず」「沖つ波千重《ちえ》に立つ」「白波高み」「荒磯《ありそ》越す波」「渦潮」「潮騒《しほさゐ》響《とよ》み」と、航海の不安が歌われており、「潮待ち」「潮もかなひぬ」と危険を避けて航海をしていたことがわかる。

長門《ながと》の島

風早の浦を船出した遣新羅使一行は、その日の夕方ひぐらしの鳴く長門の島に着いた。

安芸国長門の島にして磯辺に舟泊りして作る歌五首

石《いは》走る滝もとどろに鳴く蟬の声をし聞けば都し思ほゆ（巻十五―三六一七）

右一首大石蓑麻呂《みのまろ》

山川の清き川瀬に遊べとも奈良の都は忘れかねつも（三六一八）

磯の間ゆ激《たぎ》つ山川絶えずあらばまたも相見む秋かたまけて（三六一九）

恋繁《しげ》み慰みかねてひぐらしの鳴く島蔭に廬《いほ》りするかも（三六二〇）

我が命を長門の島の小松原幾代を経てか神さび渡る（三六二一）

長門の島では岩場をほとばしり流れる滝の響きとともに、激しく鳴く蟬しぐれが遣新羅使一行を迎えてくれた。しかし、その蟬しぐれにも思いは遠い都へ及ぶのであった。船旅の疲れをいやそうと川へ入れば、都の清い川瀬を思い出してしまう。又、岩の間から激しく流れ落ちる谷川が絶えないように、わが命も生きながらえて、秋になれば又帰りに立ち寄って、この美しい情景を見たいと歌っている。鳴く蟬の声にも、清流に遊んでも思いは常に都へとはせる。しかし、これからの船の長旅で、いつどこで命を落とすかもしれない。このはかない命だからこそ「我が命を長門の島」と祈らざるを得なかったのであろう。

長門の浦より舟出する夜、月の光を仰ぎ観て作る歌三首

月読《つくよみ》の光の清み夕なぎに水手《かこ》の声呼び浦廻《うらま》漕ぐかも（三六二二）
山の端《は》に月かたぶけば漁《いさり》する海人《あま》の燈火《ともしび》沖になづさふ（三六二三）
我のみや夜船は漕ぐと思へれば沖辺《おきへ》の方に楫《かぢ》の音すなり（三六二四）

使人たちはここから夜、船出をしている。月明かりを利用して、潮どきもよし、少しでも船を進めようと次の港をめざしたのであろう。昼間のじりじりと照りつける暑さと比べて夜は何と涼しいことだろうか。水手《かこ》たちの掛け声も爽快だ。山の端に月が傾くと今まで気づかなかった漁り火が沖にちらちらしている。夜の船旅は自分達だけかと思っていると、沖の方から梶の音が聞こえてくる。驚きと同時に夜船を漕ぐ者に共感を覚えたのであろう。

長門の島は、広島の江田島の南、倉橋島と言われている。島の南海岸に長門口、長門崎という地名が残っていること、宮の浜という浜辺には松原があり、そこには山川の小流もあることから、前に記した万葉歌によく適合している。又、長門の浦の有力説として桂浜がある。いまも老松が白砂に立並び、その雰囲気をかもし出しているそうだ。

この倉橋島は古くから造船の盛んな所であったことは伝説までも生んでいる。「芸備風土記」に神功皇后が異国征伐の時、この島で軍船を造らせたことを記してある。又、遣唐使、遣百済使の船は皆この国（安芸）に命じて造らせ、造船にもこの島民がたずさわったことが記録されている。

麻里布《まりふ》の浦

遣新羅使の船は夜、長門の浦を漕ぎ出して翌日、麻里布の浦を通過している。倉橋島の南を廻って、江田島につづいている能美島、それから大黒神島、厳島の南に浮かぶ阿多田島と島伝いに麻里布の浦へ船を進めたと思われる。

周防国玖珂郡《くがのこほり》の麻里布《まりふ》の浦を行く時に作りし歌

ま楫貫《かぢぬ》き船し行かずは見れど飽かぬ麻里布の浦に宿り為《せ》ましを（三六三〇）

大船に戕牁《かし》振り立てて浜清き麻里布の浦に宿りか為《せ》まし（三六三二）

妹が家路近くありせば見れど飽かぬ麻里布の浦を見せましものを（三六三五）

麻里布の浦の景色はどんなにか美しかったのであろう。「見れど飽かぬ」という言葉を二首に使われている。そして家が近かったら、妻を連れてきて見せてやりたいと歌っている。愛する者とその喜びを分かち合いたい、ひとりで見るのは惜しいと歌うのは、大自然に対する最上の賛辞であろう。

「大船の戕牁《かし》振り立てて」の戕牁《かし》は船をつなぐための杙《くい》で、海中に突き立てるために振りあげて立てるのである。

麻里布町は昭和十五年に岩国市に合併されている。いまも麻里布中学、麻里布小学校など、その名をとどめている。戦後間もないころまでは、このあたりに白鷺がわたってきて名所になっていたが、干拓のため、それも失われ「見れど飽かぬ」の白砂の麻里布の浦はもはや想像が出来ないと言うことだ。

大島の鳴門《なると》

大島の鳴門を過ぎて再夜《ふたよ》を経ぬる後に追ひて作る歌二首

これやこの名に負ふ鳴門の渦潮に玉藻刈るとふ海人娘子《あまをとめ》ども（三六三八）

右の一首、田辺秋庭《たなべあきには》

波の上に浮寝せし夕《よひ》あど思《も》へか心悲しく夢《いめ》に見えつる（三六三九）

大島の瀬戸は狭く、それだけに流れが速い。潮が満ちてくるときは激しく東流し、引くときは忽ちに西流する。急潮のつくる渦は壮観であったに違いない。そしてこれを乗りきるには想像を絶する不安があったであろう。当時、都では、このあたりを旅したものの間で評判になっていた。これがあの名高い大島の鳴門の渦潮か、そして、潮流が停止するわずかの三、四十分ほどを待たず、又激しい渦潮がおこる。それに足をとられないように、海人娘子《あまをとめ》らがたくましく藻を刈っている。その海人娘子らを目前に見たときの感動が歌全体にみなぎっている。使人たちが、その苛酷な労働をこともなげにやってのける海人娘子《あまをとめ》らに目をみはり、賛辞を送っているのであろう。

一首目の歌の作者、田辺秋庭はどういう人なのであろうか。大使、副使、大判官などと官職名は記されていないから、中位か下位の随員なのだろうか。

二首目の歌は船上の仮寝に妻の夢を見た。妻が自分のことを思ってくれているのであろう。都を出てから半月ほど経っていたのだが、彼らにとってはもう何年も逢っていないような気がして、いたたまれないようになっていた。

始めて見る景色に好奇の眼を輝かすが、又郷里にいる妻のことを考えて逢いたい気持ちから悲しくなってしまう。歌を一貫しているのは相も変わらぬ郷愁と妻恋である。朝廷の命令を帯びて来た旅とはいえ、本音は、任務よりも一個の人間としての真実の心を抑えきれなかったのであろう。彼らの素直な心の吐露にむしろ、安らぎと親しみを覚えるのである。

祝島《いわいじま》 熊毛《くまげ》の浦 佐婆《さば》の海 分間《わくま》の浦（山口・大分）

いくつもの渦が巻いては広がり、ぶつかっては重なり合ふという危険な大島の渦潮を無事のりきって、遣新羅使一行は熊毛の浦にたどり着くのだが、その前に、遠く彼方に祝島が見えてきたはずである。

祝島《いわいじま》

家人は帰りはや来と伊波比島《いはひじま》斎《いは》ひ待つらむ旅行く我を（巻十五—三六三六）

草枕旅行く人を伊波比島《いはひじま》幾代経るまで斎ひ来にけむ（三六三七）

この二首は「周防国麻里布《すはのくにまりふ》の浦を行く時に作る歌八首」の中に排列されている。しかし、地図でみると麻里布の浦即ち岩国市の海岸を行く時には祝島はまだ見えないはずである。もうすぐ祝島を見ることができるという期待感があって作歌したのだろうという解釈もあるが、実際には大島の鳴門を抜け、今、柳井市となっている室津半島を迂回して初めて祝島が見えてくるのである。

家では父母や妻子が早く帰って来いと、祝島のその名のように斎って身をつつしんで祈りつつ、自分を待ってくれているのであろう。斎《いわ》い待つとは、穢れに触れないように身を慎《つつ》しみながら旅に出ている人を待つという行為である。みずから慎しみの生活を守りながら吉事を求め祈るのである。又祝島の神はそんな人々の無事を守り続けてきた、ということを伝え聞いていた彼らは、神秘的な祝島を初めて見たとき、心をうたれ神聖な祈りを捧げたのであろう。古代の苦しい航海を思うとき、島の名といい、位置といい旅人の心に深くとまる所であったようだ。

祝島は丸みを帯びた独特な雰囲気をもつ島で、室津半島沖の小島である。形はまろやかであるが、厳しい気象条件にあり、冬は北西の季節風を強く受け、夏は周防灘を吹き荒れる台風が直撃する。農業はなりたたず、島民の多くは漁業にたずさわっているという。

熊毛《くまげ》の浦

熊毛の浦に船泊りする夜に作る歌四首

①都辺に行かむ舟もが刈り薦《こも》の乱れて思ふこと告げ遣《や》らむ（巻十五―三六四〇）

右の一首、羽栗《はくり》

②暁の家恋しきに浦廻《み》より梶の音するは海人娘子《あまをとめ》かも（三六四一）

③沖辺より潮満ち来らし可良《から》の浦にあさりする鶴《たづ》鳴きて騒ぎぬ（三六四二）

④沖辺より舟人上る呼び寄せていざ告げ遣《や》らむ旅の宿りを（三六四三）

①の作者、羽栗は名を記していないが、羽栗吉《よし》麻呂ではないかと言われている。彼は霊亀二年（七一六）、阿倍仲麻呂の従者として唐へ渡り、そこで妻を娶って翼《つばさ》、翔《かける》の兄弟をもうけている。そして、天平六年（七三四）二児を連れて帰国した。都へ向う船があればよい、刈り取った薦《こも》が乱れるように、千々に乱れるこの恋しい思いをことづけたい。都の妻へのひたすらな慕情である。この時、羽栗の長男の翼は十八歳になっていたというからあるいは翼の歌ではないかという説もある。

②は旅の侘しい宿りの夜明け、しきりに家恋しく思い、海を漕ぐ艪《ろ》の音がするが、あれは海人《あま》娘子《おとめ》ではないか、おのずと海人娘子へと心が動くのだった。

③は可良の浦で潮が満ちてくると、餌をあさっていた鶴が甲高い声で鳴き合っている。鶴は夫婦仲のよい鳥だという。鶴のざわめきに夫婦のかたらいを羨んでいる。

④沖の方を通って船人が都へと上ってゆく。こちらへ呼び寄せてさあ告げてやろう。この旅の宿りを。淋しい旅のひとり寝をかこつ歌となっている。

熊毛の浦は、山口県熊毛郡上関町室津説、平生町の小郡から尾国へかけての入海説、その他ある。二首目の「可良の浦」とは熊毛の浦の一部であろうということだが、沖の方から潮が満ちてくるというから深い湾内ということになる。室津半島の西海岸、小郡から尾国にかけて深く湾入した地形で、田布施川の河口付近は昔、大湿地帯だったそうだから鶴の棲息に適しており、そのあたりということになるであろう。この小郡から尾国付近の地名には、カラのつくものが多い。尾国南方の岬を唐釜《からかま》（現在はカリカマと訛っている）、又、小郡から東方の阿月を越える峠を唐門《からんどう》などという。いまの小郡から尾国にかけての湾内を「可良《から》の浦」といったことの手がかりになるのではないだろうか。

佐婆《さば》の海

熊毛の浦を出発して遣新羅使一行は佐婆の海（周防灘）へ出た。佐婆は周防の国の国府が置かれた所である。現在の防府市西部、そこには佐波川が流れている。ここは万葉時代以前から栄えた所で景行天皇が筑紫行幸の折、岡の縣主《あがたぬし》の祖熊鰐《わに》が九尋《ここのひろ》の船の舳に賢木を立てて、その枝に鏡、剣、玉をかけ「周芳《すはのくに》の婆麼《さば》の浦」に迎えたといわれている。ここは早くから、瀬戸内海の海上交通の要衡であった。又この海では鯖がよくとれ、朝廷の貢物として納められたという。「佐波」の地名もこういうところに語源があるのかも知れない。

ところで、遣新羅使の船はどのあたりに碇泊したのであろうか。佐波川の東方に半島がつき出し、南方に向島、南西に田島が斜に横たわって周防灘の荒波をさえぎっている。その湾内は静かな良港となっているが、そこで使人たちは長旅の疲れをいやしたのではないだろうか。

ところが、その泊りを出航してまもなく、運の悪いことに台風に遭い佐婆の海（周防灘）の荒波に翻弄されだしたのである。漕いでも漕いでも島ひとつない海、ついには漕ぐことにもあきらめ流されるまま漂いつづけたのであろう。日はとっぷりと暮れて闇の中を高波にもまれながら漂流するのは、彼らにとってどんなに恐ろしいことであったであろうか。生死の境をさまよいながら故郷の妻を呼びつづけたであろう。その中、暗闇の中から明滅する漁火のゆらめくのが見えてきた。ああ陸地が近い。水手《かこ》たちは急に元気が出て休みなく漕ぎ出したのであろう。一睡もせず官船を守り、荒波と戦い続ける彼ら、この人たちの厳しい労働の歌は残されていないが、遣新羅使たちが万葉集に残した数々の歌は、水手《かこ》たちが死をかけた重労働によって支えられていたことは忘れてはならないであろう。

分間《わくま》の浦（中津）

不安な一夜を明かして使人一行が流れついたところは、豊前国下毛郡分間の浦であった。

佐婆の海中《わたなか》にして忽ち逆風に遭ひ、漲《たた》へる浪に漂流す。経宿《ひとよへ》て後に、幸に順風を得、豊前国下毛郡の分間の浦に到着す。ここに艱難を追ひて悒《いた》み、悽惆《せいちゅう》して作る歌八首。

大君の命《みこと》恐み大舟の行きのまにまに宿りするかも（三六四四）

右の一首、雪宅満《ゆきのやかまろ》
我妹子《わぎもこ》はやも来ぬかと待つらむを沖にや住まむ家付かずして（三六四五）
浦廻《み》より漕ぎ来し舟を風早み沖つみ浦に宿りするかも（三六四六）
我妹子《わぎもこ》がいかに思へかぬばたまの一夜も落ちず夢《いめ》にし見ゆる（三六四七）
海原の沖辺に燈《とも》しいざる火は明かして燈せ大和島見む（三六四八）
鴨じもの浮寝をすれば蜷《みな》の腸《わた》か黒き髪に露そ置きける（三六四九）
ひさかたの天照る月は見つれども我が思ふ妹に逢はぬころかも（三六五〇）
ぬばたまの夜渡る月ははやも出でぬかも海原の八十《やそ》島の上ゆ妹があたり見む（三六五一）

一首目の作者、雪宅満《ゆきのやかまろ》は、天皇の恐れ多い命令ならばどんな辛苦にも堪えて、漂流するまま自然の猛威にはただ身をまかせるしかないと歌っている。万葉時代ではこの心境は誰も覚悟していたことで、旅は命がけであることを物語っている。この雪宅満《ゆきのやかまろ》は後、壱岐の島で天然痘にかかって死没する使人である。作者名を記していないあとの七首は、それぞれ妻に対する思いがこめられている。

妻が早く帰って来ないかと待っているであろうのに何時までもこうして沖にとどまっている。一体どうなるのであろうか。船の中で仮眠をとると夢に出てくるのは懐しい妻の面影、一夜たりとも夢に見ない夜はない。沖の漁火よ。もっと明るく燈してくれ、妻のいる大和島を見たいのだから、浮寝の夢の中に現われる妻の美しい黒髪に露がおいたという生々しい夢まで見るよと、それぞれ使人らの切ない郷愁がみなぎっている。

分間の浦は中津市田尻、現在和間と呼ばれているあたりで、海岸線は相つぐ干拓によってずっと前進している。使人一行が流れついたのは最後の二首によると、旧歴の六月の下旬というから今の八月の上旬、夏の真盛りということになる。

中津駅から産業道路を南東へ二粁の地点、田尻の漁協の脇道を左へ行くとつきあたりに九州ディックという塗料工場があり、その前の空地に分間の浦の碑が建っている。歌人田吹繁子氏の解説で「逆風に遭いこの分間の浦にたどりついた遺新羅使一行はここにとどまり船の修復などもしたであろう、八首の歌が残されている云々」と刻まれている。

その碑の後方に、あした葉という南方植物のような巨大な葉が繁っていた。村の人に聞くと、摘みとっても摘みとってもあしたは又生えてくるというものらしく、若葉はたらの芽のように美味しく、青々と繁った葉っぱも食用になるという。遭難した使人一行は、海辺の貝を掘り、あした葉をむしり、船に積んできた干飯《ほしいい》をかみしめて飢えをしのいだのではないだろうか。

遣新羅使人一行は、分間の浦に幾日かとどまり、旅装を整え潮待ちをして、新羅へと、今までのように比較的のどかな船旅とは違って、想像を絶する苦難の旅へと出発したのである。

筑紫の館《むろつみ》

遣新羅使一行は、思いがけない逆風に遇い、流れついた分間《わくま》の浦（中津）で、官船の補修などして態勢を整えた。そして潮待ちをして、ようやく北へ向かって出航した一行は、当然企救《きく》半島に沿い、関門海峡を乗りきり、響灘から玄海灘へと出たはずである。しかし、彼らはその間の歌は一首も残していない。次はいきなり筑紫の館《むろつみ》で詠んだ歌となっている。

筑紫の館は、筑紫に設けられた外国使節や官人の接待用の館で、博多湾沿岸の荒津にあった。旧福岡城内、元の平和台球場付近ということである。筑紫の館は後の平安時代には鴻臚館《こうろかん》と呼ばれるようになり、ここから出土した瓦は鴻臚館系瓦といわれ、九州における奈良時代の瓦を代表するものであるという。筑紫の館は大宰府に付設された海浜の迎賓館として建てられたものである。

筑紫の館に至りて遙かに本郷《もとつくに》を望みて悽愴《いた》みて作る歌四首

①志賀の海人《あま》の一日《ひとひ》もおちず焼く塩の辛き恋をも吾はするかも（巻十五―三六五二）

②志賀の浦に漁《いざり》する海人《あま》家人《いへびと》の待ち恋ふらむに明《あか》し釣る魚（三六五三）

③可之布江《かしふえ》に鶴《たづ》鳴き渡る志賀の浦に沖つ白波立ちし来らしも（三六五四）

一に云はく、満ちし来ぬらし

④今よりは秋づきぬらしあしびきの山松かげにひぐらし鳴きぬ（三六五五）

①の歌は〈志賀の海人《あま》が一日も欠かさず焼く塩のように辛い恋を私はすることだ〉逢いたくても逢えない妻に対する辛い恋をうたっている。「辛き恋」という言葉は、その恋のつらさの中に旅のつらさも含みもっていて、そこには家郷への遙かなる遠い距離感をも思うのである。思い余って口からふと洩れた嘆息のような歌である。

②は〈志賀の浦に漁をする海人は家の者が待ち焦がれているであろうに、夜通し魚を釣っている〉「志賀の海人《あま》の家人」に「使人らの家人」が自然かさなってくるのである。この歌の歌碑が干潟龍祥氏（九大名誉教授）の揮毫で志賀小学校体育館前に建っている。

③は〈可之布《かしふ》の入江に鶴が鳴き渡って行く、志賀の浦に沖の白波が立っているに違いない（潮が満ちてきたに違いない）〉と歌っている。この歌の歌碑は、春日和男氏（九大文学部教授）の揮毫で志賀中学校々庭に建っている。

可之布江《かしふえ》は樫生江とも詠まれているところから、樫の生い繁った入江をいったのであろうか。『和名抄』の郷名に「香椎、加須比」とあり、又、カスヤ（滓屋）に関係があるともいわれている。博多湾の香椎の入江というものらしい。

④陰暦七月の初め、風の音ならぬ山松陰に鳴く蜩《ひぐらし》の声に秋の気配を感じとり、その驚きと悲し

みをしめやかに平明に詠いあげている。秋には必ず帰ると妻に誓ったその約束の秋が早くもこの筑紫の地で来てしまったことへの悲嘆である。

使人らには幾重にも続く瀬戸の八十《やそ》島の彼方に生駒山が見えてきて、さらにその山陰に家が、妻が……と見えてくる。家郷の妻は夫の帰りを今日か明日かと待ちこがれている。その妻を思いながら「今よりは秋付きぬらし」と嘆いている。下旬の夕べの物悲しいひぐらしの声は、その嘆きを包みこむバックグラウンドミュージックとして効果的であるといえよう。

遣新羅使一行が、朝廷から命を下された時、それを拒むことが許されないとすれば、彼らが一番思いやったことは、帰京の日取りであったであろう。天皇が阿倍朝臣継麻呂に遣新羅大使の任を下した日は天平八年二月二十八日、そして、拝朝の行われた日が四月十七日であったとある。そうすれば、早ければ秋には任を果たして帰国ができるはずである。帰国ができる秋、それが彼らとその家人たちの唯一の慰めであったであろう。当時の渡海が常に不帰の運命と隣り合わせにあったこと、新羅と日本との関係の悪化、そうした薄氷を踏むような旅にあって、彼らの唯一の恃みは外ならぬ「秋」という帰京のときであった。このように遣新羅使の歌は、「心情的には『妹』、時間的には『秋』をモチーフとしている」とは高橋庄次氏のことばである。

こうして、遣新羅使一行は、筑紫の館にしばらく滞在し、恐ろしかった遭難の心の痛手を癒したのであろう。それに、これから玄海灘を渡り壱岐、対馬を経由して新羅へ航くのであるから、食糧と水の補給も考えねばならなかったであろう。

人間は一日当たり、季節にもよるが、一ないし二リットル相当の飲料水と食糧とが必要であるという。したがって保存食と水とで一日二キログラム、これに人数と航海日数をかけたものが船に積むべき最低量となる。彼らは、壱岐、対馬で補給はできるとしても、これからは何といっても外海である。まさかのときの用意も考えて航海の積荷をしたのではないか。

しかし、一行は順風を得ないのか、これからも同じ泊りに幾日も停泊することが多く、秋には帰京するという妻への誓いもいよいよ絶望的になってゆくのだった。


七夕に天漢《あまのがは》を仰ぎ観て、各々所思《おもひ》を陳べて作る歌三首

①秋萩ににほへる吾が裳《すそ》濡れぬとも君が美舟《みふね》の綱し取りては（三六五六）

右一首、大使

②年にありて一夜《ひとよ》妹に逢ふ彦星も吾にまさりて思ふらめやも（三六五七）

③夕月夜影立ち寄り合ひ天の川漕ぐ舟人を見るが羨《とも》しさ（三六五八）

これは筑紫の館における七夕の宴歌としての三首である。
①の歌の「美舟《みふね》」は天の川を渡って織女のもとへ行く彦星の舟で、作者は大使であるが、織女に成り代わって歌ったものである。〈秋萩に染まった私の裳がたとえ濡れようとも、君（彦星）の美しい舟の綱さえ手に取ることができたら……〉いつまでも君をわたしのもとに引きとどめて

おけるのにという織女としての切ない歌となっている。

②は〈一年に一度だけ妻と逢う彦星は、わたし以上に妻を恋い慕っているということがどうしていえようか〉、彦星にまさる恋の苦しさを歌っている。

③の歌は二つの星が寄り合うように、天の川を渡って逢う彦星と織女を「見るが羨しさ」と詠嘆している。織女が家郷で待つ使人らの妻と二重写しになって使人らの悲嘆が増すのであろう。

この二つの星が逢う七夕は、使人らが秋には帰ると妻に誓ったその秋の到来を告げる夜でもあった。彦星が妻の織女に向かって舟を漕ぐのに、使人らは逆に妻から遠ざかって舟を漕がねばならないという悲哀である。

荒津《あらつ》の崎　韓亭《からどまり》（福岡）

遣新羅使《けんしらぎし》一行は、佐婆《さば》の海（周防灘）で逆風に遭い、分間《わくま》の浦（中津）に流れついたその痛手をいやすため、筑紫の館《むろつみ》に幾日か滞在した。七夕の日に天の河を仰ぎつつ家郷の妻をしのび、荒津の崎に出て海辺の月を望んで心をのべている。

荒津の崎

荒津の崎は古くから娜《な》の大津、娜津《なのつ》と呼ばれ、大宰府の外港として大陸との交渉、貿易の中心として内外の官船が発着したという。福岡市西公園付近の海岸といわれている。西公園は一名荒津山ともいい、その突出した岬が「荒津の崎」と呼ばれていたようである。

海辺にして月を望みて作る歌九首

①秋風は日にけに吹きぬ我妹子《わぎもこ》は何時とかわれを斎《いは》ひ待つらむ（巻十五―三六五九）

大使の第二男なり

②神さぶる荒津の崎に寄する波間なくや妹に恋ひ渡りなむ（三六六〇）

右の一首は土師稲足《はにしのいなたり》のなり

③風のむた寄せ来る波に漁《いさり》する海人《あま》をとめらが裳の裾濡れぬ（三六六一）

一云「海女の娘子《をとめ》が裳の裾濡れぬ」

④天の原振り放け見れば夜ぞ更けにけるよしゑやし独り寝る夜は明けば明けぬとも（三六六二）

右の一首は旋頭歌《せどうか》なり

⑤わたつみの沖の縄海苔《なはのり》来る時と妹が待つらむ月は経につつ（三六六三）

⑥志賀の浦に漁《いさり》する海女《あま》明け来れば浦廻《ま》漕ぐらし楫《かぢ》の音《と》聞ゆ（三六六四）

⑦妹を思ひ眠《い》の寝らえぬに暁《あかつき》の朝霧隠《ごも》り雁がねぞ鳴く（三六六五）

⑧夕されば秋風寒し我妹子が解き洗ひ衣ゆきて早着む（三六六六）

⑨吾が旅は久しくあらしこの吾が着る妹が衣の垢付く見れば（三六六七）

①の作者は大使の二男とある。これについて『万葉考』は「大使の二男が使人として行った」「親に従って行った」と二説を並記している。普通なら、官職名や氏名を記すが、親子関係で記されているので後者ではないかという説が説得力あるのではないだろうか。

〈秋風は日増しに吹いてくる。その約束の秋を妻はいつ帰ると思って斎戒し神を祭って私を待っていることであろうか〉これは先の妻との別れ贈答歌の中に「栲衾《たくぶすま》新羅へいます君が目を今日か明日かと斎ひて待たむ（三五八六）」をうけているのであろう。妻の「今日か明日か」の切実さに、「何時とか」とあいまいな嘆きで受けなければならない使人らの悲しみが思われる。

②は〈神々しい荒津の崎に寄せる波のように絶え間なく妻を恋しつづけることであろうか〉と、時には玄海灘から吹きよせる波風をまともにうける荒々しい荒津崎にたって、使人らは絶え間のない波にかけて、絶え間ない遠い妻への慕情を訴えている。

③の「海人娘子《あまをとめ》らが裳の裾濡れぬ」は、これまで何べんも「海人娘子」が家郷の妻と二重写しになって歌われてきた。特に裳の裾の濡れた姿には悲しみの色合いが濃く思われるのである。

④の旋頭歌（五・七・七・五・七・七の三十八文字の歌）は〈どうせ独り寝なんだからいつ明けようと、ままよ〉と投げやりとも思われる嘆きの歌となっている。

⑤は〈海中の縄海苔を繰るように、もう帰ってくる頃だと思って妻が待っているであろう。月が経ってしまって……〉

⑥、⑦は、「浦廻《うらま》を漕ぐ楫《かぢ》の音」「朝霧隠り雁がねぞ鳴く」と共に郷愁をそそる歌となっている。⑧の「解き洗ひ衣」は、着物を解き洗いをして仕立直したものだが、その妻の「解き洗ひ衣」を家に帰って早く着たい。秋風の寒さは、妻恋しさ、妻の温もりを求める心につながるのである。最後の⑨の歌は、妻が別れのとき夫に贈った歌の中に「別れなばうら悲しけむ吾が衣下にを着ませ直《ただ》に逢ふまでに」とあったが、自分の着ている妻の着物の垢づいたのを見ると、わたしの旅も長くなったなあと詠嘆しているのである。垢づいた衣はその旅寝の時間の堆積そのものだと表現しているといえるのではないだろうか。

韓亭《からどまり》

「亭《とまり》」は船の停泊する所という意味で、韓亭は福岡市西区宮の浦、唐泊《からどまり》付近のことである。糸島半島の東北端、志賀島と東西に向き合って、共に博多湾の入口にあたる。又ここは細長い能古島とも相対していて、半弓形の入海を能許《のこ》の浦といい、唐泊のことを能許《のこ》の亭《とまり》ともいったようである。

福岡市から唐津線で周船寺駅（姪の浜から二つめの駅）で下り、元寇防塁を経て二十分位車で行くと宮の浦に着く。更に海岸に沿って東へ行くと約一粁で唐泊の漁港に着く。ここは明治までは栄えていたそうだが今は一漁村である。しかし、西は柑子《こうじ》岳、南は今津の毘沙門《びしゃもん》岳にかこまれ、東は能古島に北東の風をさえぎられて絶好の船泊りであったようである。

唐泊の小高い山の上に東林寺というのがある。建久二年（一一九一）宋から帰国した栄西禅師が開山したもので、この寺からの眺望はすばらしい。しばらく変化に富んだ山々、海岸線を眺めていると和尚さんが出て来られて、ひとくさり万葉談義をした。

筑前国《つくしのみちのくち》に志麻郡の韓亭《からどまり》に到りて、船泊《は》てて三日を経たり。時に夜の月の光皓皓《かうかう》として流照す、奄《たちま》ちにこの華《ひかり》に対して旅情悽噎《せいいつ》し、各々心緒《おもひ》を陳《の》べて聊《いささ》かに裁《つく》る歌六首

①大王《おほきみ》の遠《とほ》の朝廷《みかど》と思へれど日《け》長くしあれば恋ひにけるかも（巻十五―三六六八）

右の一首は大使のなり

②旅にあれど夜は火燈しをるわれを闇にや妹が恋ひつつあるらむ（三六六九）

右、一首は大判官のなり

③韓亭能許《からどまりのこ》の浦波立たぬ日はあれども家に恋ひぬ日はなし（三六七〇）

④ぬばたまの夜渡る月にあらませば家なる妹に会ひて来ましを（三六七一）

⑤ひさかたの月は照りたりいとまなく海人《あま》の漁火《いさりび》はともし合へり見ゆ（三六七二）

⑥風吹けば沖つ白波恐みと能許《のこ》の泊《とまり》にあまた夜ぞ寝る（三六七三）

使人らが韓亭《からどまり》に停泊して三日たったとある。その夜は月が皎々と照り美しい夜だったことがわかる。その月光の美しさに触発されて、家や妻を思い出し悲嘆して作った歌がこの六首であった。そしてこの場面は満月であった可能性が大きいといわれている。

筑紫の館に到着したのが七月一日で、そこで七夕の宴を催している。韓亭で七月十五日の満月を観、そして「能許の泊《とまり》にあまた夜ぞ寝る」と歌っており、次の引津亭《ひきつのとまり》で八月を迎えるという。灘波津（大阪）から瀬戸内を一ヶ月足らず航海したのに博多、糸島半島と地理的には距離が近いのに日数だけが進行して、船が一向に進まないのはどうしてなのだろうか。

①の大使の歌は「大王《おほきみ》の遠《とほ》の朝廷《みかど》と思へれど」とあるが、普通、大宰府のことを「遠の朝廷」という。しかしこの場合遠くに派遣されて、天皇の命を代行する機関、即ち遣新羅使一行を指しているようである。「大王《おほきみ》の遠《とほ》の朝廷《みかど》」そのものが新羅へ向けて移動しているというのであろう。

歌の上句の公的意識と、下句の「あまり日数が長くたったので都が恋しくなった」という私的な心を逆接させることによってその相剋の苦しさを表現している。

②の大判官の歌は〈長い旅にあっても、夜は火を燈している私なのに、その私を妻は闇の中で恋しく思っているのだろうか〉妻の方が辛い思いをしているのですよと大使の嘆きを慰めかけているような趣がある。

③の歌は〈能許の浦の波の立たない日はあっても、私は家を恋い焦れない日はない〉と「有り」と「無し」を巧みに対応させて家郷への旅愁をのべている。

この歌の碑がさきにのべた東林寺の境内に古色蒼然と建っていた。

④〈もし私が夜空を渡る月であったら、家にいる妻に逢って来ようものを〉と願望を歌ってい

る。交通、通信の不発達な当時の彼らにとって、月や雁が身近な存在となり、消息を知らせる願望の対照となるのである。
⑤は、上句に月が照り渡っていると歌い、下句に漁り火が燈し合っているのが見えると歌って、何か空しい悲しげな色合いをみせている。
⑥は〈風が吹くと沖の白波が恐ろしく、行先への不安を思って能許の泊《とまり》に幾晩も寝ることよ〉と歌っている。
この歌の碑が、以前能古島へ行ったとき、永福寺の裏山、唐泊の望める位置に若葉をかづきながら建っているのを友人と見つけたことがある。それで遣新羅使一行は、この能古島に幾晩もとまったのかと思った。しかし、東林寺の和尚さんがいわれるのには、

「能古島は玄海灘の風波が激しく、波風を避けるのには不適当、能許の泊というのはこの唐泊のことで、使人らの船はここに幾日も停泊したんですよ」

と強調しておられた。

このように使人たちは、韓亭《からどまり》から船出することをためらい幾日もこの地に泊りを重ねたのは何故だったのであろうか。

引津亭《ひきつのとまり》（福岡）

韓亭《からとまり》に幾夜も泊りを重ねた遣新羅使一行は、糸島半島の南西岸にある引津亭《ひきつのとまり》に着いた。糸島半島の西側にはいくつかの入海がある。引津亭は「岐志」説、「船越」説、「御床」説とあるが、船越の竜王崎に「万葉の里」という公園が出来ている。そこには万葉歌碑が二基建っていて、万葉集に出てくる植物を集めた花壇もあった。

東の方にはあまり高い山ではないが、高さ三六五メートルの、裾野なだらかな可也《かや》山を望むことができる。富士山の形に似ているので糸島富士ともいわれている。

引津亭《ひきつのとまり》に船泊てて作る歌七首

①草枕旅を苦しみ恋ひ居れば可也の山辺にさ男鹿鳴くも（巻十五―三六七四）

②沖つ浪高く立つ日にあへりきと都の人に聞きてけむかも（三六七五）

右二首、大判官

③天飛ぶや雁を使《つかひ》に得てしかも奈良の都に言《こと》告げ遣《や》らむ（三六七六）

④秋の野をにほはす萩は咲けれども見るしるしなし旅にしあれば（三六七七）

⑤妹を思ひ眠《い》の寝らえぬに秋の野にさ男鹿鳴きつ妻思《も》ひかねて（三六七八）

⑥大船の真梶繁貫《しじぬ》き時待つと吾は思へど月ぞ経にける（三六七九）
⑦夜を長み眠《い》の寝らえぬにあしひきの山彦響《とよ》めさ男鹿鳴くも（三六八〇）

①の歌は、韓亭《からどまり》で大使を慰めようと歌った大判官が〈苦しい旅で家を恋しく思っていると可也の山辺で雄鹿が妻を呼んで鳴いている〉とわが身を思いみて悲しんで歌っている。三句目の軽い小休止により作者の心情と鹿の鳴声がとけ合って共鳴してくるものがある。

使いふるされた類型的な情景という人もあるけれども、これは使人たちが心から実景を歌ったものだと思う。私は使人たちの心を思いやってこの引津亭《ひきつのとまり》に立ち、可也山を眺めていると鹿の鳴声を聞くことは出来なかったがしみじみと共感できるような気がした。

②は、自分たちが佐婆の海（周防灘）で恐ろしい目に遭ったことを「都の人は聞きてけむかも」と家郷の妻を含め、都の人に自分たちの苦しみを聞いたであろうか、知って欲しいという欲求を歌っている。それは次の歌の、都の人にそのことを雁に言伝てしようという願望となって歌いつがれるのである。

③の歌の上句「天飛ぶや雁を使に得てしかも」の願望表現は、中国の前漢時代の蘇武《そぶ》が、雁の足に文を託して故国に伝えたという故事をふまえたもの〈雁を使として得たいものだ、そうしたら奈良の都にそのことを告げてやろう〉というので一途な哀感がある。

文明の利器に酔いしれている今日、われわれにとってこの上なく幸せのようであるが、実情を考えるとき心の細やかさの喪失も大きいと思われることがある。

遣新羅使らの歌を読むと、事に触れ風土気候のうつり変りにつけ人間の心のこまやかさ、深さ、あたたかさに驚くばかりである。「雁の使」を非文明といいきれるだろうか、万葉のこころが、今日語る意味というものがしみじみと思われるのである。

④の歌の「秋の野をにほはす萩は咲けれども」の表現には妻のイメージが匂っており〈秋の野を匂わして萩は咲いているけれど見る甲斐もない、独り家郷から遠く離れた旅にいるので〉という嘆きになっている。

⑤は妻のことを思って眠れないでいると秋の野に雄鹿が鳴いた、妻を思い切れずにいる…。雄鹿と妻の萩の花との響き合いが聞こえるような気がする。

⑥の「大船の真梶繁貫《まかぢしじぬ》き」は「大君の命《みこと》恐み、大君の遠の朝廷《みかど》」として派遣される公的意識を強く含みもつ句である。〈大船の櫓を沢山とりつけて、船出の時を待つのだと思っているのに、もう月が経ってしまった〉と、七月から仲秋の八月になったことを告げる句でもある。公私相剋の悲しみの表現を盛りあげている。

⑦最後の歌〈夜が長いので眠れずにいると、山にこだまさせて雄鹿がしきりに鳴いている〉という歌で、①の歌の静かな山辺の鹿鳴《ろくめい》から、山へ反響するほどの⑦の鹿鳴へと響きを増幅させて歌の効果を高めようとする意図さえ感じられ、心憎いばかりの演出を思わせる歌である。

狛島《こましま》の亭《とまり》（佐賀）

筑前の引津の亭《とまり》を出帆した遣新羅使一行は、次に肥前の松浦湾の入口、狛島《こましま》の亭《とまり》に停泊した。「狛《こま》」は「柏《かしわ》」の誤りではないかと言われている。現在の唐津市の神集島《かしわ》だということだ。神集島は唐津湾の北西部にある小島で、周囲五〇キロの小さな島である。この島は形が横に長く浮んでいるので軍艦島とも呼ばれている。唐津湾から船で四十五分ほどでゆくということだが、私たちは唐津からタクシーで北へ湊《みなと》という所までゆきそこから十分ほどで島の西側の南に向いた湾に着いた。ここは天然の良港で、海が荒れた時は船の避難場所となっている。この島は観光化されていず漁業にたずさわる素朴な人々が住んでおり、食堂ひとつなかった。丁度夏の盛りだったので氷屋だけが店を開けており私たちはここで咽喉の乾きをいやした。

島の南東の坂を登ってゆくとその高台にキャンプ場らしきものがあった。下の集落が見下ろせる崖の突端に、神功皇后が海外遠征に先だって、神々を集めて「豊《とよ》の明《あか》り（酒宴）」を催した跡だという所があった。また内外の海の境目に突出している玄武岩の道は、神功皇后の作らせた石堤跡といわれている。

肥前国《ひのみちのくち》の松浦郡《まつらのこほり》の狛島《こましま》の亭《とまり》に船泊《は》てし夜、遙かに海の波を望み、各々旅の心を慟《いた》みて作る歌

七首

①帰り来て見むと思ひしわが宿の秋萩薄《すすき》散りにけむかも　(三六八一)

右の一首は、秦田麻呂《はたのたまろ》

②天地の神を祈《こ》ひつつ吾待たむ早来ませ君待たば苦しも　(三六八二)

右の一首は、娘子《をとめ》のなり

③君を思ひ吾が恋ひまくはあらたまの立つ月ごとに避《よ》くる日もあらじ　(三六八三)

④秋の夜を長みにかあらむ[a]何ぞここは眠《い》の寝らえぬ[b]もひとり寝ればか[c]　(三六八四)

⑤足姫《たらしひめ》御船泊てけむ松浦《まつら》の海妹が待つべき月は経につつ　(三六八五)

⑥旅なれば思ひ絶えてもありつれど家にある妹し思ひかなしも　(三六八六)

⑦あしひきの山飛び越ゆる雁がねは都に行かば妹に合ひ来《こ》ね　(三六八七)

西海道最後の歌群である。最初の歌作者、秦田麻呂《はたのたまろ》は、冒頭の贈答歌「夕さればひぐらし来鳴く生駒山越えてぞ吾が来る妹が目を欲り」と歌った秦間満《はたのはしまろ》と同一人物ではないかとする説がある。

①の歌は、〈秋には都に帰って来て見ようと思った吾が家の秋萩やすすきはもう散ってしまったのであろうか〉と言って嘆いた。航海が順調にいっていたら、都で家の萩やすすきを見ることが出来るはずだったからである。

②③の歌は共に秦田麻呂を狛島《こましま》の娘子《おとめ》らが慰めた歌となっている。娘子らが家郷の妻の代役を

つとめている様子がうかがえ、遠い家郷の方から聞こえてくる妻の悲嘆の声となって響いてくるのである。娘子は遊行婦女《うかれめ》であろうか。万葉時代の狛島は本土最後の碇泊地として活気に満ちた港で、遊行婦女《うかれめ》もいたことが右の歌でわかる。

②の歌は〈天地の神に祈りながら私は待ちましょう。だから早く帰ってきて下さい。待つのはとても苦しいのですから〉

③は〈月が改まるごとに、君を思うわたしの恋は一日として欠けることはありません〉と妻になり変って歌っている。

④の歌は、a、b、c句共に疑問形となっていて面白い。〈秋の夜が長いからであろうか、どうしてこんなに眠れないのであろうか、一人で寝るからであろうか〉類型が多いと思われる歌の中で形としてはめずらしいのではないだろうか。

⑤は、〈神功皇后の御船が停泊したというこの松浦の海ではないが、いとしい妻が待っているはずの月はだんだん過ぎてゆく〉三句が待つを起こす序となって、妻が待っている「約束の秋」が経過してゆくことを嘆いている。

⑥は〈旅にあるので私はあきらめているけれど、家にいる妻はそうもならず、私を待ちこがれていることだろう。その妻のことを思うと悲しい〉と歌っている。

⑦で山を飛び越えて行く雁を見て、都へ行ったならいとしい妻に逢ってくれと歌わずにはいら

れなかったのである。遙かに累々とつづく海山を越えてゆく雁に向って呼びかける結びの歌として効果を高めている。この歌が西海道の最後の歌となって、次から壱岐島、対馬の歌となる。

こうして遣新羅使一行は、瀬戸内の山陽道を一ヶ月弱で通過しているのに、九州の西海道には三ヶ月も費している。又、使人らの歌をみると、山陽道は終始船を走らせているのに対して、西海道では殆ど港にとどまり、月日をいたずらに経過させてゆく。彼らは何故目的地新羅への渡航を逡巡《しゅんじゅん》していたのであろうか。

今までの航海は何といっても内海であり、島や港を伝っての船旅であった。しかし、これからは波荒き玄海灘を越え、朝鮮海峡を渡らねばならない。海の流れには潮流と海流とがある。潮流は潮の干満による流れであるから、凡そ六時間ごとに流れの方向が逆転する。その潮流をうまく利用することも出来るが、ただし海峡を横断する航海では横に流されて潮流を利用することは出来ない。対馬付近では、漕ぐ速力をこえる潮流もあるから楽な航海ではないであろう。これに対して、海流は黒潮のように一定の方向に流れつづけ、潮流に比べれば大して速くないが、船の速力が遅ければやはり問題となってくる。特に秋からは北西の季節風が吹き、遭難の危険もあり、彼らはこれらをふまえて慎重に時を待ったのであろうか。

それよりも、更に彼らをためらわせたのは、やはり新羅との不協和音ではなかったか。先にのべたように、天平七年二月、新羅の使者が「王城国」と名のったのを不当とし追い帰したことがある。その非礼に気づいた政府は新羅にさぐりを入れるため、急ぎ使節団を送ることになった。そうした密令を背負っての遣新羅使の出発であったので、それらが使人らの足をにぶらせたのではないだろうか。

壱岐島

遣新羅使一行は、長い逡巡《しゅんじゅん》の後遂に狛島《こましま》の亭《とまり》（神集島）を出帆して、玄海灘を北上しやっとの思いで壱岐の島に着いた。ところが一行中の雪宅満《ゆきのやかまろ》がにわかに「鬼病《えやみ》」にかかり急死してしまったのである。この「鬼病《えやみ》」とは鬼などにとりつかれた悪病のことを言ったのだが、実はこれは天然痘だったのである。

この死没した使人雪宅満《ゆきのやかまろ》は、沙婆《さば》の海（周防灘）で逆風に遇い分間《わくま》の浦（中津）に漂着したとき

大君の命《みこと》恐《かしこ》み大船の行きのまにまに宿りするかも

と、上句は公的な意識を下句は使人としての悲哀をこめて歌った人である。

死亡した雪宅満は火葬にされて印通寺《いんどうじ》の西、石田野《いはたの》に埋葬された。石田町のバス停八石《はっこく》から鬼百合の咲く小高い丘に上ってゆくと、折しもうす紫のたばこの花が一面に咲いておりその畑道を

登りつめた所に粗末な石を重ねた墓があった。村人たちは「遣新羅使人の墓」と言って供養を怠らないということだ。その傍らに「石田野《いはたの》に宿りする君家人のいづらとわれを問はば如何に言はむ」の歌碑があった。秋色濃い石田野、宅満の急死はますます使人らの心を暗澹とさせたことであろう。

この雪宅満が死去したときに三つの挽歌が寄せられている。

挽歌(一)

壱岐嶋に到りて、雪連宅満《ゆきのむらじやかまろ》の忽《たちまち》に鬼病《もののけ》に遇ひて死去《みまか》りし時に作る歌一首　并《あは》せて短歌

天皇《すめろぎ》の　遠《とほ》の朝廷《みかど》と　韓国《からくに》に　渡るわが背は　家人の　斎《いは》ひ待たねか　正身《ただみ》かも　過《あやまち》しけむ
秋さらば　帰りまさむと　たらちねの　母に申《まを》して　時も過ぎ　月も経ぬれば　今日か来む
明日かも来むと　家人は　待ち恋ふらむに　遠の国　いまだも着かず　大和をも　遠く離《さか》りて
岩が根の　荒き島根に　宿りする君（巻十五―三六八八）

反歌二首

石田野《いはたの》に宿りする君家人のいづらとわれを問はば如何に言はむ（三六八九）
世の中は常かくのみと別れぬる君にやもとな吾が恋ひ行かむ（三六九〇）

右の三首は、挽歌なり

〈天皇の遠くにある政庁として、新羅にわたるわが君は、留守を守る家人が斎戒しないと旅する

者に不幸が起きると言われているのにそれを怠ったのであろうか、それとも本人自身が過ちを犯したのであろうか、秋になったら帰って来ましょうと母に申し上げて出かけたが、その予定の時も過ぎ、月も過ぎてしまい、今日は帰るか明日は帰るかと、家の者は待ち焦がれているであろうに、遠い新羅の国にはまだ着かず、大和を遠く離れて、岩石の荒々しい島にいつまでも宿っているよ〉

〈石田野を眠り場としている君よ、都の家人がどこにいるのかと私に尋ねたなら、どのように答えたらよいだろう〉

〈世の中というものは、いつもこうしたものなのだと、別れてしまった君にただもうわけもなく私は恋い焦れて行くことであろうか〉

『続日本紀』によると、天平七年秋に、天然痘が流行し、大宰府管内は百姓の多くがその病にかかり、死者が続出したので、その年の貢調の停止を許したという。とすると、天平八年派遣のこの遣新羅使一行は、その天然痘の真ただ中に入って行ったことになる。

『大政官符』に、この病は発病後五、六日で発疹し、水疱、膿疱が三、四日続くと下痢をおこして出血し、咳、嘔吐、吐血の合併症がおこり、それがひどくなると間もなく死亡すると書かれてある。例え治癒したとしても、ひどいあばた面となり体力回復にはかなりの日数がかかったようだ。

挽歌㈠の中に、雪宅満がこのような病にかかり死亡した原因は、家人が斎戒を怠り、帰りの無事を祈願しなかったせいかとある。これは死者又はその家人に対してあまりにも残酷な表現ではないだろうか。当時の人は疫病死などの禍に対しては、このような考え方をしたのである。

それから、「正身《ただみ》かも過《あやまち》しけむ」と本人のあやまちのせいかと歌っているのに注目したい。本人自身のあやまちとは何か。折口信夫《おりぐちしのぶ》の「生命標」という説がある。旅で通過する土地土地の国魂を鎮《しづ》めつつ船を進めて行かねばならないという考え方である。即ち、彼らが瀬戸内を通ってきた歌の中に、「見れど飽かぬ麻里布の浦」「伊波比嶋《いはひじま》斎《いは》ひ待つらむ」「これやこの名に負ふ鳴門の渦潮」などのように、その浦、島、亭《とまり》を讃美する、これが土地讃めの「生命標」だというのである。この生命標を歌の中に歌いこんだか否かによって、使人らの生還者と死没者とを分けたと言っている。雪宅満の歌にも、対馬で死没した大使阿倍継麻呂父子にもこの生命標が欠如していた。逆に生還者の田辺秋庭らの歌にはその生命標が歌われていた。いや、その生命標を歌わせて、死没者雪宅満にはそれを歌わせず死を暗示させたというのである。古代信仰があればこそこのような演出が出来たとあるのは興味ふかいことだと思う。

挽歌㈡

天地と　共にもがもと　思ひつつ　ありけむものを　はしけやし　家を離れて　浪の上ゆ　なづさひ来にて　あらたまの　月日も来経《きへ》ぬ　雁がねも　継ぎて来鳴けば　たらちねの　母も妻

らも　朝露に　裳の裾ひづち　夕霧に　衣手濡れて　幸《さき》しくも　あるらむごとく　出で見つつ　待つらむものを　世間《よのなか》の　人の嘆きは　相思はぬ　君にあれやも　秋萩の　散らへる野辺の　初尾花　仮廬《かりほ》に葺きて　雲離れ　遠き国辺《へ》の　露霜の　寒き山辺に　宿りせるらむ（三六九一）

反歌二首

はしけやし妻も子どもも高高に待つらむ君や嶋隠れぬる（三六九二）

もみち葉の散りなむ山に宿りぬる君を待つらむ人し悲しも（三六九三）

右三首は、葛井連子老《ふじゐむらじこおゆ》の作る挽歌なり

〈天地と共に永遠に生きたいといつも思っていたであろうに、ああ、いたわしいことに家を離れて、波の上をやって来て、月日も経ってしまった。秋になって雁も続いて来て鳴くので、母も妻も、朝霜に裳の裾が濡れ、夕霧に着物の袖も濡れて、君が無事でいるもののように、家から出ては見て待っているであろうに、この世の人の嘆きは何とも思わない君であるというのか、秋萩のしきりに散る野辺の初尾花を仮小屋に葺いて、雲の彼方に遠く離れた国の露霜の置く寒い山辺にどうして宿りをしているのであろうか〉

〈ああいたわしいことよ。妻も子どもも今か今かと爪先だてて待っていることであろうに、君は島に隠れてしまった〉

〈色づいた木の葉が散ってしまうであろうこの山に宿ってしまった君を、今か今かと待っている人はまことに悲しいことよ〉

この挽歌㈡は、素直な歌いぶりであるが、挽歌㈠に比べて切実感、迫力感に乏しいのは使人当事者でなく、第三者、壱岐島に赴任していた地方官ではないかという説がある。僻地で天然痘という無惨な死であるのに、あまりにも美しい言葉で歌われていて、万葉後期の家持の歌風を思わせるものがあり、どうも弔意がうわすべりしているという感じがするのである。作者は葛井連子《ふじゐむらじこ》老《おゆ》とある。

葛井連というと、大宰府の「梅花の宴」の歌の中に

梅の花今盛りなり思ふどちかざしにしてな今盛りなり（巻五―八二〇）　筑後守葛井《ふじゐ》大夫

又、大宰帥大伴旅人が京に帰った後、悲しんで

今よりは城《き》の山道は不楽《さぶ》しけむわが通はむと念ひしものを（巻四―五七六）　筑後守葛井連《ふじゐむらじ》大成

又、豊後の地方官として滞在していた藤井連《ふじゐ》が任期をおえて都へ帰るとき、土地の遊行婦女《うかれめ》が贈った歌に答えて

命をしま幸《さき》くもがも名欲山岩踏み平《なら》しまたまたも来む（巻九―一七七九）

と歌っていたのを思い出す。挽歌を歌った葛井連とこの三人の葛井連の中に同一人物がいるので

はないだろうか。そして、挽歌(二)を歌った葛井連が、壱岐嶋の死者の仮廬を具体的に美しく歌っているところをみると、この作者も家郷から遠く離れ、この島に都から派遣された官人として、この天離る鄙の地で家郷を恋い慕いながら死んでいった使人雪宅満に対して、自分の心を投影させて歌ったのではないだろうか。

挽歌(三)

わたつみの　恐《かしこ》き道を　安けくも　なく難《なや》み来て　いまだにも　喪《も》なく行かむと　壱岐の海人《あま》の　秀《ほ》つ手の占部《うらべ》を　かた焼きて　行かむとするに　夢のごと　道の空路《そらぢ》に　別れする君（三六九四）

反歌二首

昔より云ひけることの韓国《からくに》の辛くもここに別れするかも（三六九五）

新羅へか家にか帰る壱岐の嶋行かむたどきも思ひかねつも（三六九六）

右の三首は、六鯖《むさば》の作る挽歌なり

〈海の恐ろしい道を、不安な思いで難儀して来て、せめて今からでも不幸がなく行きたいものだと、壱岐の海人《あま》の上手な占い、鹿の骨や亀の甲を焼いてそのひび割れの形によって吉凶を判断する象焼《かたやき》をして行こうとするのに、まるで夢のように旅路の空で別れてゆく君よ〉

〈昔から言ってきたことばの韓国《からくに》ではないが辛《つら》いことにここで別れることよ〉

〈新羅へ行くか家へ帰るか、行くべき手だてさえ思いつかないでいるよ〉

使人らはこの「壱岐嶋」から行く以外に方法がない。つまり「新羅へか、家にか」と言ってどちらかを選択する余地はなく、天皇の命を恐《かしこ》み、遠《とお》の朝廷《みかど》として使人らは死没者雪宅満を残して新羅をさして行かねばならなかったのである。

対馬

遣新羅使人一行は、天然痘で死んだ雪連宅満《ゆきのむらじやかまろ》を壱岐島に葬り、前途に不吉なるものを感じながら、わが国の最果ての地、対馬に着いた。遭難の経験のある一行にとって潮流うずまく対馬海峡には不安と恐怖にかられたことであろう。

対馬島《つしま》の浅茅《あさぢ》の浦に到りて船泊てし時に、順風を得ず、経停すること五箇日《いつか》なり、ここに物《ぶつ》華《くわ》（風景）を瞻望《せんぼう》し、各々に慟《いた》む心を陳べて作る歌三首。

①百《もも》船の泊つる対馬の浅茅山　時雨の雨にもみたひにけり（巻十五―三六九七）

②天離る鄙にも月は照れれども妹ぞ遠くは別れ来にける（三六九八）

③秋されば置く露霜に堪《あ》へずして都の山は色づきぬらむ（三六九九）

この一連の歌は、浅茅《あさじ》の浦に五日間順風を待ち停泊した時の風景をみて使人らが悲しみの心を歌うという場面である。

①「百船《もも》の泊つる」は対馬を起こす序となっており〈沢山の船が停泊する津である対馬の浅茅山はしぐれの雨にすっかり色づいたよ〉「もみたひ」という言葉は「黄《もみ》つ、赤《もみ》つ、紅《もみ》つ」という動詞の継続態となっている。仮名表記にして色の特定をさけたのではないかということである。「対馬の浅茅山」と「都の山」と重ね合わせて使人らの心を表現している。

②〈こんな田舎にも月は照っているけれど、いとしい妻とは実に遠く別れてきてしまったよ〉「天離る」と「妹ぞ遠く」とが対馬と都との遠い距離を際立たせ、月がその対馬にも都にも照るという悲しみを描き出している。

③〈秋になると置く露霜に堪えきれないで都の山は色づいたことであろう〉しぐれの雨に比べると露霜は寒々とした暗い悲しみに沈んだイメージで、秋の露霜に堪えに堪えていたのが遂に堪えきれず、堰を切ったように色づいてしまう、それは秋にはきっと都へ帰るという「約《ちかひ》の秋」を待ちこがれていたであろう妻への悲嘆の表現に外ならない。

「浅茅《あさぢ》の浦」が対馬のどこなのか、そして次の歌群に出てくる「竹敷《たかしき》の浦」へ行く使人らの船がどのようにして浅茅湾《あそうわん》に入ったのか。

『全注釈』は「対馬の南海岸、西海岸には相当の船着場がないから、東海岸の厳原《いずはら》あたりであろう。さてそれからなお外洋を航して、大船越、小船越のいずれかについて、陸上を船を引いて越して竹敷の浦方面に出たのだろう」これに対して永留久恵氏は「まず東海岸の南部、国府のある与良津（厳原《いずはら》）に入港したはず、使人らはここで下船し、船は南端の豆酘《つづ》崎を廻って浅茅湾に回航した。そして使人らはこの国府から陸路を浅茅湾《あそうわん》の竹敷に出て、そこで再び乗船したのではないか」と言っている。

しかし、そのいずれも釈然としない。私はこの夏、厳原《いずはら》から大船越、小船越、竹敷の浦など尋ねたが、当時の大船越、小船越は小舟しか引いて行かれず、大人数のせる官船はとても引いて行くことは出来ないであろうと思った。又、人も厳原からは五百メートル以上の山また山で、今でこそ立派な道路やトンネルが通っているが、当時は竹敷の浦にぬけられるような地形ではないような気がした。むしろ、官船は始めから対馬の西部へ廻り、浅茅湾に深く侵入したとは考えられないだろうか。浅茅湾は対馬の上島と下島の間にある大規模に陥没した溺れ谷である。湾内には多くの小島や岬もあり、屈曲の激しい峡湾《フィヨルド》を思わせる素晴しい眺めの場所である。切り立った崖も多いが、船が停泊できるような場所も見うけられた。

使人たちが十八首もの多くの歌を残した竹敷の浦はその浅茅湾の南部にある。

竹敷《たかしき》の浦に船泊りする時に、各々心緒《おもひ》を陳べて作る歌十八首

①あしひきの山下光るもみち葉の散りの乱《まが》ひは今日にもあるかも（三七〇〇）

右の一首は、大使のなり

②竹敷のもみちを見れば吾妹子が待たむと言ひし時ぞ来にける（三七〇一）
右の一首は、副使のなり
③竹敷の浦廻《うらま》のもみち吾行きて帰り来るまで散りこすなゆめ（三七〇二）
右の一首は、大判官のなり
④竹敷の宇敝可多《うへかた》山は紅《くれなゐ》の八入《やしほ》の色になりにけるかも（三七〇三）
右の一首は、小判官のなり
⑤もみち葉の散らふ山辺ゆ漕ぐ船のにほひに愛でて出でて来にけり（三七〇四）
⑥竹敷の玉藻なびかし漕ぎ出なむ君が御船《みふね》をいつとか待たむ（三七〇五）
右の二首は、対馬の娘子《をとめ》名は玉槻《たまつき》のなり
⑦玉敷ける清き渚を潮満てば飽かずわれ行く帰るさに見む（三七〇六）
右の一首は、大使のなり
⑧秋山の黄葉《もみち》を挿頭《かざ》しわがをれば浦潮満ち来《く》いまだ飽かなくに（三七〇七）
右の一首は、副使のなり
⑨物思ふと人には見えぬ下紐の下ゆ恋ふるに月ぞ経にける（三七〇八）
右の一首は、大使のなり

新羅への渡海を前にして一行の感情が異常にたかぶったのであろうか。これらの歌は次々と披露されて酒宴の気分をもりあげ、使人らはしばし、みやびの境地にあそんだのであろうか。竹敷の浦十八首のうち前半九首は名が記されている記名歌である。遣新羅使の幹部四人、即ち大使、副使、大判官、小判官に対馬娘子《をとめ》の玉槻《たまつき》という土地の女性が唱和している。

①〈山麓が光り輝くばかりの紅葉が散り乱れるのはまさに今日のことであるよ〉紅葉が黄、紅、赤と色々な光のかけらとなってせめぎ合ふモザイク空間を歌っている。そして「今日にもあるかも」と結句で詠嘆している。これを歌った大使阿倍朝臣継麻呂はこの対馬で病没し不帰の客となったのである。

②〈竹敷のもみじを見ると妻が待とうと言ったその時節がやってきたなあ〉やはり「約《ちかい》の秋」が来てしまったことを嘆いている。この作者、副使大伴宿禰《おおともすくね》三中《みなか》はやはり天然痘にかかり一行に遅れて帰ることになる。

③〈竹敷の浦廻《み》の紅葉よ、私が新羅へ行って帰ってくるまで決して散ってくれるなよ〉これはつまり時よ止ってくれということに外ならない。散り乱れる紅葉の色彩と光の狂乱の中の焦りであり悲しみであった。大判官壬生宇太麻呂《みぶのうだまろ》の歌である。

④〈紅葉の山が紅を幾度も幾度も染めあげたような濃い色になってしまった〉紅の色が極限まで濃くなってしまったということは、光が消滅する直前に見せる最後の輝きにもひとしいという実際の叙景であろう。小判官大蔵麻呂の作で、この歌碑が竹敷の浦に近い道の辺《べ》にあった。

⑤〈色づいた木の葉がしきりに散る山辺の海を漕ぐその船の美しさに心ひかれて私は出て来ました〉　対馬娘子《おとめ》の歌で、色彩豊かな山辺の海、その山辺を漕いで行く使人らの船を「漕ぐ船の匂ひ」と表現した。それは美しい色彩の中から染め出されて来たような船であり、その使人らの船の美しさに心ひかれて玉槻の里から出て来ましたと心情がこめられている。官船は丹塗りで色の美しさを強調するため、紅葉に染め出されたと表現し華やかな雰囲気である。

この対馬娘子「玉槻」の名は対馬上県郡玉調郷《たまつき》があり、そこの娘子《おとめ》で出身地によって呼びならされたのであろう。対馬娘子は遊行婦女《うかれめ》という説もあるが、玉調《たまつき》の浦の真珠とりの海人娘子《あまおとめ》であろうとも言われている。透明な藍色の海を滑るように使人らの船が全山色づいた山辺の海をゆく、華やかな光景が眼に浮ぶようである。

⑥〈竹敷の浦の玉藻をなびかせて、漕ぎ出しているあなたの御船を、いつお帰りになると思ってお待ちしたらよいのでしょうか〉浅茅《あそう》湾の透明な海に玉藻がなびくと言えば、それだけで海底に妖しく光る真珠を求めて、海中に豊かな髪をなびかせる海人娘子《あまおとめ》の幻想が重なってくる。使人らの「美船」、都の匂いを時ならず持ち込んで来た美しい丹塗りの船、玉藻をゆらしつつ出てゆく船に「いつのお帰りを待てばよいのでしょう」と歌う。つまり⑤が使人らの船を迎える歌、⑥が送り出す歌となっているようだ。

⑦、⑧の歌は大使と副使が、別れ難い気持と共に新羅へ船出して行かねばならない悲しみを歌

っている。

⑦〈玉を敷いたようなこの清らかな渚を潮が満ちてきたので、まだ見飽きないが私は去って行く。又帰りに見よう〉

⑧〈秋山の紅葉をかざして私は楽しんでいると浦潮が満ちて来て船出の時が来た。まだ飽きないのに―〉この海人娘子「玉槻《つき》」にやはり家郷の妻のイメージが二重写しにされていることを強く感じるのである。

⑨〈物思いをしている人には見られまい。心の底から恋い焦れているうちに幾月も経ってしまったよ〉下紐は下ゆにかかる枕詞で、この歌によって晩秋の九月に入ったことを示している。大使は『続日本紀』に対馬で死没したことが記されているが、それが往路なのか帰路なのかわからない。一般には帰路の死没ということになっている。ならば帰路の大使の挽歌が何故ないのだろうか。

高橋庄次氏は「遣新羅使の任務を終えて帰還した副使の位階が三階級も昇進しているのに、大使は据え置かれ、追贈の記録がない。同じく帰路に死没した遣唐使の判官のように一階級の追贈があってもよいはずではないだろうか。これは大使としての任務を果たす以前に、即ち往路ですでに死没していたからではないだろうか。対馬では大使以下の使人らが揃って紅葉の唱和をしていること、そして妻との〈秋の約《ちかい》〉を果たさないまま九月が過ぎてゆく悲劇調に対馬の場が塗りつぶされていることを思うのである」といっている。

大使の次男も、父が天然痘にかかれば当然その看病をし、天然痘の潜伏期と発病から死ぬまでの日数の短いことから察すると相次いで死没したのではないかと思われる。天平八年の遣新羅使は天然痘の猛威をふるう大宰府管内に船ごと入っていったのだから、数人かかれば船の中ではたちまちに感染し、使人、随員、水手《かこ》ら多数死亡したのではないだろうか。

⑩家づとに貝を拾《ひろ》ふと沖辺より寄せ来る浪に衣手濡れぬ（三七〇九）
⑪潮干なばまたも吾来むいざ行かむ沖つ潮騒高く立ち来ぬ（三七一〇）
⑫吾が袖は手本《たもと》通りて濡れぬとも恋忘れ貝取らずは行かじ（三七一一）
⑬ぬばたまの妹が乾すべくあらなくに吾が衣手を濡れていかにせむ（三七一二）
⑭もみち葉は今は移ろふ吾妹子が待たむと言ひし時の経《へ》行けば（三七一三）
⑮秋されば恋しみ妹を夢にだに久しく見むを明けにけるかも（三七一四）
⑯独《ひとり》のみ着ぬる衣の紐解かば誰かも結はむ家遠《いへどほ》くして（三七一五）
⑰天雲のたゆたひ来れば九月《ながつき》のもみちの山も移ろひにけり（三七一六）
⑱旅にても喪なく早来《こ》と吾妹子《わぎもこ》が結びし紐はなれにけるかも（三七一七）

竹敷の浦の十八首前半は、紅葉が色彩豊かに散り乱れ、後半は全部無記名歌で、色衰えて「移ろう」と変化してゆく。

⑩〈家へのみやげに貝を拾おうとして沖の方から寄せてくる波に袖が濡れてしまった〉
⑪〈潮が干たなら又私はやってこよう。さあ行こう。沖の潮騒が高くたって来たことだ〉
⑫〈私の着物の袖は手首からずっと通って濡れてしまおうとも、恋の思いを忘れるという忘貝を取らずには行くまい〉
この三首は密接に関連している。家づと（みやげ）の貝は玉を持つ貝で真珠のこと、真珠を家に届けたいがその手だてはない。それは一層妻への思いを増大させる、その苦しさを忘れようとして恋忘れ貝をもとめるということだ。⑪の潮干なばの歌の歌碑が大船越の橋のたもとにあった。
⑬〈妻がそばにいて乾してくれるわけでもないのに濡れてしまって、この袖をどうしよう〉ぬばたまのは、黒髪の枕詞から妹の意に用いられている。
⑭〈色づいた木の葉は今はもう散ってゆく。妻が私の帰りを待とうといったその時が過ぎてゆく〉溢れんばかりの色彩が「移ろひ」の世界へ衰退してゆく。
⑮〈約束の秋になったので、妻をせめて夢にでもゆっくり見たいのにもう夜が明けてしまった〉
⑯〈ひとりだけやってきた旅で、着た着物の紐をといたなら、誰が結んでくれるのであろうか、家は遠くて——〉
⑰〈天雲のようにただよいながらやって来るとすでに九月となり、もみじの山もすっかり色あ

せてしまったよ〉「移ろひ」が「移ろひにけり」と完了形となり、晩秋の九月が今去ろうとする時間的推移を感じさせる。

⑱〈旅にあっても不幸にあわず早く帰っていらっしゃいと妻が結んだ紐は、すっかりよれよれになってしまった〉

この歌を最後に使人たちは新羅へ向って不安な船出をしたのである。

家島（兵庫県）

遣新羅使一行は対馬の浅茅湾《あそう》から新羅へ向ったが、新羅で一体何があったのかそれは全く歌われていない。遣唐使の場合も多くの使人たちが唐に渡り、又渤海などへ渡航した日本人がかなりの数にのぼっているにもかかわらず、外国で詠まれた歌は殆どない。強いてあげれば、山上憶良の

いざ子ども早く日本《やまと》へ大伴の御津の浜松待ち恋ひぬらむ（巻一―六三）

というのがあるが、これも唐の場面の歌でなく、ただ大和を恋う歌である。

万葉びとはどうして外国のことは歌わなかったのであろうか。当時の和歌が外国の風土、異文化を盛りこむのになじまなかったのであろうか。この遣新羅使たちの場合、新羅での交渉が屈辱

的に終り、そんな心の余裕がなかったからであろうか。それとも、例え歌われていたとしても、万葉集の編集の中に入れられなかったのであろうか。いろいろ想像されるが、しかし、使人らの歌の主題が遣新羅使としての公的な任務でなく、あくまでも夫婦の、秋にはきっと帰るという約《ちか》い、それが果たせなかった悲劇にあったからではないだろうか。

次にあげる「家島」の歌は、使人らの帰路を歌った唯一の歌群である。この家島の五首は、遣新羅使の歌群百四十五首の道行の歌全体を締めくくる終曲部としてのフィナーレを奏でるものであった。新羅より筑紫を廻って長い旅路のはて、瀬戸内の「家島」をフィナーレの場面としたのは、その地名が「家」に因んだ家島だったからである。

「家島」は神野富一氏の『万葉の旅』によると、「播磨灘（姫路の南）の、陸地から八粁ばかり離れた海上にある大小四十余りの島々で、現在九千余人の人々がこの平地に乏しい狭い土地に住み、漁業と石材、土砂の採取、運搬を生業としている。この諸島に古くから人が住んでいたことは、旧石器～古墳時代の遺跡が散在しているということでわかる。『播磨国風土記』に『人々《ひとびと》、家を作り居《を》り、故《かれ》、家島と号《なづ》く』と語源説があり、上古の人々の盛んな暮しぶりが反映されている」とある。

遣新羅使の歌は、晩秋が去ってゆく対馬の歌十八首までで本曲はすべて終ってしまったと言えるのではないであろうか。又対馬のもみじの色彩の狂乱とうつろいのイメージは、対馬で死没した大使をはじめ、水手《かこ》たちを含めた使人らへの壮麗な挽歌であったのかも知れない。対馬の歌は使人らの歌のクライマックスに相応しいものであり、家島の歌は、秋には帰るという妻との約束を果たせぬまま、家郷に向けてただひた走りに走る船の中でのフィナーレであり、鎮魂の歌であった。雪宅満《ゆきのやかまろ》を人柱としてその亡魂は壱岐島に宿ったが、それ以外の使人の死没者の霊は、大使の亡魂と共に帰路の船の中に乗っていたと想像される。

筑紫に廻《かへ》り来て海路《うみつぢ》より京に入らむとし、播磨国の家島に到りし時に作る歌五首

①家島は名にこそありけれ海原を吾が恋ひ来つる妹もあらなくに（巻十五―三七一八）
②草枕旅に久しくあらめやと妹に言ひしを年の経ぬらく（三七一九）
③我妹子《わぎもこ》を行きて早見む淡路島雲居に見えぬ家つくらしも（三七二〇）
④ぬばたまの夜明《よあか》しも船は漕ぎ行かな三津の浜松待ち恋ひぬらむ（三七二一）
⑤大伴の三津の泊《とまり》に船泊てて竜田の山を何時か越え行かむ（三七二二）

①〈家島は名ばかりであった。遙かに海原を恋いこがれて来て妻もいないのに家島だなんて〉

帰りの海路をゆく彼らの心には、家島はまるで蜃気楼のように思えたであろう。島の名が家島であれば、そこにはわが家があり、妻が今か今かと待ってくれているはずである。だが望郷の思いが強すぎる時、現実を裏切る幻想はこの歌のように又、落胆をもたらす。家島は名ばかりであった。家とはいいながらそこには妻の待つ家などはなかったのである。

②〈どうしてそんなに旅に長くいるものかと妻に言ったのに、もう年がたってしまった〉「草枕旅に久しくあらめやと妻に言ひしを」というのは、妻と秋にはきっと帰るからと約したことで、それが「年の経ぬらく」と逆接するのが悲劇調である。遣新羅使たちの、対馬の歌からこの家島の歌まで、ずっと沈黙をしていた部分というのは『続日本紀』によって垣間みるしかないが、そこには、新羅での外交交渉が新羅の強い態度によって、実をあげることができず、彼らは屈辱感を味わわされただけであった。そして、壱岐、対馬では天然痘にかかるものが続出し、雪《ゆきの》連宅満《むらじやかまろ》、大使の阿倍継麻呂をはじめ多くの使人らが死亡してしまった。これらの不運のため、帰郷が予定から大幅に遅れたことも彼らにとって傷心の種となったのであろう。家島を見るまで彼らは歌一つ詠む気にはなれなかったのではないだろうか。

③〈わが妻を早く行って見たい、淡路島が雲の彼方に見えてきた、いよいよ家が近づいたに違いない〉妻の待つ家に向って使人らの意識が真直に突き進んで行くさまが歌われている。雲間に見える淡路島が見えてくると家に近づいたと心がおどるのである。

④〈夜通しでも船を漕いで行こうよ、難波の三津の浜松が待ちこがれているであろう〉意識だけがどんどん進行して、終着港を間近にひかえた難波の海を彷彿とさせるものがあり「三津の浜松待ち恋ひぬらむ」と憶良の歌の下句をそっくりとってはやる心を一気に歌っている。

⑤〈大伴の三津の船着場に停泊して、竜田の山をいつ越えて行くことであろうか〉滝田の山を

越えると妻のいる大和である。

家島―淡路島―大伴の三津―竜田山―家、と恋しい妻のいる家に向って心がはやる。即ち、①②の歌は、家島とはいえ「実体のない家」と悲嘆しているのに対して③④⑤の歌は、「実体のある家」に向ってつき進んでゆく心を歌っている。

こうして天平九年正月、使人らを率いて帰還した大判官壬生宇太麻呂《みぶのうだまろ》が正七位下から従六位上と三階級昇進した。天然痘に倒れ帰京が二ヶ月おくれて天平九年三月二十日に帰還した副大使大伴三中もやはり従六位下から正六位上に三階級昇進している。しかし、死没した大使阿倍継麻呂は出発時の位階のまま据えおかれている。新羅へゆき遣新羅使としての役目を果し、帰りの対馬で死没したのなら、遣唐使の例にもあるように一階級は昇進するはずである。大使が新羅へゆく前の対馬で死没したのだとしたら、役目を果たさなかったことになる。追贈のなかったのは、新羅を目前にして往きの対馬で死没したと考えざるを得ない。これは高橋庄次氏の『万葉集巻十五の研究』の中にある説である。大使以下の使人らが揃って紅葉の唱和した対馬での歌十八首は妻と約した秋には帰れないまま晩秋の九月が過ぎてゆくという悲劇調で、その対馬の宴がぬりつぶされているのは、大使父子をはじめ天然痘にかかった使人らの死をいたむ意味がこめられていたのではないだろうか。

ともあれ帰還した大判官、小判官によって二月に新羅の無礼が奏上された。兵を出して征伐をと言った新羅への強硬論も出たが、新羅の無礼は伊勢神宮と大神《みわ》の社に告訴することによって決着をつけており、結局は天平十年に来日した新羅の使を入京させず大宰府から追い帰したのが報復であった。

それは、大宰府管内で猛威をふるった天然痘が、遣新羅使らが帰京した天平九年についに都に侵入して猛威をふるったからであった。天然痘がその四月、藤原不比等の子、藤原房前《さき》の命をうばったのを始めとして、勢力をほしいままにした四兄弟、麻呂、武智麻呂、宇合《うまかひ》と次々と総なめにしたばかりでなく、百姓、民衆も多く死んだ。異様な世の中となって朝廷はしきりに神々に祈禱したが効果がなく、聖武帝は「朕の不徳のいたすところ」と大赦の詔を発せられた。

農民の困窮はますますひどく、逃亡によって農業に与える影響は深刻となり「父子流離し夫婦相失ふ」ことに「朕はなはだ愍《あはれ》む」という詔《みことのり》を出された。と同時に筑紫の防人派遣の最初の中止命令が出された。筑紫に派遣された東国からの防人を帰郷させ、筑紫の人で壱岐、対馬を守らせることにしたのである。これが遣新羅使たちへの鎮魂に関わる朝廷の一連の行動であった。

巻十五の遣新羅使の歌群は、帰路におけるこの家島の抒情で終りを告げる。私は彼らと共に難波津から瀬戸内、九州、壱岐、対馬そして、新羅より家島へと長く苦しい旅をしてきたような気がする。この家島の五首の歌には作者名がない。それ故に彼らの心が純粋にあらわれている。

遣唐使は歴史書の中でその軌跡を詳しく記されているが、遣新羅使の場合は必ずしもそうではない。しかし、万葉集巻十五、百四十五首の「遣新羅使の歌」をよみその背景をさぐると、重大な歴史的背景とその影響が浮かびあがってくる。日本書紀、古事記の史書の間隙を埋めるという万葉集の存在は、天皇、貴族の歌集としてばかりでなく、律令時代に地方に派遣された官人や庶民の悲しみや苦悩を率直に描き出されているということから、古代の心の歴史書としても貴重な書であるとこの稿を終えるに至ってつくづく思ったのである。

豊後の歌

万葉集の中に豊後の山々に因んだ、庶民的な心を素直に歌った歌が五首ある。即ち、木綿《ゆふ》の山（由布岳）に二首、朽網《くたみ》山（久住山）に一首、名欲《なほり》山（直入郡の木原《きばる》山）に二首である。こんな豊後の山々にも万葉びとは美しい歌を残してくれている。

木綿《ゆふ》の山

木綿の山は、別府市と湯布院との境の由布岳（一五八四米）のことで、別名豊後富士とも言われている。二つの大きな峯からなっており、山容はむしろ男性的で、ひときわ目だつ秀麗な山である。もと火山であったらしく、麓にはその名残の溶岩が沢山散らばっている。由布岳の麓の盆地、由布院は『豊後風土記』によると、柚富《ゆふ》の郷《さと》と言われ、楮《こうぞ》が沢山生い茂っていたそうだ。その樹皮は繊維が丈夫で、綱、領布《ひれ》（昔、身分の高い婦人が正式の服装のとき肩にかけて飾ったうすい布）、衾《ふすま》（寝具）の材料にし、又神に祈る時の幣にも使っていたという。

思ひ出づる時はすべなみ豊国の木綿《ゆふ》山雪の消《け》ぬべく思ほゆ（巻十―二三四一）

〈思い出す時は何とも仕方がなくて、豊国の木綿山の雪のようにわが身も消え入りそうに思われます〉

万葉集巻十の冬の相聞とあり恋のやるせなさ、消え入りそうな切ない思いを、木綿山の雪に託して歌ったのであろう。

由布院高原荘の入口から五十米入った所に、犬養孝氏の筆によるこの歌碑が、今を盛りと咲き誇っている八重桜の下に建っていた。そこから眺める由布岳は殊の外美しかった。

娘子《をとめ》らが放《はな》りの髪の木綿《ゆふ》の山雲なたなびき家のあたり見む（巻七―一二四四）

〈少女の結う放りの髪のような、そんな木綿《ゆふ》の山に雲よたなびかないでくれ、妻のいる家のあたりを見たいのだから〉

由布の山麓は狭霧《さぎり》台と言われる霧の名所で、私も一度由布院に泊ったことがあるが、朝起きるとあたり一面乳白色の霧におおわれて何も見えないのである。太陽が徐々に昇ってくると、思わぬ高い位置に由布岳の二つの峯があらわれ、霧が晴れるに従って美しい全容が見えてくるのが何とも幻想的であった。

これは山に囲まれた盆地という地形がなせるわざで、万葉の昔もやはりそうであったのであろう。

由布岳の山頂は晴れた日でも雲がかかることが多く、東西二つの峯のように。娘子《おとめ》が髷《まげ》を作りその残りを垂らすお下げ髪のことを、放《はな》りの髪と言ったようで、万葉びとの美しく豊かな想像力に感動した。因みに、当時の少女の髪型に、前髪を目すれすれに垂らした髪があったらしく、それを「目刺《めざし》」と言ったというのは大変面白いと思った。
城島《き》高原の南西にある志高湖畔の右手に、やはり由布岳を見上げる位置に森本治吉氏の筆によるこの歌の万葉歌碑がある。

朽網《くたみ》山

『豊後風土記』に「救覃《くたみ》の峯、この峯の頂に火恒《つね》に燎《も》えたり。基に数《あまた》の川あり。流れて神川に会ふ」とある。直入町湯原で二つの川が合流して朽網《くたみ》川となり、その下流が大分川となっている。朽網山は久住三山（久住山、大船山、黒岳）の中心の久住山（一七八七米）という説が多い。

朽網山夕居る雲の薄れ去《い》なば我は恋ひむな君が目を欲り（巻十一―二六七四）

万葉集巻十一は物に寄せて心情を表した歌で、特に相聞歌を収録した巻である。即ち、歌わんとする主題と似た現象を自然の中に見出して、それによって歌いおこす技法で、この歌は雲に寄せる恋の歌となっている。

上二句を序とみて「情が薄れたなら」「姿が薄れ去ったら」と解する説もあるが、ここは素直に夕暮の雲がうすれて見えなくなってしまったなら、私はひたすらあの人を恋しく思われて仕方がないと解釈した方が感銘深い気がする。豊後の風土に密着した、鄙にもこのようなすぐれた歌を詠める娘子《おとめ》がいたと言うことは、万葉集のもつ限りない楽しみだと思う。

名欲《なほり》山

名欲山は豊後の国直入《なおいり》郡のナホリをとったもので木原《きばる》山かという説がある。九重の山々に比べれば目立たない山だが、岡城址から見えるという。この名欲山には男女の別れの贈答歌がある。万葉集の中の男女悲別贈答歌というのは、これはこの土地に留まる女性の方から旅ゆく人に歌を贈るのが常であった。

明日よりは我は恋ひむな名欲《なほり》山岩踏み平《なら》し君が越え去《い》なば（巻九―一七七八）

藤井連《むらじ》の和《こた》ふる歌一首

命をしま幸《さき》くもがも名欲山岩踏み平《なら》しまたまたも来む（巻九―一七七九）

〈明日からは私は恋い焦れることでしょう。名欲山の岩を踏みならしてあなたが越えて行ってしまわれたなら〉

〈命が無事であって欲しいものだ。もし命があったなら名欲山の岩を踏みならして、又やって来よう〉　別れの悲哀の中にもあそび心が働いていて大変面白い贈答歌となっている。

始めに歌を贈った娘子《おとめ》は筑紫の遊行婦女《うかれめ》といわれているが、遊行婦女《うかれめ》は一般にいう遊女とは違って、貴族、官人の宴席にはべって、詠歌贈答したり、伝誦歌を口吟《くぎん》して風流を添えるその土地の才女であったようだ。

それに答えた藤井連《むらじ》は地方官人として単身赴任をして何年かこの地に滞在し、任期が終って都に帰ることになったのであろう。

藤井連《ふじいむらじ》は葛井連《ふじいむらじ》であるという。葛井連は、もと白猪史《しらいのふひと》という氏姓をもつ百済系の人で、七二〇年（養老四）五月に朝廷から葛井連《ふじいむらじ》の氏姓をあたえられたという。

葛井連というと、大宰府の梅花の宴で

梅の花今盛りなり思ふどちかざしにしてな今盛りなり（巻五―八二〇）

筑後守葛《ふじ》井《ゐ》大夫

という歌がある。

又、大宰帥大伴旅人が京に上った後、葛井連大成が悲しんで、

今よりは城《き》の山道は不楽《さぶ》しけむわが通はむと念ひしものを（巻四―五七六）

という歌を詠んでいる。

城《き》の山は筑紫野市と佐賀の境にある基山のことで、葛井連はこの基山を越えて大宰府へ通ったのであろうか。その「城《き》の山道」にふれ、親しみ仕えてきた大宰帥旅人《たびと》を愛惜したのであろう。

又、更に葛井連子老《こおゆ》という人物が、壱岐の地方官として派遣されていることが万葉集巻十五の歌でわかるが、この三人の葛井連の中には果たして同一人物があるのであろうか。

いずれにしても、こうして万葉びとは、その土地や風土のもつ個有の風景や人情の襞《ひだ》へ分け入り、恋のやるせなさ、望郷の思い、別れの悲しみ、人間の心の真実を率直に吐露して歌っているのである。

鏡山、香春《かはら》岳

鏡山

十号線沿いの福岡県築上町椎田を西へ曲り、大和の山野を思わせるようなのどかなたたずまいの豊津を過ぎ、勝山を越え、仲哀トンネルを抜けると、田川郡香春町に着く。そこに「鏡山」という小さな山がある。『豊後風土記』の中に、神功皇后が天神地祇をまつって鏡を鎮めたという伝説があり、そこで鏡山と称したと言われている。山あいの田圃の中に、高さ約五十mほどの小山で、こんもりとした木々の茂りの中に赤い丹塗りの建物が遠くからちらちらと見える。田の中に立っている鳥居をくぐり、山の麓まで来ると石段があり、その左手に歌碑が立っている。

①梓弓引豊国《あづさゆみひきとよくに》の鏡山見ず久ならば恋しけむかも（巻三―三一一）

梓弓引までが豊国にかかる序となっており〈豊国の鏡山を久しく見ないでいたら、きっと恋しくなることであろう〉という意である。これは「按作村主益人《くらつくりのすぐりますひと》、豊前国《とよくにのみちのくち》より京に上《のぼ》る時に作る歌」とある。益人《ますひと》とはどういう人なのか、村主《すぐり》というので渡来系の人らしいということである。

都から豊前の国に赴任していた下級官吏であろうか。

任期がきてこの地方を去るにあたって、豊国を恋しけむかもと歌っている。「恋し」という表現は、作者が切実に見たいという感情を起こさせる土地に限られていると万葉集研究家林田正男氏はのべている。

百五六十段もあるかと思われる石段を登ってゆくと頂上に鏡山神社がある。社《やしろ》は新しく建てかえられたのか、コンクリート造りの丹塗りの建築物となっており、古い謂われのある社《やしろ》であるのに少々意外であった。社の中を覗《のぞ》くと、中央に古代の鏡ならぬ大きな鏡が安置されていた。その社の西裾の、松や雑木の茂った小丘に石槨の一部が露出した古墳があり、これが河内王の墓だと伝えられている。又、ここから東北へ一粁の所、箒原《ほおきばる》の森にも三基の古墳があり、河内王、手持女王の墓かとも言われている。

河内王を豊前国の鏡山に葬《はふ》る時に手持《たもち》女王の作る歌三首

②大君の和魄《にぎたま》あへや豊国の鏡の山を宮と定むる（巻三―四一七）

③豊国の鏡の山の岩戸立て隠《かく》りにけらし待てど来まさず（巻三―四一八）

④岩戸割る手力《たぢから》もがも手弱《たよわ》き女《をみな》にしあればすべの知らなく（巻三―四一九）

王と呼ばれる人物は数多いが系譜のはっきりしない人物も多いと言う。折口信夫《しのぶ》は王と称する人物について、土豪系、帰化系、皇族系の三通りあると言っている。河内王の場合は皇族系で天武天皇の第四皇子（母は大江皇女）長皇子の御子である。皇子、皇女の名の多くは乳母の氏によることが多く、河内王の場合もそれではないかと言われている。この河内王は朱鳥《あかみどり》元年（六八六）、新羅の使節金智祥《こんちしょう》の接待役として筑紫に派遣され、持統三年（六八九）に大宰帥《そち》となり、同八年に筑紫で没している。手持女王は河内王の妻であろうと言われている。

②の歌の意は〈河内王の親しみなつかしまれる魄《たましい》になったのか、この豊国の鏡山を永久の宮と定めることだ〉「和魄《にぎたま》」は「荒魂《あらたま》」の対に使われる言葉で、温順な霊をあらわす語ということだ。「魂」は遊離魂で家郷に帰るが「魄」は定着性があり地に帰すという性格がある。この歌に使われた「魄」は万葉集中この一例だけだという。これは、中国の魂魄思想を踏まえての表記であると、やはり林田氏は記している。河内王が大宰帥として任地で亡くなり、そのまま鏡山に葬られそこを宮と定められたということは、大宰府の官人や、地縁を重んじた上代人にとっては、大きな衝撃であっただろう。

③の歌は〈王は豊国の鏡山のお墓の入口を岩で閉ざしてお籠《こ》もりになったに違いない。いくらお待ちしても出て来られない〉と幽界をへだてた深い悲しみをうたっている。

④は〈お墓の岩戸を破る手の力が欲しい、か弱い女であるのでどうしてよいかわからない〉亡くなられた河内王の死を悲しんで挽歌として切実感がある。

この三首は時間的な推移と心情の起伏が見事に詠いこめられている。「待てど来まさず」という訪れの期待と焦燥、絶望を詠い、その絶頂に達した叫びが「岩戸割る手力もがも」となっている。その強い調子も「すべの知らなく」と失意となって歌が終る。又、「岩戸」「手力」とあるので、私は天の岩戸の神話を連想した。しかし、神話は岩戸を引きあけ、手力男命《たぢからをのみこと》が天照大神の手をとってお出し申すことになっているが、ここでは「岩戸割る」という発想になっている。これは河内王の葬《はふり》の挽歌にかぎっており、東茂美氏は、鍛冶《か》鋳造集団の原体験から「岩戸割る」という発想が生れたとのべている。兎に角、力の強い手力男でなくて、たおやめの力のなさの悲哀をうたったもので、天の岩戸神話とは全く異質のものであるという説は大変面白いと思った。

香春岳《かはらだけ》

鏡山から約一粁の地点に香春三山がある。炭坑節で有名な「ひと山、ふた山、三《み》山越え」と歌われている山々である。古代は秀麗な山容をほこっており、村の人々も飽かず眺めたことであろうが、その一の岳の六合目あたりからセメント原料採掘のため、すっぱりと平らに削りとられ、真白な石灰岩の肌をあらわにむき出し、見るも無残というより異様な姿となっている。その一の岳の麓に香春神社がある。鏡山神社とはまるで違う古い木造の趣のある社である。

『豊前風土記』に、むかし新羅の国の神が渡来して、この河原《かわら》に住んだので訛《なま》って鹿春《かはる》の名が出たという。このような地名伝説のあるのは、その新羅神を祭る集団、帰化人が多かったことを告げるものだということだ。香春神社には、辛国息長大姫大目命《からくにおきながおほひめおほめのみこと》、忍骨命《おしほねのみこと》、豊比咩《とよひめ》命の三座が祀られている。

又、古代には、香春は大宰府と周防灘岸とを結ぶ官道田河道の一駅であって、大宰府から蘆城《あしき》、米ノ山峠、いまの嘉穂郡を経て行橋、苅田へと通じていたと犬養孝氏の『万葉の旅』にあるから、昔から都より派遣された官人、任期を終えて家郷へ帰る官人、遊行婦女《うかれめ》、商人、農民らが往き交った道なのであろう。

抜気大首《ぬきけのおほびと》、筑紫に任ぜらるる時に、豊前国《とよくにのみちのくち》の娘子《をとめ》紐児《ひものこ》を娶《ま》きて作る歌三首

⑤豊国の香春《かはる》は我家《わぎへ》紐児《ひものこ》にいつがり居れば香春は我家《わぎへ》（巻九―一七六七）

⑥石上布留《いそのかみふる》の早稲田《わさだ》の穂には出でず心の中に恋ふるこのころ（巻九―一七六八）

⑦かくのみし恋し渡ればたまきはる命も我は惜しけくもなし（巻九―一七六九）

抜気大首《ぬきけのおほびと》は伝未詳とあるが（首《おびと》は臣《おみ》や連《むらじ》の姓《かばね》を持つ氏族より低い地位の氏に与えられた姓）、筑紫に任ぜられる時とあるから、やはり都から地方官として派遣されたものであろうか。又、紐児《ひものこ》は土地の遊行婦女《うかれめ》であろうと言われている。

天平十六年（七四四）の勅に中央官人が地方の国司をしている間、任地の女子をめとって妻にすることを禁じているが、それ以前は地方官が現地妻をめとることはかなり行われていたということである。

⑤〈豊国の香春は我が家である。いとしい紐児《ひものこ》につながっているから香春は我が家である〉。このように二句と結句で同じことばを繰り返す歌は、記紀、万葉の初期の歌によく出てくる。「われはもや安見兒《やすみこ》得たり皆人の得がてにすとふ安見兒得たり」などはその例である。都の官人

が筑紫の娘子《おとめ》「紐児《ひものこ》」との熱い交情に歓喜の声をあげている様子〝香春はわが家だ〟の繰りかえしに都人としての陶酔が感じられる。又、「いつがる」の「い」は接頭語で「つがる」は動物が交尾する語であり、豊前地方ではいまでもこの言葉は使われている。この歌の場合、紐の縁語で、つながるという意になっている。

⑥は〈布留《ふる》の早稲田の穂のように顔色には出さずに心の中で恋い焦れているこのごろであるよ〉　布留の早稲田と大和の地名を使って紐児への恋心をのべるところはやはり都人らしい発想である。

⑦は〈これほど恋しつづけているので、私はもう命を惜しいとは思わない〉と言っている。しかし、題字に即した歌は⑤の歌のみで、あとの二首は「早稲田の穂には出でず」の表現からして忍ぶ恋、耐える恋と思われるのである。こうして抜気大首は紐児に心底ほれこんでしまってこの豊国に住みついてしまったのであろう。

このように豊前、筑紫には、中央より派遣された官人や、遣新羅使による歌が多く、大和朝廷から遠く離れて、都を思い、残してきた妻を思う歌が多い中で、この香春岳周辺の歌は不思議と都への望郷意識が少い。それも福岡県田川郡香春岳周辺には、万葉時代には新羅からの渡来人が多く住みつき、銅の採掘や鋳造などの技術が発達し、それにともなう独得の文化が根づいていたというが、そのような雰囲気があずかっていたことも影響していたのかも知れない。

企救《きく》の浜・他

北九州市小倉北区の勝山公園内に、企救《きく》の浜や企救の池を詠んだ巨大な自然石になる万葉歌碑が六基あり、そこを「万葉の庭」と命名されている。六首とも庶民の心を卒直に表現した歌である。

万葉時代の庶民、あるいは民衆という概念は、もともと社会を構成する多くの人々といった曖昧なものであった。青木和夫氏の『日本の歴史』によると「奈良朝では都の構成員は約二十万人と推定され、貴族は百数十人、官人は約一万余人とも言われ、その大多数は民衆といってよい存在であった。」とある。

次にあげる歌は、万葉集巻七、巻十二の作者未詳の歌群でおおむね庶民的な歌である。しかし、中には洗練された貴族和歌との類似点がみられるものもあるが、それは貴族文化に接した、都とその周辺の民衆が影響をうけたものであろう。

歌われている企救の浜は、現在の北九州市の門司、小倉両区の海岸線をさしたものらしく、村田正男氏の『万葉の旅』によると「現在の鹿児島本線に沿った響灘側の小倉北区延命寺から小倉港をへて戸畑の洞海湾口までの海岸線をいったと考えられる。いずれにしろ小倉を中心とした付近の海岸線ということになり、当時は、その間凡そ八キロメートルのほぼ真直な白砂青松の長浜が続いていたと思われる」とある。

歌の舞台となった企救の浜は、今では埋立てられて、住友金属、九電発電所、新日本製鉄などの工業地帯となっており、かつての面影は全くない。

①豊国の企救の浜辺の砂地《まなごつち》真直《まなほ》にしあらば何か嘆かむ（巻七―一三九三）

三句までが真直《まなお》を起こす序となっており、〈あの人が真面目であったなら何で嘆くことがありましょうか〉　相手の男性が真面目でなく、移り気なため将来に不安を感じて詠んだ女側の歌。現代にも通じる女のため息みたいなものを感じさせる歌である。又、具象性を歌いこむ一つの方法として、「企救の浜」のように「地名」を入れることは地域と深くかかわり、地域の自然や生活の様子を濃厚に反映させることになり、民衆性と微妙にとけあって雰囲気をかもしだしている。

②豊国の企救の浜松ねもころになにしか妹に相言ひそめけむ（巻十二―三一三〇）

二句までがねもころ（ねんごろ）を起こす序になっており〈どうしてあの子とねんごろに契《ちぎ》りそめてしまったのであろうか〉　この歌は「羇旅《たび》にして思ひ発《おこ》す」とあるので、旅に出た淋しさから、ふと出合った女とねんごろになったことを悔いている歌で、人間の心のたよりなさ、男と女の出合いの不思議さなどが思われて、作者の卒直な感情吐露は面白いと思う。

万葉集の巻十二は作者未詳の一大相聞歌《そうもんか》となっている。内容は、寄物陳思歌《ものによせておもいをのぶるうた》（恋の心情を歌う場合物に寄せて歌うというひとつのかたち）、正述心緒歌《ただにおもいをのぶるうた》（物に寄せないで心情を直接表現する歌）、問答歌、羈旅発思歌《たびにおもいをおこすうた》（旅の歌）、悲別歌《わかれをかなしぶるうた》（旅立つ者との別れを悲しむ歌）に大別されている。

③豊国の企救の長浜行き暮し日の暮れ行けば妹をしぞ思ふ（巻十二―三二一九）

④豊国の企救の高浜高々に君待つ夜らはさ夜ふけにけり（巻十二―三二二〇）

③④は二首対《つい》の「問答歌」となっている。

③は〈豊国の企救の長浜を行きつづけて日が暮れてゆくと故郷のお前を思い出すよ〉長浜を旅してゆく中に日が暮れてしまったその淋しさに家郷の妻を恋しく思う自然発生的な男の歌である。

④は〈高々と背のびする思いで今か今かとあなたを待って夜はすっかり更けてしまった〉妻が爪先だてて夫の帰りを待ち望んでいる思いを実感的に歌っている。類歌に次のような歌がある。

石上布留《いそのかみふる》の高橋高々に妹が待つらむ夜そふけにける（巻十二―二九九七）

豊前国の白水郎《あま》の歌一首

⑤豊国の企救の池なる菱《ひし》の末《うれ》を摘むとや妹がみ袖濡れけむ（巻十六―三八七六）

〈豊国の企救の池にある菱の葉先の実を摘むというのであの娘《こ》の袖が濡れたであろう〉企救《きく》の池については、小倉城の内堀のことであるとも言い、小倉南区城野の東の長池であるとも言う。

又、『大日本地名辞書』には小倉南区大興禅寺の前庭の紫池で小倉区の紫川の名の起こりとされているとある。
この歌は、豊前の白水郎《あま》の歌とあるが、遊行婦女《うかれめ》をめぐる海人《あま》の歌か、それとも都人の作が白《あ》水郎《ま》たちの間に伝承されて民謡化したものかと言われている。次のような類歌がある。
君がため浮沼《うきぬ》の池の菱摘むと我が染めし袖濡れにけるかも（巻七―一二四九）
心象がどんな風に形象《けいしょう》されるか、形象化されたものがどれだけ個性的であるかということに重きをおく現代の歌と違って、古代に類型が多いのは彼らがまだ古代社会の中で個性的に生きられなかったということではないだろうか。古代では古歌というものが一種の共有財産であった。表現のための型を共有するということは、歌を詠む場合容易に古歌のことばを引用することによって表現できる。即ち古歌を巧みに引用することは古代人にとって教養の一つであった。
⑥霍公鳥《ほととぎす》飛幡《とばた》の浦にしく波のしばしば君を見むよしもがも（巻十二―三一六五）
飛幡の浦は今の北九州市戸畑の海岸のことである。「ほととぎす」は飛幡《とばた》にかかる枕詞となっている。ユニークな枕詞で万葉集中の用例はこの歌だけという。上句はしばしばを起こす序となっており、〈戸畑の浦にしきりに寄せる波のように、しばしばあなたを見るてだてがあればよいのになァ〉という意。旅にある男の目に映った光景という説もあるが、むしろ留守を守る女が、旅にある男の行っている土地に思いを馳せて、一緒にいたいと願う女の情念の世界のようである。

天霧らひ日方吹くらし水茎の岡の水門《みなと》に波たち渡る（巻七―一二三一）

岡の水門《みなと》は遠賀郡芦屋が岡の地で、遠賀川河口のことだという。昔は入江の東側が広くよい港であったが、今は船影も見えずひっそりとした風景となっている。〈空一面に霧がかかり東の風が吹くに違いない。遠賀川の岡の水門《みなと》に波がたちわたっている〉

「日方」は風の名で日のある方から吹く風の意から出た言葉で、この場合東風をいう。この地では「ひかた」という古語が現在も方言として残っているということだ。響灘の空がかすんで東風が吹いてくると波がしらしらとたってくる、という調べの美しい歌であるところをみると、作者は或いは都から地方官として派遣された者ではないだろうか。

ここは又、大宰府へ通じる道筋でもあるので航海者として港の実景を見、その感慨をうたったようで、港での天候への関心、そして土地讃めの叙景の歌となっている。

ちはやぶる金の岬を過ぎぬともわれは忘れじ志賀の皇神《すめかみ》（巻七―一二三〇）

金の岬は宗像郡玄海町鐘崎の北端にある岬で地の島との間の瀬戸が玄海灘と響灘との境にあり昔から難所として有名であった。

〈波の恐ろしい鐘の岬を無事過ぎたけれども私は忘れまい。海の守護神である志賀の神様を〉

ちはやぶるは普通神にかかる枕詞だが金の「か」と神の「か」の同音の関係でかかるという説と、この場合神霊が荒れ狂うの意に用いて航海の難所としての鐘の岬の状態をいったものという説がある。

源氏物語の『玉鬘《たまかづら》』の巻、夕顔の忘れがたみの姫君が、乳母の夫が大宰の少弐に任官して筑紫へ赴任することになり、一緒に筑紫へ下る途中、「鐘の御崎を過ぎても、『われは忘れず』など、世とともの言種《ことぐさ》にて……」とあり、この鐘の岬の歌がすでに伝えられていたことがわかる。又、いつのときか韓国《からくに》から鐘をもって来てこの海に打ちはめた。宗像朝臣興氏という人が沢山の人を集めて、鐘に大綱をかけて引揚げようとした。すると俄かに雨風烈しく吹いて目的を果せなかった。後に源長政朝臣が波止を築いてその鐘を又引揚げようとしたが、やはり風雨が強く大波がおこり遂に諦めたということが伝えられている。

大海の波は恐《かしこ》し然れども神を斎ひて船出せばいかに（巻七―一二三二）

〈大きな海原に立つ波は恐ろしい。けれども忌みつつしんで海の神を祭って船出したらどうだろうか。そうすれば安全なのでは〉という意味で船頭や水手《かこ》たちに問いかける形になっている。

以上の北九州地方の万葉の歌は、「豊国の企救の浜」「ほととぎす飛幡《とばた》の浦」「水茎の岡の水門《みなと》」「ちはやぶる金の岬」というのが、旅についての単なる修辞でなく、又恋情を引出すための序詞でなく、これから実景描写としての臨場感を強く感じることが出来る。そして、これらの歌はこの地方の気候、風土と密接にかかわり合って、庶民的、風土的文芸の世界をかたちづくっており、興味深い歌群となっている。

中臣宅守《なかとみのやかもり》と狭野茅上娘子《さののちがみのをとめ》との贈答歌

㈠

君が行く道の長手《ながて》を繰り畳ね焼き滅ぼさむ天の火もがも（巻十五―三七二四）

〈あなたが行く道の長い道中を手ぐりよせ、畳んで亡してしまう、そんな天の火が欲しい〉という、他に類をみない激しい心のほとばしりを詠んだ歌がある。この歌を読んだとき、私は深い衝撃を受けたと同時に、これはただの恋歌ではない、この心の爆発とも思える歌の背景に何があるのだろうかと興味を抱かずにはいられなかった。

この歌は、万葉集巻十五の後半を占める、中臣宅守《なかとみのやかもり》と狭野茅上娘子《さののちがみのおとめ》の贈答歌六十三首中の娘子《おとめ》の一首である。この二人の贈答歌は、天平年間、宅守が何らかの罪によって越前の味真野《あじまの》に流され、京に残された娘子《おとめ》との間にとり交わされた歌群である。

この贈答歌のやりとりされた事情を歌群の題詞にこう書いてある。

「中臣朝臣宅守《なかとみのあそみやかもり》の蔵部女嬬《くらべのにょじゅ》狭野茅上娘子《さののちがみのをとめ》を娶《めと》りし時、勅して流罪に断りて越前の国に配せられき。ここに夫婦の別れ易く会ひ難きを相歎き、各々慟《いた》める情を陳《の》ぶる贈答歌六十三首」とある。

まず、一番疑問に思うのは、宅守は何の罪によって越前に流されたのであろうかということである。

中臣宅守が越前に配流になった原因は、蔵部女嬬《くらべのにょじゅ》であった娘子《おとめ》との結婚が非合法であった、即ち禁じられた結婚であり、宅守は越前へ、茅上娘子は都にと引き離されたと考えられていた。それは女孺が大化改新以前から、采女《うねめ》と同様天皇以外の男性に近づくことが出来ないからであるという学説である。

しかし、上田敦子氏が異説を唱えた。先ず題詞に「中臣朝臣宅守の、蔵部女孺《くらべのにょじゅ》狭野茅上娘子《さののちがみのをとめ》を娶《ま》きし時」とあって、禁じられた結婚なら「奸」の字を使うはずだといっている。又、「娶《めと》りし時」とあって「娶りし故」といってないところから、二人の結婚は、配流の理由ではないという。そして、流罪の理由はその結婚以外に宅守が何か他の罪を犯したためであろう、もし結婚が流罪の原因なら、宅守だけでなく、茅上娘子も処罰されるはずであるが、しかし、娘子は処罰された形跡がないというのである。

そこで思い出されるのは、同時代にあった石上乙麻呂《いわがみのおとまろ》と久米若売《くめわかめ》の事件である。乙麻呂は、元明、元正朝の左大臣をつとめた石上麻呂の第三子、文才に富み左大弁の要職についていた。この場合は「石上朝臣乙麻呂、久米若売を奸す」とあり、乙麻呂は土佐に配され、若売は下総の国に流されている。

若売は藤原宇合《うまかい》（藤原不比等の子）の妻で天平九年に夫と死別している。彼女が乙麻呂と結ばれたのはその後だったのであろうか。それとも、夫の生前からだったのかは全くわからない。

では、宅守はどんな罪を犯したのであろうか。上田敦子氏の新説として、宅守の父と思われる

「中臣宮処連東人」が大伴小虫に殺されたのに対して、宅守が小虫を殺して仇をとったのが原因であろうというのである。しかし、これに対して沢瀉久孝氏は東人と宅守の父とは別人であることを指摘し、その新説をくつがえした。

しかし、宅守の歌群の中にこんな歌がある。

さす竹の大宮人は今もかも人なぶりのみ好みたるらむ（三七五八）

宅守が娘子《おとめ》のことで陰険な大宮人になぶりものにされ、腹をたてて刀傷沙汰となり、その罪で流罪になったのではないだろうか。歌の中にうらみと抗議が感じられる。又、

世の中に常のことわり斯くさまになり来にけらし据ゑし種から（三七六一）

〈自分が蒔いた種が原因で今のような辛い身の上になってしまったが、これが世の中の道理というものなのであろうか〉

茅上娘子との恋を後悔するはずはないから、大宮人の「人なぶり」に自分が我慢していればよかったのに、かっとなって剣を抜いて殺《あや》めてしまい、自分が悪かったのだという反省の気持を歌ったものだと解釈すると、うなづけるような気がする。

かわってヒロインの狭野茅上娘子《さののちがみのおとめ》は女孺《にょじゅ》とある。土橋寛の『万葉開眼』によると「女孺は采女《うねめ》とともに大化改新以前からあり、両者は主人に近侍して身辺雑用の世話をする点は同じだが、采女が地方の族長から、天皇に貢進された人質的な存在で、その人格が天皇に所有されていたのに

対し、女嬬はいわゆる召使で宮廷にも親王家もいた。記紀には、天皇以外の男性が采女と関係を持つことが禁忌であった説話が多いのに対して、女嬬にはそのような例がないのは、采女と女嬬との身分上の違いによるものであろう。令制では采女は後宮の水司に六人、膳司に六十人おかれ、女嬬は内侍司に百人、蔵司に十人、書司に六人、薬司に四人、兵司に六人、闈司に十人、おかれていた。茅上娘子はその蔵司十人の中の一人であって、官物の出納・記帳を掌る職であったとある。

又、山口博氏の『万葉の歌』には、「女嬬というのは、宮廷の女の園である後宮の雑役人である。位は低く最下位で少初位《しょうそい》か無位。その女嬬の下にその予備軍というか、欠員を待って女嬬になろうとする人たちに采女《うねめ》と氏女《うじめ》がある。采女は各国の代表、氏女は各氏の代表である。当時の法律は、階級により服装は規定されていた。天平の娘子というと、高松塚の絵の女性たちのような華やかな服装を考えるが、あれは上級職、無位は緑、紺、縹《はなだ》などの青系統の地味な服装に紫や赤の細帯をしていた。

律令官僚であるから給料が支給されている。下級役人は年に二回、春と秋に支給されそれも現物支給である。少初位《しょうそい》の女嬬は絁《あしぎぬ》一匹、綿一屯《もち》（一・四キロ）、布二端（一端は四丈×二尺）、鍬《くわ》五口、無位はこれより布一端が少なくなる。これを二倍し、月々の給料（米や調味料）を加算した額が女嬬の年収である。これを今日の貨幣価値になおすと、少初位で二百三十万、月給にして二十万弱のＯＬというところか。

女嬬は氏女《うじめ》か采女《うねめ》が任ぜられ、茅上娘子もそうだったのであろう。茅上は、紀伊の国牟婁《むろ》郡に狭野《さの》というところがあるが、その地の出身で狭野采女と名のっていたのではないか、そして、女嬬となって狭野茅上娘子女嬬《さののちがみのおとめじよじゆ》と改めたのであろう……」と少々違った見解を示している。
①あしひきの山道越えむとする君を心に持ちて安けくもなし（巻十五―三七二三）
②君が行く道の長手を繰り畳ね焼き滅ぼさむ天の火もがも（三七二四）
③吾が背子しけだし罷《まか》らば白栲《しろたへ》の袖を振らさね見つつ偲《しの》はむ（三七二五）
④この頃は恋ひつつもあらむ玉匣《たまくしげ》明けてをちよりすべなかるべし（三七二六）
右四首、娘子別れに臨みて作れる歌
①あしびきの山道とは、宅守の配流地越前への道（琵琶湖の西岸と言われている）であり、「山道越えむとする君」とは、山を越えれば娘子と宅守の間を山が遠くへだててしまう、下句はそのことを心に持ちて安けくもなしと嘆いている。①の歌は次の爆発的な歌を予感させる歌である。
②は、宅守が配流地へ行くその長い道をかずらのようにたぐり寄せ畳みこんで焼き亡してしまうそんな天の火が欲しい、と読むものをして息苦しさを感じさせるような、切羽《せつぱ》つまった願望を歌っている。
万葉集の恋歌の中には類型が非常に多いが、それは古歌のことばを巧みに引用して歌うことが

古代の人々にとって教養の一つであったためである。しかし、茅上娘子のこの歌は、全く類をみない独得の形でしかも、個性的な発想となっている。「道を繰り疊ね焼き滅ぼさむ」は文学的には高く評価されている。

③の歌は、現実にかえって、もし都を出て山道を越えるときは白栲《しろたえ》の袖を振って下さい。それを見てあなたを偲びましょう。別れに臨んだ歌で、前の歌に比べるとあきらめの境地となっている。

④は、今のうちは恋こがれながらもこうしていられましょう。しかし一夜明けてから先は何ともしょうがないことでしょう。

①の重苦しい心、②の感情が激して何物をも焼き亡してしまいたいと叫び、③は急に哀願的な調べとなり、④はだんだん諦めのつぶやきとなるこの感情の激しい起伏は娘子の性格を浮きぼりにしている。

思いがけない不幸な事件が、平凡な暮しをしている人に佳作をもたらすという皮肉な現像がある。そしてそれが手なれた専門歌人には見ることの出来ない純粋さで読むものをして共感を抱かせるのである。茅上娘子の場合も夫の流罪によって激しいショックを受け、かくれた力量がその花を咲かせたと言ってもよいのではないだろうか。

(二)

「万葉集」の中には、さまざまな恋のドラマの歌があるが、その内容はあまりはっきりしない。恋の歌として一首一首は味わうことはできても、そのロマンスは背後にあって霧に包まれている。多くの場合、恋はあくまでも秘めごとであって、おおらかに、そして公にできるものではなかったからであろう。

万葉集では、例外として法に触れて刑を受けた人の恋の歌の、そのやりとりによって、ロマンスを垣間みることができる。中臣宅守《なかとみのやかもり》と狭野茅上娘子《さののちがみのおとめ》の場合もそうである。

天平時代には身分関係の立場からみて、非合法、即ち禁じられた恋愛関係がめだってきたのであろう。当時は人の噂にのぼり、目にあまる「姦通」に政府は重い刑罰をあたえた。又、その一方で「貞婦」には賞典をあたえたということである。儒教思想のうらづけもあったのであろうか。

前の茅上娘子の夫に対する情熱的な歌に比べて、中臣宅守の歌は配所味真野（福井県武生市近郷）へ向って出発する時の歌。そして、配所にあって茅上娘子に贈った歌の発想、表現においていずれも生ぬるく平凡であると言われている。しかし、宅守の歌をみるかぎり、下級官吏として、卒直な人間感情の中に生きていたという気がする。しかも、男として感情をあらわに出さずやや抽象的に自分の感情の起伏を実直に歌っているところから、そのように評されるのではないだろうか。

①塵泥《ちりひぢ》の数にもあらぬわれゆゑに思ひわぶらむ妹がかなしさ（巻十五―三七二七）

②あをによし奈良の大路は行きよけどこの山道は行き悪《あ》しかりけり（三七二八）

③うるはしと吾《あ》が思《も》ふ妹《いも》を思ひつつ行けばかもとな行き悪しかるらむ（三七二九）

④恐《かしこ》みと告らずありしをみ越路《こしぢ》の手向《たむけ》に立ちて妹が名告《の》りつ（三七三〇）

右の四首は、中臣朝臣宅守《なかとみのあそみやかもり》の上道《みちたち》して作る歌なり

①の塵や泥のような物の数ではない私のために思い悩んでいるであろう妻がいとしい。「塵泥《ちりひぢ》の数にもあらぬわれ」とオーバーな卑下した表現をしているが、茅上娘子にからんだ傷害沙汰を起こしたその罪意識が強く、悲劇の主人公としての自己主張が思われる。

②立派な奈良の都大路は歩きよいが、配流の地越前への山道はごつごつとして歩きにくいと、娘子《おとめ》と離れて行きたくないという気持も手つだって難儀しながら行くことよと歌っている。

宅守はどういうルートで奈良の都から配所の越前味真野《あじまの》へ旅立ったのであろうか。当時、琵琶湖の湖東には歌が少く、湖西から湖北にかけて歌が多いと言われている。これは交通量によるものらしく、やはり彼も、京から北上して山々の重なり合う湖西のごつごつした北陸道をゆき、愛発《あらち》の関を越えて難渋しながら味真野へ向ったのであろう。

③の歌も、美しく愛《いと》しいと思う娘子《おとめ》のことを思いながら行くので、いたずらに行きにくいので

あろうかと繰り返し山道を「行き悪し」と歌っている。

④万葉時代の人は、遠く離れている人の名を呼ぶと、その人の魂が遊離して呼びよせられるという信仰があって、遠くの人を呼ぶことを恐れていた。宅守は罪人の身であるから「恐みと告らずありしを」といわねばならなかったのであろう。しかし、この越前への道の峠に立って娘子の名をとうとう口に出して呼んでしまったのである。越前の愛発《あらち》の峠を越えると、大和にいる娘子《おとめ》との間を遠く山々が引き離してしまう。だから宅守は勅令で配所へ行くにもかかわらず娘子《おとめ》の名を呼んでしまったのである。

宅守は、都から琵琶湖の西側の道を行きなずみつつ愛発《あらち》の関を越えて、越前国府近くの配流地味真野《あじまの》までの長い旅を終って、そこで馴れない孤独な生活が始まった。そのような中で、彼は折にふれて感情がたかまったり、あるいは落ちこんだりしたのであろう。次にその感情のままに記録したとも思われる宅守の歌十四首がある。しかし、残念なことに、彼には配所の地をじっくり見まわすような心の余裕はなかったのであろう。それらの歌はただ茅上娘子《ちがみのおとめ》への恋しい思いに終止している。

①思ふ故《ゆゑ》に会ふものならばしましくも妹が目離《か》れて吾《あれ》をらめやも（巻十五―三七三一）

②あかねさす昼は物思ひぬばたまの夜はよすがら音《ね》のみし泣かゆ（三七三二）

③吾妹子《わぎもこ》が形見の衣なかりせば何物もてか命継がまし（三七三三）

④遠き山関も越え来ぬ今更に会ふべきよしのなきがさぶしさ（三七三四）
⑤思はずも実《まこと》あり得むやさ寝《ぬ》る夜の夢にも妹が見えざらなくに（三七三五）
⑥遠くあれば一日一夜も思はずてあるらむものと思ほしめすな（三七三六）
⑦他人《ひと》よりは妹ぞも悪しき恋もなくあらましものを思はしめつつ（三七三七）
⑧思ひつつ寝《ぬ》ればかもとなぬばたまの一夜もおちず夢にし見ゆる（三七三八）
⑨かくばかり恋ひむとかねて知らませば妹をば見ずぞあるべくありける（三七三九）
⑩天地の神なきものにあらばこそ吾が思ふ妹に会はず死《しに》せめ（三七四〇）
⑪命をし全くしあらばあり衣《きぬ》のありて後にも会はざらめやも（三七四一）
⑫会はむ日をその日と知らず常闇《とこやみ》にいづれの日まで吾《あれ》恋ひをらむ（三七四二）
⑬旅といへば言《こと》にぞ易き少くも妹に恋ひつつすべなけなくに（三七四三）
⑭我妹子《わぎもこ》に恋ふるに吾《あれ》はたまきはる短き命も惜しけくもなし（三七四四）

右の十四首は中臣朝臣宅守《なかとみのあそみやかもり》のなり

宅守は、越前の味真野の配所の暮し、その苦しみを具体的に京の人々に訴えようとはしていない。それに触れた相聞歌であったなら個性的となり、後の世の人々にも深く訴えるものになっていただろう。しかし、宅守は恋のみやびをあくまでも意識して歌ったようである。

①相手のことを思いさえすればその相手に逢えるという、もしそうなら少しの間でもあなた

（娘子《おとめ》）に逢わずにいるものか、つまりわたしはこんなにあなたを思っているということにほかならない。それを言うために「思ふゆゑに会ふ」という仮定条件で強調している。次の②の歌によってさらに確認できる。

②昼は昼で物思いに沈み、夜は夜通し泣きに泣くばかりと二句対句仕立になって嘆きを強調している。

③「形見の衣」と娘子《おとめ》は別れにのぞんで、私のことを思い出して下さいと自分の衣を宅守に贈ったのであろう。その衣がなかったなら何によって命をつなぐことができるだろうか。後に娘子《おとめ》はその贈った白栲《しろたえ》の衣の歌を二首作って女の恋の執念をみせている。

④遠い山や関を越えて娘子《おとめ》とは遠くへだてられてしまった。今はもう会うべきてだてがないのが何とも淋しくてたまらないと歌っている。

⑤〜⑨までの歌は文字通り「思ふ」ということに理屈っぽいくらいに徹底的にこだわって歌っている。

⑤あなたのことを本当に思わずにいられるものだろうか。夜の夢にあなたがいつも見えているのに……。「見えざらなくに」と否定のことばを重ねて、夢にいつも見えていることを強調している。

⑥遠くにいるので、わたしが一日一夜たりとも思わずにいられるなどと思って下さるなと「思

はず」をめぐって展開をみせている。

⑦他人よりもあなた（娘子）が一番いけないのだよ。あなたを知らなければこんな恋の苦しみもなくていられたものを、わたしにこんな苦しい思いをさせて……。

⑧あなたを思いながら寝るから、あなたがしきりに一夜も欠かさず夢に見えるのだろうかとやはり「思ふ」にこだわって歌っている。重なり合う山々をへだてて宅守はこちら、娘子はかなたと離ればなれになってしまっている。又、関所もある。現実に通うことができない二人にとっての通い路は、越路ではなく夢路であったのである。

⑨こんな恋に苦しむとあらかじめ知っていたら、あなたに逢わずにいるべきであった。現代の人々に共感できる思いであろうが、このように率直に歌う人は少くなった。

⑩天地に神というものがないのなら、私が恋しいと思っているあなたには逢えずに死ぬのであろう。悲劇のヒーローとして、宅守の悲劇性をきわだたせている。

⑪命さえ無事であったなら、こうした辛いことの後にもどうして逢えないということがあろうか、必ずいつか逢えるはずだ。逢わずに死んでしまうのかと思ったり、生きていたらいつかは逢えるのだと思いは乱れるのである。

⑫その逢える日をいつの日とも知らず常闇《とこやみ》の気持で、いつの日まで恋いつづけるのだろうか。茅上娘子はかなたへ、宅守はこなたへ、娘子は明界に、宅守は山々を隔てた越前の幽界に、勿論

現実に宅守は死の幽界へ行ったわけではないが、しかし、都人が未知の山深い所へ流されるということは、当時にとっては精神的な死を意味する。配流の地にいる自分を無限の闇の中にいると歌うのである。琵琶湖の北の山々、愛発《あらち》の関、そして越《こし》の山々と、一歩、一歩ふみしめて遠く越えて来た宅守の実感として、逢うべきよしもないと嘆くのである。

⑬上句で、旅のつらさを言葉でいうのはやさしい、旅にあって娘子を恋う苦しさはどうしようもないと身悶えしている。

⑭宅守の最後の歌、娘子《おとめ》を恋う苦しさにわたしはもうこの短い命などどうなっても惜しくはないという。⑬の歌の身悶えをさらに増幅した表現で宅守はこの十四首の歌群を歌い納めている。

こうして宅守は娶った茅上娘子のことで傷害事件を起したと考えられているだけに、恋に命をかけた男として、都の官人たちの関心をよび、同情と憧れの目で見られたのではないか。彼らはそれを意識し、このような悲劇の主人公として密度の濃い贈答歌のやりとりが行われたのではないだろうか。

(三)

中臣宅守《なかとみのやかもり》は配流の地越前の国へ、茅上娘子《ちがみのおとめ》は都にと、遠く離れ離れになり、好便を求めたとしても文通はなかなか容易なことではなかったであろう。都と越前国府との間を往来する官人にふたりはそれぞれの歌を託したにちがいない。

二人の相聞歌《そうもんか》のやりとりにおいて、娘子《おとめ》の方がはるかに激しく燃えていた。宅守《やかもり》が流されてゆく遙かな道を「焼き滅《ほろぼ》さむ天《あめ》の火もがも」と歌ったのは、宅守が自分との愛ゆえに罪をこうむったのだという思いを抱いていたからかも知れない。たとえそうでなくても、最愛の人が刑を受けて遠い北辺に追われるのだから、頼るものを一挙に失った彼女の悲歎は想像以上に深かったのであろう。

茅上娘子《ちがみのおとめ》の宅守に対する一途な恋の歌は、貴重な文芸作品として、坂上郎女《さかのうえのいらつめ》、笠郎女《かさのいらつめ》と共に万葉時代の代表的な女流歌人としての地位を築きあげたといっても過言ではないであろう。

前に記した宅守の歌十四首は、京にとどまった娘子の胸にどんなにか強くひびいたことであろう。彼女はこれに対して九首の歌でこたえている。娘子は彼女のうちに生れた感情を配所の夫にどう表現し伝えたのであろうか。

①命あらば会ふこともあらむわが故《ゆゑ》にはだな思ひそ命だに経《へ》ば（巻十五―三七四五）
②人の植うる田は植ゑまさず今更に国別れして吾はいかにせむ（三七四六）
③わが宿の松の葉見つつ吾待たむ早帰りませ恋ひ死なぬとに（三七四七）
④他国《ひとくに》は住み悪しとぞいふ速《すみ》やけく早帰りませ恋ひ死なぬとに（三七四八）
⑤他国《ひとくに》に君をいませて何時《いつ》までか吾が恋ひをらむ時の知らなく（三七四九）

⑥天地《あめつち》の極《そこひ》のうらに吾がごとく君に恋ふらむ人は実《さね》あらじ（三七五〇）
⑦白たへの吾が下衣《したごろも》失はず持てれわが背子《せこ》直《ただ》に会ふまでに（三七五一）
⑧春の日のうらがなしきにおくれゐて君に恋ひつつ現《うつ》しけめやも（三七五二）
⑨会はむ日の形見にせよとたわやめの思ひ乱れて縫へる衣ぞ（三七五三）
右の九首は娘子《をとめ》のなり

①の歌の結句の原文が「伊能知多尓敝」「いのちたにへは」となっているので、いろいろな説があるが、通説「命だに経ば」命さえあればという意の説をとることにする。宅守が〈恋の苦しさが増してどうしようもない。その切なさに命などもう惜しくない〉と歌った。それに対して娘子は〈命があれば又お逢いすることもあるでしょう、わたしのためにひどく思い悩まないで下さい。せめて命さえあれば〉と平明な歌であるが、それだけに心に沁みる歌となっている。

②の下句で今さら別の国にわかれてしまって、わたしはどうしたらよいのでしょうと宅守と同じ嘆きで応じている。しかし、彼女の歌が宅守の歌と違うところは、上句で「人の植うる田は植ゑまさず」と具体的に歌っているところである。〈人はみな田植えをして忙しくしているのにあなたはそれもなさらず、今遠い他国にいる。わたしは一体どうしたらよいのでしょう〉と実景にふれて娘子は生活の中から歌っているのである。

宅守の歌はどちらかというと、花鳥風月に流れ、恋のみやびを強調しているように思える。又、娘子《おとめ》のこの歌は実感的である故に、共に生活した夫に対する妻の言葉であり、ひとり残された妻の孤独感がにじみ出ていると言えよう。

③④⑤の歌は遠い他国にいる夫宅守をひたすら待つという連作になっている。

③〈わが家の庭先の松を見ながらお待ちしましょう。早くお帰りになって下さい。焦れ死にしないうちに〉眼前の自分の家の庭の「松の葉みつつ」とある。「松」には「待つ」がかけてあり、「吾待たむ早帰りませ」と願う気持、そして「恋ひ死なぬとに」と結んで相手に訴えかけることばとして迫力がある。

④〈他国は住みにくいということです。すみやかにお帰りなさいませ。焦れ死にしないうちに〉前記の「早帰りませ恋ひ死なぬとに」に娘子は感情を高めたのか「他国は住み悪し」という句の下に又繰りかえしている。

〈良し・悪し〉の発想で娘子は夫宅守に対して、吾が家に早く帰って来なさいと促した。これは、中国の招魂法で、そちらは住み難くすべてが悪い、こちらは住み安くすべてが良いという論法で、魂をこちらへ招き戻す方法であるという。招魂の呪法をふまえた娘子の祈りの歌と思える。

⑤〈他国にあなたを置いて、一体いつまでわたしは恋いこがれていることでしょうか。お帰りになるその時もわからないで〉感情の流れにしたがって、次々と歌が生れる様子がわかる。彼女は感性が豊かで、作歌力を身につけている女性であると言えるだろう。宅守の方は線が弱く、個

性に乏しい感があり作歌に苦しんでいる様子がみえ、そこが対照的でかえってこの贈答歌に変化をあたえているのかも知れない。

⑥〈この広い天地の中のどこにもわたしのようにあなたに恋い焦れている人は決していないでしょう〉「天地《あめつち》の極《そこひ》のうらに」と大げさだという人もあろうが、他に類をみない新鮮な発想だと思う。

この歌をうけて恋の苦しさを増幅しているのは次の⑦の歌ではなく、⑧の歌である。

⑧〈春の日のうら悲しい時に、あとに残っていて、あなたに恋い焦れて正気でいられましょうか――〉⑥⑧は恋の苦しさの協和音を奏でている。

⑦〈白い私の肌着をなくさないで持っていて下さい。あなたにじかにお逢いするまで〉宅守の歌に「形見の衣のなかりせば何物もてか命継がまし」と歌っているのを受けた歌であろう。

⑨〈再び会う日まで形見にして下さいと女のわたしが思い乱れて縫った衣ですよ〉われとせず手弱女《たわやめ》という言葉をつかって、女としての日常を浮かびあがらせている。「念《おも》ひ乱れて縫へる衣ぞ」はどんなにか宅守を感動させたことであろうか。そして、その衣を「失はず持てれ吾が背子《せこ》直《ただ》に逢ふまでに」と鮮やかにしめくくっている。

歌群の配列を⑥と⑧、⑦と⑨と並べかえたが、⑥⑧は恋の苦しさ、⑦⑨は娘子の答歌の末尾を締め括るに相応しい「形見の衣」を主題とした連作とみた方が効果的な気がする。

これらの娘子の歌群をよんで、いかに茅上娘子が宅守に対して、女としてのわれを強く打ち出しているかと思う。これが心の裡に衝迫となって動いているからこそ、いきいきとしたリズムとなって表現されるのであろう。そして、この恋の炎を一途に歌った最後の一首が鮮烈な印象となってわたしの心をとらえてやまないのである。

(四)

北陸の陰鬱な空の下、落魄の身と心に、いつ果てるともない苦痛を中臣宅守《なかとみのやかもり》は味わったことであろう。その配流の地「味真野《あぢまの》」は、越前の国府があった福井県武生《たけふ》市から東方へ、日野川を渡り凡そ八粁の地点にある。

山口博の『万葉の歌15』によると「福井県に味真野村というのがあった。現在は武生市に合併されているが、今も味真野町という町名は残っている。しかし、そこは旧味真野村の一部にすぎず、旧味真野村が合併により十七の町に分かれたとき、ゆかりある村名が消えることを惜しみ、旧味真野村大坪が味真野を名のったのである。奈良時代の味真野郷は、今日の十七町を合わせた味真野地区がそれである。武生の国府から見える日野山を南西にして味真野川（文室川）の流域に沿って開けた平野が味真野である。湧き出る清水の味がうまいので地名になったと地元では言っている」とある。

全国にアチのつく地名があるが、それらの例から推すと、アチは低地、窪地の意ともいわれている。私の住んでいる大分県にも安心院《あじむ》町という所があるが、やはりその例になるのかも知れない。

その味真野神社の隣接地に、越前の里味真野苑があり、菖蒲園、藤園、ぼたん園、茶畑、万葉植物園、郷土資料館と四季を楽しめる自然苑となっているが、そのメインは宅守と茅上にちなむ比翼の丘、万葉歌碑、そして二人が再会してひしと抱きあう姿のモニュメントである。そのシンボルモニュメントの台座には茅上娘子の歌が

安池麻野尓《あじまのに》　屋杼礼流君我《やどれるきみが》　可反里許武《かへりこむ》　等伎能牟可倍乎《ときのむかへに》　伊都等可麻多武《いつとかまたむ》

と原文で刻まれている。

次は中臣宅守が茅上娘子に答える歌十三首である。

①過所《かそ》なしに関飛び越ゆるほととぎす多我子尓毛止まず通はむ（巻十五―三七五四）
②愛《うるは》しと吾が思ふ妹を山川を中に隔《へな》りて安けくもなし（三七五五）
③向ひ居て一日《ひとひ》も落ちず見しかども厭はぬ妹を月渡るまで（三七五六）
④吾が身こそ関山越えてここにあらめ心は妹に寄りにしものを（三七五七）
⑤さす竹の大宮人は今もかも人なぶりのみ好みたるらむ（三七五八）
⑥たちかへり泣けども吾は験《しるし》無《な》み思ひわぶれて寝《ぬ》る夜しぞ多き（三七五九）

⑦さ寝る夜は多くあれども物思はず安く寝る夜は実《さね》なきものを（三七六〇）
⑧世間《よのなか》の常の理《ことわり》かくさまになり来にけらしすゑし種から（三七六一）
⑨吾妹子《わぎもこ》に逢坂山を越えて来て泣きつつ居れど逢ふよしもなし（三七六二）
⑩旅といへば言《こと》にぞ易きすべもなく苦しき旅も言《こと》にまさめやも（三七六三）
⑪山川を中に隔《へな》りて遠くとも心を近く思ほせ吾妹《わぎも》（三七六四）
⑫まそ鏡かけて偲べと奉《まつ》り出す形見のものを人に示すな（三七六五）
⑬愛《うるは》しと思ひし思はば下紐《したびも》に結《ゆ》ひつけ持ちて止まず偲ばせ（三七六六）

右十三首、中臣朝臣宅守

①の歌の四句、「多我子尓毛」が未だ不明句になっている。その原文をそのまま素直に読むと「タガコニモ」となるが、それでは五字で字足らずになる。「多」を「アマタ」と読ませて「アマタガコニモ」と読む説もある。又、下の二字「可毛」の脱字があったとして、「タガコニモカモ」と読ませる説もあり、これは願望の助詞「ガモ」ではなくて、詠嘆を含む疑問の助詞「カモ」であろうという。

この歌は関所の通行証である「過所《かそ》」も持たずに自由に関を飛び越えるほととぎすを羨んだものである。〈通行証もなしに関を自由に飛び越えるほととぎすよ。お前はどこの娘子《おとめ》のもとにそんなに絶えず通うのか〉その中には私も出来ればほととぎすのようにいとしい娘子のもとに今すぐにでも飛んで行きたいという心がある。

②は、①のほととぎすにことよせて恨みごとをうけて、娘子と自分との間をへだてられた嘆きにつづく。〈いとしいと私が思い焦れているあなた（娘子）なのに、山や川がこんなに遠くへだててしまうなんて……。心が安まることがない〉という意である。

③④も引きつづいてこの隔絶感を歌う。

③は〈向い合って一日も欠かさず見ていても飽きなかった妻をもう幾月も見ないことだ〉上句の幸せであった状況が下句の「月渡るまで」見ずと、現在の娘子と引きはなされた状況を際立たせている。

因みに「見る」という言葉を古語事典で引いてみると、物を見るという以外に異性関係をもつ、夫婦となる、妻とするということに使ったとある。『源氏物語』にはよく使われているようで、例えば、桐壺の巻に「さやうならむ人をこそ見め。似る人なくもおはしけるかな」とある。又、空蟬《うつせみ》の巻の、源氏の君が空蟬を「見ざらましかば、口惜しからまし」と思う所があるが、この場合の見るは異性交渉のことをいっていると言われている。

このように②の歌は「山川を隔《へな》りて」と地理的な隔絶感、③の歌は「月渡るまで」と時間的な隔絶感が重ねて歌われている。

④は〈心はあなた（娘子）に寄り添ってしまったのに、自分の身だけが関や山をへだててこん

な遠い所にいるよ〉と歌う。高橋庄次氏はこれについて「わが身の隔絶感〈身と心〉の二元論的発想が後世の恋歌にうたい継がれていることに注目してよい」と言っている。

⑤〈大宮人たちは昔も好んで人なぶりをしていたが、今も同じように人なぶりを好んでやっているのだろうか〉

「昔」は宅守が宮廷に仕えていた時、「今」は越前に配流された現在をさしている。自分が流罪になって、都に残っている茅上娘子が大宮人になぶりものにされているのではないかと気遣う気持と解しているものもあるが、「今をかも」という言葉の使い方からすると、大宮人に、昔茅上《ちがみの》娘子《おとめ》のことで自分もなぶりものにされたことがあったが、今も相変らず好んで人なぶりをしているのであろうかと非難しているという説をとりたい。

土橋寛氏の『万葉開眼』にこう想定している。宅守が娘子のことか何かで大宮人たちになぶりものにされ、腹をたてて宅守がその一人を斬った。そのため流罪に処せられることになった。そう想定することによって「今をかも」の意味が初めて理解されるというのである。

大宮人が政務のひまな時に雑談に花を咲かせるのはいつの世も変わらぬことで、女の品定めや人なぶり的な噂をする。それが調子にのりすぎて人の心を傷つけるようなことになると刃傷《にんじょう》沙汰に及ぶことがある。宅守の場合、茅上娘子を娶った新婚当初のことであれば、やっかみ半分になぶりものにされたということがあっても不思議ではないであろう。

⑤に続く歌は次の⑥⑦でなく、⑧の歌にいった方がよりよく理解できる。

⑧は〈自分で蒔いた種が原因で今のような辛い身の上になってしまったが、これが世の中の道理というものであろうか〉という意で、自分が犯した過ちによって流罪になったことを「世の中のことわり」と反省する気持がみられる。「据ゑし種」は茅上娘子との恋愛をさすという説もあるが、そうすると宅守が流罪になって娘子とのことを馬鹿なことをしたと後悔していることになる。しかし、宅守の歌からはそんな気持は全くみられない。この「据ゑし種」を刃傷沙汰と仮定すると、自分が人なぶりされても我慢すればよかったのに、かっとなって、自分が悪かったのだという反省を歌ったものと理解することが出来るのではないだろうか。

⑥⑦の歌は対になっており、「寝る夜しぞ多き」「さ寝る夜は多くあれど」と尻取り句のように二首が密着している。それは恋の苦しみの詠嘆を強調しているのにほかならない。

⑥〈繰り返し泣くけれども私は何の甲斐もないので思い乱れて寝る夜が多いことだ〉

⑦〈寝る夜は沢山あるけれど、物思いもせず安らかに寝る夜は本当に少いものだ〉

⑤と⑧が連作形になっている中を割って⑥⑧が入っているのは何か意図があるのだろうか。

⑨〈逢坂山を越えてきていつも泣いてばかりいるけれど会うてだてはない〉初句の吾妹子《わぎもこ》はこの場合、逢坂山の枕詞的に使われていて結句の逢うにもかかわっている。

⑩〈「旅」というと言葉ではたやすいことだ。しかし何ともしようもない苦しい旅も「旅」と

いう以上に言い表わせようか〉理屈っぽく言っているが、つまり旅でへだてられた恋の苦しさはとても言葉では言いあらわしようがないと表現したのであろう。けわしい山道を一足一足ふみ越えて配流の地へ来た宅守としてはまさに実感であろう。又この理屈っぽい言いまわしは宅守の特徴でもある。

⑪〈山や川を中に隔てて遠くいようともせめて心は近く思っていて下さい。わが妻よ〉この歌は何の説明もいらないであろう。「身は遠く、心は近く」と上句下句が逆説している。

⑫⑬の二首は宅守の贈答歌の最後をしめくくるものとなっている。宅守が贈った形見のもので自分を偲ぶことを娘子に求めている。

⑫〈心にかけて偲んで下さいとさし上げた形見の品を人には見せないで下さい〉

⑬〈愛しいと思って下さるのなら、この形見の品を下紐に結びつけておいて絶えず偲んで下さい〉

⑫の初句に「まそ鏡」とあるが、これが単に「かけて偲べ」の枕詞となっているのか、それとも又、形見そのものかとする解釈がある。形見がまそ鏡であったとすれば、⑬の歌のように下着の紐に結びつけて肌身離さずということになるし、まそ鏡が単に枕詞だとすれば形見のものが何であるか、この歌でも秘しているということになる。そして、この形見を「人に示すな」といい、知られてはならぬといっている。

宅守から贈られた形見のものを他人に見られたら、娘子《おとめ》が又大宮人のなぶりものにされはしないかと宅守は不安に思うのであろうか。人には決して見せられないはずの娘子の下紐に私と思って形見のものを結びつけて持っていて欲しいというのである。周囲から迫害を受けた夫婦の心の表現をしたものに外ならないのではないだろうか。

宅守が娘子《おとめ》のために傷害事件を引きおこすほど迫害されたのは茅上娘子が噂の美女だったからであろう。しかし、宅守の事件が評判になり、配流された故に逆に都の人たちの大きな同情をかい、それがこういったドラマを生み出したことにもなったのであろう。

(五)

中臣宅守《なかとみのやかもり》と茅上娘子《ちがみのおとめ》が共に都に住んでいた天平十年前後の時代は、内外とも大変な時代であった。特に国内では、天平九年に帰国した遣新羅使たちが持ち帰った疫瘡（天然痘）が蔓延し、政治の実権を握っていた藤原四兄弟（武智麻呂、房前《さき》、宇合《うまかい》、麻呂）をはじめとして多くの農民たちを死亡させた。農民の疲弊が次第に深まる中、国ごとに国分寺創設の問題が出てきた。それは即ち、農民にとって労働力を集中して注ぎこむことにほかならない。働き盛りの農民は口分田《くぶんでん》（古代、班田収授の法によって与えられた田、六歳以上の男子に二反、女子にはその三分の二）を捨てて次々と逃亡してしまった。

孝謙女帝の時代はまさに恐怖政治で、橘諸兄《もろえ》謀反計画ありとの密告事件にはじまり、橘奈良麻呂の変、藤原仲麻呂の変、道鏡の追放等、クーデターに次ぐクーデターであった。不満をもらせば言論弾圧の罰が待ちうけていた時代で、欲望にかられて人一人落とし入れることは何でもない時代であったという。

宅守もそんな時代の犠牲者の一人だったと言えるのかも知れない。次の八首は前の宅守の歌に答える娘子《おとめ》の歌である。

①魂は朝夕《あしたゆふべ》に賜ふれど吾が胸痛し恋の繁きに（巻十五―三七六七）
②この頃は君を思ふとすべもなき恋のみしつつ哭《ね》のみしそ泣く（三七六八）
③ぬばたまの夜見し君を明くる朝逢はずまにして今ぞ悔しき（三七六九）
④味真野《あぢまの》に宿れる君が帰り来む時の迎へを何時とか待たむ（三七七〇）
⑤宮人の安眠《やすい》も寝ずて今日今日と待つらむものを見えぬ君かも（三七七一）
⑥帰りける人来れりと言ひしかばほとほと死にき君かと思ひて（三七七二）
⑦君が共行《むた》かましものを同じこと後れて居れど良きこともなし（三七七三）
⑧吾が背子が帰り来まさむ時のため命残さむ忘れたまふな（三七七四）

右の歌八首、娘子《をとめ》

①の歌の上句「魂は朝夕《あしたゆふべ》に賜ふれど」と歌っているが、相手の魂を朝に夕に賜うということは

どういうことなのか。その前に宅守の最後の歌を思い出さねばならない。

まそ鏡かけて偲《しの》べと奉《まつ》り出す形見のものを人に示すな

愛《うるは》しと思ひし思はば下紐に結《ゆ》ひつけ持ちて止まず偲ばせ

形見のものを絶えずしのんで下さいと、宅守から贈られたものをうけて歌われている。宅守の「形見のもの」を娘子が「朝に夕に魂をいただいています」と歌っているのである。宅守が願ったように娘子は形見のものを「人に示す」ことなく「下紐に結びつけ持ちて」朝に夕に絶えず宅守を偲んでいたことになる。

しかし、そうしても下句にあるように、娘子の恋の苦しさはやわらぐどころか「吾が胸痛し恋の繁きに」と恋の思いの激しさに胸が痛むと表現している。

②は〈此のごろはあなたのことを思って、何ともしようのない焦れ方ばかりして泣きに泣くばかりです〉と訴えている。

③の歌は〈あの夜お会いしたあなたを、翌朝お会いしないまま別れてしまい、今になって後悔されます〉と解釈する説と、〈夜の夢に逢ったあなたの魂を、朝はもう逢うわぬままとり逃してしまって本当に悔しい〉と訳しているのがあるが、私も後の夢の方が納得できるような気がする。

④⑤は「待つ」を主題としている。

④〈味真野（配流地）に宿っているあなたが帰っていらっしゃる時の迎えを、私はいつと思っ

て待っていたらよいのでしょう〉

⑤〈宮仕えの人が安眠もしないで、今日は、今日はと待っているでしょうに、お見えにならないあなたよ〉

⑤の歌の中に「宮人」とあるが、これについては、野村忠夫氏は「官僚制的な仕組の中に参加する女性たちは『宮人《くにん》』と総称された。その宮人たちの中心になるのは十二女司に勤務する女性たちであった」という。

茅上娘子は蔵司《くらつかさ》の女孺《にょじゅ》であった可能性が大きいといわれている。宅守事件は蔵司の一人の女孺をめぐって起きた傷害事件と考えられるだけに後宮の話題をさらったであろうし、百五十人に及ぶ女孺たちの同情を集めたことであろう。特に、蔵司の九人の女孺にいたっては、その同情も大変なものだったに違いない。

それは、⑤の歌にあるように「宮人の安眠《やすい》も眠ずて今日今日と待つらむものを見えぬ君かも」と、宅守が赦されて帰ってくるのをただひたすらに待つ女孺たちが詠まれていることによっても、その同情の大きさがわかるというものであろう。

これは即ち、宮人はみな私の味方ですよ。あなたの帰りをみんなこうして待っているのですよ、と娘子は、恨みと後悔にさいなまれている宅守の苦悩を慰めているのである。

⑥〈許されて帰った人が来ているというので嬉しさのあまりあやうく死ぬところでした。あな

たかと思って〉

宅守帰京の報に接して娘子は「ほとほと死にき」と狂喜した。が、それは娘子の早合点で、その時宅守は赦されなかったのである。

宅守は天平十一年（七三九）二月の大赦があったがその後に流され、十三年九月の大赦によって帰京したと推定されている。『続記』の天平十二年六月の大赦の記事に「赦す限りにあらず」と記された中に宅守の名があったのは、流されてから日数が少なかったためと考えられている。「ほとほと死にき」の歌はその時の歌だったのであろう。だから宅守が流されてから交わされた二人の贈答歌は天平十二年六月前後にわたる二年あまりの間にとりかわされたものであろうと言われている。

⑦⑧は二首対句になっており、宅守は配流地の味真野、娘子は都に残った。そういう離ればなれの現状を嘆いて歌っている。

⑦〈あなたと一緒に配流地へ行けばよかったのに、こんな風に別れわかれになって都に残っていても、あなたと同じようにちっとも良いことはありません〉

⑧〈そんなに死ぬほど辛い私でも、あなたがお帰りになる時のために、何とか堪えて命を残しておきましょう。それをお忘れにならないで（あなたもきっと生きて帰ってきて下さい）〉

娘子の歌八首をしめくくる歌となっている。

宅守が今頃都であったならと回想の切なさを嘆くと、娘子は嘆きに堪えて逢う日まで自重して欲しいと繰り返す。愚痴になりがちな宅守の作風に対して、娘子の歌は過去を振りかえるものは殆どなく、未来への思いを歌ったものが多い。

又、宅守の歌は「ど」「ども」、「ず」「ざり」という否定的助動詞、それに「なし」という否定的表現を使い、理屈っぽく女性的な歌となっている。それにひきかえ、娘子の歌は全身で心のほとばしりを歌っている。それは彼女の性格からくるものかも知れないが、実感的で生活に根ざした発想は読むものをして深く感動させるものをもっている。何といっても彼女の歌の特徴は他に類歌をみない特異なすぐれた歌が多いということである。

(六)

中臣宅守の配流の地、味真野は福井県武生市から東へ八粁の地点にある。流人の地といえば、遠い小島か文化のおくれた山奥を想像するが、味真野小学校近くの畑の中に野々宮廃寺跡とよばれる所がある。その草に埋もれた礎石は三重の塔の四天柱の礎石の一つであろうといわれている。

又、同時に塼《せん》仏片が出土している。これは白鳳期に流行したもので仏像を型押ししたタイルで堂塔内の飾りにしたものであるという。これは廃寺が白鳳期の寺であって飛鳥の寺々に匹敵する寺であることを示している。味真野は越の文化の拠点であったのではないかといわれるわけである。

また、丹生《にう》の郷（武生市）には大虫寺塔跡がある。七、八世紀のころ三重か五重の塔が聳えていた。ここから真東十粁の地点に野々宮廃寺の三重の塔が聳えていたとすれば、奈良の西大寺と東大寺のように広大な越前平野に二つの塔が聳えていたことになる。

流人中臣宅守はそれらを見るたびに都への望郷の念をかきたてられ、涙にむせびながら一首一首歌ったのであろう。彼らの贈答歌も最後に近づいてきた。

①あらたまの年の緒長く逢はざれど異《け》しき心を吾が想はなくに（巻十五—三七七五）
②今日もかも都なりせば見まく欲り西の御馬屋《みまや》の外《と》に立てらまし（三七七六）
　右二首は中臣朝臣宅守のなり
③昨日今日君に逢はずてするすべのたどきを知らに哭《ね》のみしそ泣く（三七七七）
④白栲《しろたへ》の吾が衣手を取り持ちて斎《いは》へ吾が背子直《ただ》に逢ふまでに（三七七八）
　右二首は娘子《をとめ》のなり

①の歌は、前途の「遣新羅使人の歌」の妻と交わした贈答歌の「はろはろに思ほゆるかも然れども異《け》しき心を吾が思はなくに」を思い出す。〈長い年月会わないけれど変な心を私は持ったりはしない〉と誓いをたてている。

②の歌は、まだ宅守が都にいたときの娘子との懐しい思いをよみがえらせて〈これが都だった

らおそらく今日も娘子に逢いたくて、私は西の御馬屋の外に立っているであろう〉

この西の御馬屋は娘子と待ち合わせをした思い出の場所だったのであろう。娘子への変らぬ愛情を疑問の推量で示しているが、都から遠くはなれた現実を歌ったものであり、又それでしか表現しえない無念さも感じられるのである。

③の娘子の歌、〈昨日も今日もあなたに逢わないでどうしたらよいかわからなくて、ただ泣きに泣くばかりです〉

娘子の「哭《ね》のみしぞ泣く」は（三七六八）（三七七七）と二回使われており、宅守は「哭《ね》のみし泣かゆ」と（三七三二）に一回使っている。宅守の「哭《ね》のみし泣かゆ」の方は悲劇の主人公といった被害者的なひ弱さがあり、娘子の「哭《ね》のみしぞ泣く」の方にはストレートな激しさを思わせるものがある。

④〈白い私の着物を手に持って潔斎なさって下さい。あなたにじかにお会いするまで〉この「斎へ」は夫婦再会の祈りをこめた呪術のことで、娘子の贈答歌をしめくくる結びの歌となっている。

次の終曲部の七首は贈答歌ではなく、中臣宅守の独詠の形で歌われている。最初の歌は「橘」の歌だがあとの六首はすべて「ほととぎす」によせた歌となっている。

①吾が屋戸の花橘はいたづらに散りか過ぐらむ見る人なしに（三七七九）

②恋ひ死なば恋ひも死ねとやほととぎす物思ふ時に来鳴き響《とよ》むる（三七八〇）
③旅にして物思ふ時にほととぎすもとなな鳴きそ吾が恋増さる（三七八一）
④雨隠《がく》り物思ふ時にほととぎす吾が住む里に来鳴き響もす（三七八二）
⑤旅にして妹に恋ふればほととぎす吾が住む里にこよ鳴き渡る（三七八三）
⑥心なき鳥にそありけるほととぎす物思ふ時に鳴くべきものか（三七八四）
⑦ほととぎす間《あひだ》しまし置け汝が鳴けば吾が思ふ心いたもすべなし（三七八五）

右七首は中臣朝臣宅守の花鳥に寄せ思ひを陳《の》べて作る歌なり

この歌群の中の「花橘」と「ほととぎす」は切り離せない関係をもっている。例えば、

ほととぎす花橘の枝に居て鳴きとよもせば花は散りつつ

といった風に「花橘はほととぎすが来鳴きとよもして散らすもの」というパターンが万葉集中に多くみられる。

①の歌で「花橘はいたづらに散りか過ぐらむ」というとき、そこには「来鳴きとよもすほととぎす」のイメージが二重写しになる。

〈配流地のわが庭の花橘はむなしく散ってしまうのであろうか、それを見る人もいないままに〉この空しく散ってゆく花橘を散らし急ぐ憎らしい犯人はほととぎすなのである。

又、「吾が屋戸《やど》」は宅守の都の家と解する説が通説となっており、都の家なら主人宅守がいな

いから結句の「見る人なしに」の表現がぴったりすると考えられている。しかし、娘子は「吾が屋戸の松の葉見つつ吾待たむ早帰りませ恋死なぬとに」と歌っている。このように宅守と娘子はまぎれもない夫婦で、同じ家に住んでいたと想定して、その都の家の花橘を「見る人なしに」と宅守が歌うはずがない。

万葉研究家の高橋庄次氏は「『吾が屋戸』は配流地味真野の家でなければならぬ。つまり、この宅守の最後の歌群の『吾が屋戸』も『吾が住む里』もみな、宅守が現在住んでいる配流地味真野をさしているのである。結句の『見る人なしに』は都に残してきた妻、その見せたい妻がいないまま空しく散り過ぎて行くであろうことを悲嘆しているのである」と言っている。

②③は恋を主題にして二首対の歌となっており、ほととぎすの鳴く声によって恋が増すという表現でよく使われるパターンである。

宅守の狂い死しそうな配流地での状態を、ほととぎすが無視して鳴きたてるので〈恋い死ぬなら恋い死ねとでもいうのか、配流地でもの思いに沈んでいる時、ほととぎすよ、そんなに鳴かないでくれ、私の恋はいやがうえにもつのるではないか〉

こうした聞きなれた古歌の句を用いるのは耳に訴えるのに当時としては有効な方法であったのであろう。

④⑤は、配流地での鬱々とした気分を歌っている

〈雨でひきこもって物おもい沈んでいる時、ほととぎすは私の住んでいる里にきて鳴きたてることだ〉
〈旅に出てそなたに恋焦れていると、ほととぎすは私の住む里に来て、ここを通って鳴きわたってゆく〉

⑥⑦も結びの二首対になっており
〈ほととぎすよ、物思うときそんなに鳴いてよいものか、ほととぎすよ、少し間をおいて鳴け、お前が鳴くと私の物思う心はひどくどうしようもない〉と連続している。

ほととぎすへの恨みをこめた詠嘆となって⑥の「心なき鳥」と⑦の「吾が思ふ心」というように心を対称させてフィナーレの旋律を増幅させている。

宅守の配流期間は、前にものべたように天平十二年六月の前後の二年余り、十三年（七四一）九月の大赦によって帰京したと推定されている。

帰京後、天平宝字七年（七六三）正月従五位下を授けられた。彼は神祇官で神祇少祐《しょうじょう》、神祇大副《たいふ》など勤めたが、その翌年天平宝字八年九月には藤原仲麻呂の乱に連坐して、中臣家から除名されている。「流人そして除名、宅守はついていない男」だったのだろうか。

藤原仲麻呂の乱は、仲麻呂（藤原不比等の孫、武智麻呂の子）が、孝謙天皇（女帝）のもとで長年権勢をほしいままにしていたが、叔母にあたる光明皇太后が病に倒れると、さしもの権勢に暗い影が投じた。

孝謙女帝（この時は上皇）は近江国保良で病を養っている時、僧道鏡と深い関係となり、女帝をはさんで仲麻呂、道鏡の対立がめだってきた。仲麻呂は新羅征伐のための軍事計画を途中でクーデターにふりむけることを考えたが、この謀反計画は孝謙上皇の知ることとなり、仲麻呂は挙兵したがついに敗れてしまった。

塩津から湖上（琵琶湖）に逃れようとしたが、水陸両道から官軍に包囲されついにとらえられて斬られた。これが仲麻呂の乱である。

宅守が仲麻呂の乱にどのようにかかわったのかはわからないが、仲麻呂は鎌足の曽孫、宅守も祖母が鎌足の女《むすめ》であるから同じく曽孫ということになる。その縁で何かかかわっているはずである。

妻である茅上娘子もそういった運命に当然翻弄されたであろうことは想像にかたくない。夫宅守の流されてゆく遙かな道を「焼き滅ぼさむ天の火もがも」と歌った、そして、宅守が流罪を許されたと感違いをして「ほとほと死にき君かと思ひて」と歌った、他に類をみない情熱の歌人茅上娘子であるが、その後彼女の歌は万葉集には全く残されていない。

舎人《とねり》の歌

万葉集の中で、庶民的で実感のこもった歌として、どうしても忘れられないものに、天武天皇の御子日並皇子《ひなみしのみこ》が亡くなられたとき、悲しんで詠んだ舎人《とねり》たちの歌がある。

日並皇子《ひなみしのみこ》は、生母である鸕野《うの》皇后が次の天子にと言う思いも空しく、二十八歳の若さで亡くなられた。草壁皇子《くさかべのみこ》が日並皇子と呼ばれたのは、天皇と並んで世を治める皇子という意で、皇子が亡くなられた「島の宮」が、飛鳥《あすか》の「島の宮」で飛鳥の岡のほとりにあったのに因んで「岡宮天皇」の尊号が追贈されている。天武時代は皇室の儀式が荘厳化された時であっただけに、日並皇子が亡くなったときは盛大に長期にわたって葬儀が行われたようである。柿本人麿の長大な挽歌と、舎人たちの心に沁みる二十三首の歌が残されている。

まず、舎人《とねり》とはどんな役職であったのか、手持の百科事典にのっているのを要約してみると「天皇や皇族に近侍し護衛を任務とした下級官吏。六世紀後半から設置され、東国を中心とした国造《くにのみやつこ》やその一族から朝廷へさし出され、舎人値《とねりあたい》として舎人《とねり》を統率し、舎人部は舎人の管掌下にあった。即ち、舎人値《あたい》——舎人——舎人部という階層関係がみられた。又、天武時代には仕官する者をまず大舎人寮に収容し、その才能を試験したのち適当な職務につかせた。これは天皇に近侍し、宿直や遣使をつとめる間に天皇に忠節をつくす習慣を養わせた。舎人制度はあらゆる階級から貢進させそれを全国化することによって天皇による支配の浸透を謀ったことがある。又、舎人になることは律令官人として出身出官する者が通る一つの重要コースである。又、私的なものとして親王、内親王に仕えるものもあった。」とある。

又、壬申の乱の原動力となったものは勿論大海人《おおあま》皇子（後の天武天皇）ではあったが、事実上の推進者となったのは、多数の舎人たちであったという。壬申の乱を企てるとき、大海人皇子が幾度となく、舎人を招待して去就を問うたが、結局半数の舎人が行動を共にした。美濃、近江の各地の豪族出身の舎人たちは近江朝（大友皇子）の出方の情報を逐次報じて勝利にみちびいたとも言われている。

壬申の乱後、六七二年、大海人皇子が旧都に凱旋し、飛鳥浄御原宮《あすかきよみがはら》を造営し、帝位（天武天皇）についた。そして、鸕野《うの》皇女を皇后にむかえた。又、この乱において功績のあったものに広範囲にわたって冠位をあたえた。天武天皇はこの後十四年にわたって親政をつづけたが、皇后だけを相談相手とした。即ち壬申の乱の謀議から東方への脱出のときも、皇后は草壁皇子といっしょにつき従ったのである。又、天武天皇の全盛時代を通して、皇后とは夫婦以上の政治的結合であったとも言う。

六七九年、天武天皇は皇后を伴い、草壁、大津、高市、川島、忍壁《おさかべ》、芝基《しき》の六皇子（六人は腹ちがいの兄弟、従兄弟）を従えて、壬申の企てにゆかりの深い吉野宮に詣でた。天皇に対してまず草壁皇子は「吾れ兄弟長幼并せて十余の王《みこ》、各異腹より出づ。然れども同異を別たずして、但《とも》に天皇の勅のままに相扶けてさからふことなからむ。もし今より以後、この盟《ちかひ》の如くならずは身命亡び、子孫絶えむ。忘れじあやまたじ」と盟《ちかい》をのべた。これにこたえて天皇、皇后もまた六皇子に「一母同産のごとく」慈しむことをかたく誓ったのである。以上『天武記』に記されている。この「吉野の誓《ちかひ》」のねらいは、近い将来に天皇、皇后の意志で、草壁皇子を皇太子にすえるが、五皇子はそれに背反してはならぬということであったのであろう。

その時より、天武天皇は草壁皇子を皇太子に起用した。しかしそれから二年後には、大津皇子を朝政に参加させている。天皇は草壁の皇太子としての弱体をみとめ、包容力があり、学才にたけた大津皇子を引きこんで朝政の強力化を計ったのであろう。しかし、大津皇子は『懐風藻』に「性頗る放蕩、法度に拘らず、節を下して士を礼す。是によつて人多く付託す」とある。性質は自由奔放で規則に拘束されない、即ち、ざっくばらんで人気はある。が私人としてはよいが一国の君主となるものとしてはどうか。天武朝は朝廷の法制度がつぎつぎ整備され、整った官僚制の中では温和な貴公子の方が君主として適しているのではないか、又、草壁皇子を立てておけば鸕野皇后が足らぬところを補ってゆくであろう。天武天皇の気持は又傾いていったようである。

六八五年、天武天皇は身体の不調をうったえるようになった。病床で皇后と草壁皇太子を招いて大権の代行を命じた。大津皇子はここではずされてしまったのである。これは天皇が病床にあり、実権のある皇后の気持も強く働いたことは否めないであろう。

大津皇子が草壁皇太子を倒そうとした謀反を皇后が知ったのは、天武天皇歿後十五日目であった。そしてこの事件に関係ありと見られた者三十人は一せいに捉えられ、翌日には大津皇子は自害させられた。川島皇子が謀反を告げたと言われているが、皇后によばれて大津皇子が問いただされたとき、誘導尋問にひっかかったのではないか、皇后が大津皇子の謀反をおそれて先手をうったのではないか。むしろ「吉野の誓」を破ったのは皇后ではないかとも言われている。

しかし、大津皇子をなきものにしてまでも草壁皇太子の即位を願った皇后の期待も空しく、草壁皇太子は二十八歳の若さで急逝してしまったのである。生母である皇后の悲嘆ははかり知れないものがあったであろう。あとは草壁皇太子の妃の阿閉《あべ》皇女（後の元明帝）と御子の日高皇女（後の元正帝）、軽皇子（後の文武帝）が残されたのである。

奈良の明日香村真弓の岡に墓所が定められ、そこに殯宮《もがりのみや》（本葬までの間、仮に棺に収め、死者の魂の蘇生を期するものであったが、だんだん死者の霊を弔う儀式を行う所にかわってきた）が営まれた。多数の官人、舎人《とねり》たちが今は亡き主君を思い涙にくれたことであろう。草壁皇太子は大津皇子にくらべて凡庸であったと言われているがそれだけに心根は大らかでやさしく舎人たちには慕われていたのであろう。

皇子尊《みこのみこと》の宮の舎人《とねり》ら慟《かな》しび傷みて作る歌二十三首

高光るわが日の皇子《みこ》の万代に国知らさまし島の宮はも（巻二―一七一）

島の宮上の池なる放ち鳥荒びな行きそ君座さずとも（一七二）

高光るわが日の皇子のいましせば島の御門《みかど》は荒れざらましを（一七三）

外に見し真弓の岡も君座せば常《とこ》つ御門と待宿《とのゐ》するかも（一七四）

夢《いめ》にだに見ざりしものを鬱悒《おほほ》しく宮出もするか佐日《さひ》の隈廻《くまみ》を（一七五）

天地と共に終へむと念ひつつ仕へ奉りし情違《こころたが》ひぬ（一七六）

朝日照る佐太の岡辺に群れ居つつ吾が泣く涙息《や》む時もなし（一七七）

み立たしの島を見る時にはたづみ流るる涙止めぞかねつる（一七八）

橘の島の宮には飽かねかも佐田の岡辺に待宿《とのゐ》しに往く（一七九）

み立たしの島をも家と住む島も荒びな行きそ年替《かは》るまで（一八〇）

み立たしの島の荒磯を今見れば生ひざりし草生ひにけるかも（一八一）

鳥《と》ぐら立て飼ひし雁《かり》の児巣立ちなば真弓の岡に飛び帰り来ね（一八二）

吾御門《わがみかど》千代常《ちよとこ》とはに栄えむと念ひてありし吾し悲しも（一八三）

東《ひむがし》のたぎの御門に伺侍《さもら》へど昨日も今日も召すこともなし（一八四）

水伝ふ磯の浦廻《うらみ》の岩つつじ茂《も》く咲く道をまた見なむかも（一八五）

一日《ひとひ》には千遍参入《ちたびまゐ》りし東《ひむがし》の大き御門を入りかてぬかも（一八六）
つれもなき佐田の岡辺に帰り居ば島の御橋に誰か住まはむ（一八七）
朝曇り日の入り去《ゆ》けばみ立たしの島に下りゐて嘆きつるかも（一八八）
朝日照る島の御門に欝悒《おほほ》しく人音もせねばまうら悲しも（一八九）
真木柱太き心はありしかどこの吾が心しづめかねつも（一九〇）
けころもを春冬設《ま》けて幸《いでま》しし宇陀《うだ》の大野は念《おも》ほえむかも（一九一）
朝日照る佐太の岡辺に鳴く鳥の夜鳴き変らふこの年ころを（一九二）
八多篭《はたこ》らが夜昼といはず行く路を吾はことごと宮道《みやぢ》にぞする（一九三）

〈わが日の御子日並皇子が万代に国をお治めになるはずだったのに、「島の宮」の池にいる鳥よ。心すさんで離れて行かないでくれ、日の御子がおいでになられたらこの御殿はこんなに荒れなかったであろうに、今は生えてなかった雑草がはびこってしまっている。関心もなく見ていた真弓の岡も、今は日の御子が安置されているので永久の御殿として宿直《とのゐ》をしよう。天地のあるかぎりとお仕え申し上げてきたその覚悟が果たせなくなって、昨日も今日もお召しになることはない。こんなことになるなんて夢にさえ見なかったものを、心も晴れやらず出仕することよ。佐太の岡に群れて殯宮の儀に奉仕していると涙がとめどもなく流れ止めることが出来ない。春冬の毛衣を用意して宇陀の大野へ狩にお出でになった時のことはこれからも思い出されることであろう。〉

一首、一首よく味わって読んでみると、舎人たちの嘆きが側側と迫ってくる。儀礼的な歌でなくお仕えしていた若い太子の急逝を心から嘆き悲しんでいるその心情が率直に詠われている。それぞれ作った歌を提出したというのでなく、これらの歌を作った場があったと思われる。舎人《とねり》たちであるから宮廷の歌風にじかにふれているという面もあるが、集団の中での作品として連作の形をなしている。そしてそれらの歌が相呼応して悲しみの交響曲を奏でているように思えてくるのである。

舎人らは地方の豪族の子であり、「稲つけば皹《かが》る吾が手を今宵もか殿の若子《わくご》がとりて嘆かむ」とあるように、殿の若子《わくご》として、かなりの教養もあり、歌も習得していたのであろう。若い太子のもとでの共同生活によって親しみを感じ、又、草壁皇太子が天皇になれば、官人としての出世の道もあったであろう。

舎人の歌は、人麿の挽歌に比較して「月の前の星の光の如き趣」でしかないと下にみる人もある。人麿の挽歌は格調は高いが儀礼的な歌であり、舎人の歌はそれとは趣が異って庶民的で率直な心情が吐露されていて敬愛の情がにじみ出て胸に迫ってくるものがある。夜空の星がちかちかと相呼応して光るように、そう言った意味で、万葉に於ける星のような悲歌群であると思う。

乞食者《ほかひびと》の歌

万葉集巻十六に辻の芸人ともいわれる乞食者《ほかいびと》の歌というのがある。

乞食はカタヰとホカヒヒトとの二つがあり、カタヰは「傍居」で、道の傍らに坐って金銭や食物を乞う者である。ホカヒヒトはホカヒ（寿カヒで祝い言をのべる）をする人のことで、本来の乞食とは別である。

ホカヒは物貰いの手段にする者が次第に多くなり、カタヰと同一視されるようになった。ホカヒヒトはホイトと変化して、私の住んでいる豊前地区にも方言として残っている。

この他コジキというのがあるが、これは仏教の「乞食《こつじき》」で仏教では街をまわって食物の施《ほどこ》しを受けることを修業の一つとしているから、乞食の行為の意味が違うが、物貰いが僧衣を着て乞食のまねをしたりして、聖なる行為と物貰いの区別がつかないようになり、コツジキがコジキとなったということである。

大化改新以後、人民と土地は大和朝廷に支配されることとなり、租税と徭役の負担がだんだん重くなり、農民は秋に収穫した稲をおさめるとあとは春までしか食料がなく、次の収穫期まで五割の利息がついている官稲を借りて食いつがねばならなかった。飢饉などがおこれば生活は全く破綻してしまう。

その上、平城京の造営、東大寺の造寺などにより庶民の負担がますます重くなり、諸国から都に「調」を運んできても往き帰りの費用は自費であるため、帰りには食料がなくなり、途中で乞食化する者が多かった。そして身につけていたホカヒの芸能をもって豪家の門に立ちその謝礼として食を乞うていったのが職業的芸能人としてのホカヒビトの始まりとなったのである。

この万葉集の中の「乞食者《ほかひびと》の詠二首」は、鹿の歌と蟹の歌とがある。

鹿の芸能の起源は、農作物を食い荒らす鹿が農民にとらえられて殺されようとする時、今後は田畑を荒らさないと誓をたてて許され、祝言を唱えて退散するという筋であるのがだんだん変化していった。

愛子《いとこ》　汝夫《なせ》の君　居り居りて　物にい行くとは　韓国《からくに》の　虎とふ神を　生け取りに　八頭《やつ》取り持ち来　その皮を　畳に刺し、八重畳《やへだたみ》　平群《へぐり》の山に　四月《うづき》と　五月《さつき》のほどに　薬狩り　仕ふる時に、足引の　この片山に　二つ立つ　櫟《いちひ》が本《もと》に　梓弓　八つ手挟《たばさ》み　ひめ鏑《かぶら》　八つ手挟み、獣《しし》待つと　吾が居る時に、さ牡鹿の　来立ち嘆かく、忽ちに　吾は死ぬべし。大君に　吾は仕へむ。吾が角は　御笠のはやし、吾が耳は　御墨の坩《つぼ》　吾が目らは　真澄の鏡　吾が爪は　御弓の弓弭《ゆはず》　吾が毛らは　御筆のはやし　吾が皮は　御箱の皮に、我が肉《しし》は　御膾《みなます》はやし　吾が肝も　御膾はやし　吾が肱《みげ》は　御塩のはやし。老いはてぬ　わが身一つに　七重花咲く　八重

花咲くと　申しはやさね　申しはやさね（三八八五）

右の歌一首は鹿の為に痛《いたみ》を述べて作れり

〈さあさ皆さん（坐っていて何所かへ行こうとは、そりゃひどい）、韓国の虎という神を生け取りにして八頭もとって来て、その皮を畳に作る、その八重畳ではないが、平群《へぐり》の山で、四月と五月の間に、薬狩に奉仕する時、この片山に二本立っている櫟《いちい》の木の下で、梓弓を沢山持ち、鏑矢《かぶらや》を沢山手に持ち、鹿を待っている時、一頭の牡鹿がやって来て嘆くことに、私は忽ち殺されるでしょう。そして天皇のお役に立ちましょう。私の角は御笠の飾りに、耳は御墨壺に、目はよく澄んだ鏡に、爪は御弓の弭《はず》に、毛は御筆の材料に、皮は御箱の皮に、肉はおなますの料に、肝もおなますの料に、胃袋は御塩辛の材料になりましょう。年老いたこの身一つにこのように七重に花が咲く八重に花が咲くと讃めて下さい、讃めて下さい〉

最初の「愛子《いとこ》　汝夫《なせ》の君」は乞食者《ほかいびと》が、観客に呼びかける言葉であるが、この聴き手は「大君」ではなく、乞食者《ほかいびと》と同じ階層の一般庶民である。乞食者がこの歌を歌う場所は皇居の門前ではなく、庶民の集まる市である。

次は蟹の歌

おし照るや　難波の小江《をえ》　廬《いほ》造り　隠《なま》りてをる　葦蟹を　大王《おほきみ》召すと　何せむに　我《わ》を召すらめや　明《あきら》けく　わが知ることを　歌人と　我を召すらめや　笛吹と　我を召すらめや　琴弾き

と　我を召すらめや　かもかくも　命《みこと》受けむと　今日今日と　明日香に至り　立てども　置勿《おくな》に至り　策《つ》かねども　都久野に至り　東《ひむがし》の　中の門《みかど》ゆ　参り来て　命《みこと》受くれば　馬にこそ　絆《ふもだし》掛くもの　牛にこそ　鼻縄《はななは》はくれ　あしひきの　この片山の　もむ楡《にれ》を　五百枝《いほえ》剝《は》ぎ垂り　天照るや　日の気に干し　さひづるや　韓臼に搗き　庭に立つ　手臼に搗き　おし照るや　難波の小江の　初垂りを　辛く垂り来て　陶人《すゑひと》の　作れる瓶《かめ》を　今日行きて　明日取り持ち来《き》　わが目らに　塩塗り給ひ　腊《きたひ》はやすも　腊《きたひ》はやすも（三八八六）

右の歌一首は蟹の為に痛《いたみ》を述べて作れり

〈難波の入江に仮小屋を作って隠れて住むこの葦蟹を天皇がお召しになるというが、何のために私をお召しになるのであろう。そんなはずはないことは私がはっきり知っていることなのに。歌い手として私をお召しになるのであろうか。笛吹きとして私をお召しになるのであろうか。琴弾きとして私をお召しになるのであろうか。そんなはずはないが兎も角仰せを承ろうと、明日香に行き、置勿《おくな》へ行き　都久野へ行き　皇居の東の御門から参内して　仰せを承ってみると、馬にこそ絆をかけるもの、牛にこそ鼻縄をつけるものだが、馬でも牛でもない私に縄をかけて足を引っぱる。片山の楡《にれ》の皮を沢山はいで垂らし、日光に乾かし、韓臼でつき、庭にある手臼でつき難波江の初めの濃い塩を辛くたらして、陶器を作る人が作った瓶を、今日行ってすぐ明日持って来て、その瓶に楡の皮と私の目に塩をおぬりになって蟹漬にして、これは美味しいと御賞味なさい

ます、御賞味なさいます〉

まず始めの「難波の小江《をえ》に盧《いを》作り隠《なま》りて居る」という句、これは葦蟹の凝人的表現で、徭役の途中逃亡して山奥や海浜に小屋を建ててかくれ住んでる者が、役人に見つかりはしないかとびくびくしていると、皇居から出頭せよと令状が来て何事かと出かけていったら、塩漬けにされてしまったというのである。

鹿や蟹の歌は大君に食せられて、身を捧げることを光栄とする思想を歌ったものだという説と、真意は殺される動物の悲しみ怨嗟を述べたものだとする説に分れている。

面白いことに、徳川時代の国学者は怨嗟説、明治以後の万葉学者は光栄説をとっているという。土橋寛氏は『万葉開眼(上)』で「動物が人間に食われることを幸福とする思想は食われる動物の考えでなく、食う方の人間の思想であり、それは殺された動物の祟りを遁れようとする人間の手前勝手な理想である」と言っている。又さらに「乞食者《ほかいびと》は鹿の立場に立って、鹿の気持を代弁しているわけであるが、もし鹿が殺されて大君の役に立つことを光栄とする思想をうたったものなら『乞食者《ほかひびと》』は民衆に向って、国家主義を鼓吹した明治以後の国粋主義者、御用学者のような役割を演じていることになる」と力説している。

これに対して、金井清一氏は「文学が思想を表現することは当然であるが、文学は思想だけを表現したり味わったりするものではない。鹿の歌の味わいは、鹿の体の各部分とそれに対比される生活上の品々との結びつけによって生じるイメージの味わいにある。現実に鹿のその部分が原料になっているものもあるが、中には目は真澄の鏡、耳は墨つぼと単なる連想によるイメージもある。これらのイメージが次々に連続して表現される饒舌とも言える豊かさ、華やかさ、そして七重八重に咲く花にたとえたところに味わいがある。そして乞食者はさらに鹿の嘆きという抒情性を加えたのである。

万葉集の編者（大伴家持）は即ち抒情こそが歌であると認識して、重視した結果鹿の為に痛みを述べて作るの左註をつけたのである。註者はこの歌から思想を受けとったのではなく、抒情を味わったのである」という風にのべている。

鹿の歌も蟹の歌も読んでいて実に面白い。きびしい時代背景も読みとれ、表面の滑稽感の裏に庶民の深いペーソスがある。大道で身振り手振りよろしく、ふしをつけて歌ったのであろう。聴き手は大君や支配者でなく、「愛子《いとこ》、汝夫《なせ》の君」と呼びかけているように一般大衆である。

聴き手は乞食者《ほかいびと》に対しては優者であり、支配者の気持になって聴いたかも知れない。又、詠者と抑圧された聴衆と連帯が生じて、身につまされて聴いた人たちもあろう。その面白さに感動し共感を覚えて、なけなしの金銭、食料を乞食者に与えたのではないだろうか。

日本の古代にこのような滑稽感の裏にペーソスのある大道芸があったことを万葉集は教えてくれるのである。

山上憶良の歌

山上憶良の作品は、老、病、貧と世の中の三大苦をとりあげて、しかもそれをリアルに歌いあげた歌が多く、『万葉集』中、他に類のない異彩を放っている。又、万葉歌人がよく歌う男女間の相聞や、風景の美しさなどは殆ど詠んでおらず、憶良文学の特色はその反和歌的性格にあると言われている。

このことは『古今集』以降の勅撰和歌集において、彼の代表作「貧窮問答の歌」や「子等を思ふ歌」は全く無視され、彼の個性が出ていない初期の歌一首がとりあげられているにすぎない。

彼の歌は和歌の世界からはみ出しているという点で独自であり、日本文学の新たな表現領域の開拓に寄与していると言ってもよいのではないだろうか。このような異端をなお歌として多く集録している『万葉集』の内容の豊富さを改めて思わずにはいられない。

「山上憶良」という名は、どうも日本人らしくない、朝鮮からの渡来人ではないかという説がある。中西進は天智二年（六六三）八月、白村江《はくすきのえ》の敗戦で百済が滅亡した時、日本の船に乗って亡命してきた「憶礼福留」、天武天皇の朱鳥《あけみどり》元年五月、勤大壱位を授けられた「待医、百済の人憶仁」との類似から、憶良は憶仁の子ではないかと言っている。

又、近江国甲賀郡の山直郷に憶仁、憶良が居住したため、山上臣を称するようになったとも推測している。

憶良は、天平五年（七三三）、彼の作である「沈痾自哀《ちんあじあい》の文」に七十四歳とあるので、逆算すると憶良が生まれたのは、斉明天皇の六年（六六〇）ということになるとある。

その憶良の名が始めて史書に出てくるのは、大宝元年（七〇一）正月、第七次遣唐少録に任命された時で、その時彼の年齢はすでに四十二歳になっていた。しかもまだ無位であった。おそらく学識豊かであったので遣唐使の録事（書記）に加えられたのであろう。

遣唐使一行（執節使は粟田真人）はその翌年六月、難波津を出航し五雙とも無事中国に到着し、十月には長安の都へ入った。しかし、帰途は難破して一行はばらばらとなり、粟田真人は七〇四年七月に帰国したという記事があるので、憶良もその前後には帰り着いたのではないだろうか。

憶良が遣唐少録として唐へ渡り、その帰国を前にして

いざ子ども早く日本《やまと》へ大伴の御津の浜松待ち恋ひぬらむ（巻一―六三）

と望郷の想いとはやる気持をこのように歌っている。荒波を越えて酷しい旅を強いられる遣唐使一行は、まさに運命共同体で、心情的には母国への強い思いであったであろう。ヤマトを「日本」の文字で表記したのは故意にそうしたのであり、「大伴の御津《みつ》の浜松」は日本を象徴する景色であったのであろう。

憶良が帰朝してから十年目、和同七年（七一四）正月、従五位下に叙せられている。その二年後、霊亀二年（七一六）には、伯耆守《ほうきのかみ》（鳥取）に任ぜられた。憶良にとって初めての国守であるがこの在任中、彼の歌は一首も伝えられていない。

この時、彼は五十七歳前後となっており、十余年前には唐の政治の実情や高度な文化を目のあたりに見てきたはずである。日本は律令政治の確立の途上にあり、一国の守として、実際に治めようとしたとき、現実のあまりにも無惨な庶民の実態に作歌する余裕がなかったのではないだろうか。

ともあれ、その四年半後には、詔によって都に呼びもどされるのである。

官人の勤務は早朝から正午までだから、午後は東宮（のちの聖武天皇）に仕え、学問（中国）などについて進講した、と言われている。

この時、憶良は長屋王、大伴旅人、藤原武智《むち》麻呂、多治比県守《たぢひあがたもり》ら大官らと親しくふれ合う機会にめぐまれたのではないだろうか。そして、皇居や政府の書庫に集積された漢籍、仏典など充分に利用して、学問をいっそう深いものにしたことが考えられる。

憶良の歌の大部分は、筑前守時代以後のもので、それまでは遣唐使として渡唐した際の歌と、他はこれからのべる四首が伝えられるだけである。

紀伊国に幸《いでま》しし時、川島皇子の作りましし御歌、或は云はく、山上憶良の作なり

白浪の浜松が枝の手向草《たむけぐさ》幾代までにか年の経ぬらむ（巻一―三四）

日本紀に曰はく、朱鳥《あけみどり》四年庚寅九月、天皇紀伊国に幸《いでま》すといへり

朱鳥《あけみどり》四年（持統四年）の紀伊行幸の時の作であるが、これは憶良が川島皇子にかわって作った

作ではないかと言われている。

有馬皇子が謀叛の罪に問われて、紀伊に護送される途中

岩代《いはしろ》の浜松が枝を引き結びま幸《さき》くあらばまた還り見む（巻二―一四一）

と読んだ「結び松」をさすという説もあるが、土橋寛はそれを否定している。有馬皇子の「浜松が枝を引き結び」は、無事に再び会うことができるようにするための呪術であり、憶良の「浜松が枝の手向草」は道中の無事を祈って旅人が捧げた手向草が松の枝にかかっているのを詠んだものだというのである。

「幾代までにか年の経ぬらむ」は、この紀州路が古代の人々が往き来した古道であることを讃め、それによって持統天皇の紀伊行幸を讃美した気持を読んでいるのだということである。

又、この歌の作られた持統四年（六九〇）は、大津皇子が謀叛の罪によって処刑された四年目でもある。大津皇子の謀叛を密告したのが川島皇子であると言われているところから、大津皇子処刑の記憶も生々しい時に、有馬皇子の結び松を取り上げて歌を詠むには、又、憶良が川島皇子の代作をする場合でも回避するのが人情であるとも言っている。

その憶良に有馬皇子の結び松を詠んだ歌がある。

山上憶良の追ひて和《こた》ふる歌一首

鳥翔成《あまかけり》あり通ひつつ見らめども人こそ知らね松は知るらむ（巻二―一四五）

古代の霊魂観によって、有馬皇子の魂を鳥の姿に見た表現で〈有馬皇子の魂は常に空を通《かよ》ってきて見ていようが、人はそれを知らなくても結び松は知っているだろう〉という意である。

この歌の前にやはり有馬皇子のことを思った「長忌寸意吉麻呂《ながのいみきおきまろ》」の歌が二首ある。

岩代の岸の松が枝結びけむ人は帰りてまた見けむかも（巻二―一四三）

〈岩代の崖の松を結んで無事を祈ったという有馬皇子は再び帰ってこの松を見たことであろうか〉

岩代の野中に立てる結び松情《こころ》も解けず古《いにしへ》思ほゆ（巻二―一四四）

〈岩代の野中に立っている結び松よ、その結び目のように私の心も解けずにその昔のことが思われる〉

憶良のさきの追和の歌は、この歌の同質の抒情をくり返すのが普通であるが、「天翔成《あまかけり》」の歌はむしろ否定の姿勢で詠まれている。即ち、意吉《おき》麻呂の「人（有馬皇子）は再び結び松は見たであろうか」と歌ったのに対して、憶良は「見ているだろう、しかし空かける霊魂となって」と応えている。有馬皇子の非業《ひごう》の最期に深いまなざしを向けていることがわかる。又、下句で「世の人は知るまいが、結び松は知っているだろう」と先の意吉麻呂の歌への知的な批判となっている点、憶良らしい特徴がみられると思うのである。

日本挽歌

山上憶良は、神亀三年（七二六）筑前の国司に任ぜられた。筑前国は大陸文化が直接入ってくる玄関口で、重要な場所であった。内外の事情に通じ、学識経験の豊富な憶良にその任が与えられたのであろう。しかし、憶良は当時すでに六十七歳であり病をかかえていたので、京に近い国司を望んでいたであろうから或いは失望したのではないだろうか。

しかし、大君の命令にそむくことは出来ない。すぐさま彼は妻子を伴って九州へ下った。

憶良が筑前国司となってから一年後に、中納言大伴旅人《おほとものたびと》が九国二島を治める大宰帥《だざいのそち》として、妻の大伴郎女《いらつめ》、妾腹の子家持《やかもち》、妹の坂上郎女《さかのうえのいらつめ》を伴って着任したのである。

憶良は、東宮に任えていた時、旅人とはふれ合いがあり、お互いに学問好きなところに魅かれ合っていたであろうから、これは憶良にとって大きな喜びであったはずである。

しかし、旅人にとっては、中央政界を離れるということに不安と憤懣やるかたないものがあった。大宰帥は決して左遷ではないであろうが都を遠く離れては政治的にかなり不利であったからである。

旅人と憶良は、家柄、地位に大きなへだたりがあり、特に人生に対する態度もまるきり違っていて、相対立する面があったかも知れないが、二大人物のめぐり合いは、豊潤な筑紫文芸の花を開かせることになったのである。

当時、大宰府には多治比県守《たぢひのあがたもの》、小野老《おののおゆ》がおり、観世音別当として沙弥満誓がいて人材が多く集っていた。憶良は筑前に来るまでは東宮（後の聖武天皇）に侍する碩学の一人であったから、蓄積された教養、思想、体験を一気に吐露し独自の文学をきり拓くことが出来たのである。

しかも、憶良は支配下の農民のことを深く考えていた。その上国司の役は一度伯耆守《ほうきのかみ》（鳥取）を経験しており吏務にも通じていた。彼は任務には忠実で、民の実情に温い眼を向けていたことは、後の「貧窮問答の歌」をみてもよくわかることである。

旅人は、着任草々永年連れそった妻大伴郎女《いらつめ》を亡くした。その時

世の中は空しきものと知る時しいよよますます悲しかりけり

神亀五年六月二十三日

と歌った。それに対して憶良は長大な漢詩文と日本挽歌を旅人に奉った。

ここに出る亡妻とは、旅人の妻か、或いは憶良の妻とも考えられるという説があるが、美称や敬語が使われているので、旅人の立場に立って憶良が詠んだと考えるのが妥当であると言われている。

漢詩文の意を要約すると

（あらゆる生物の生死は全く夢のように果敢ないものであり、世界の流轉は日輪の終りがないようなものだ。維摩《ゆいま》大士も居室で病の苦しみを持ったことがあり、釈迦如来も沙羅双樹の下で死滅の苦しみを免れることはなかった。このような聖人でさえ忍びよる死を払いのけることはできない。美しい容貌も永遠に消えさり、白い肌も永久に滅びてしまった。香り高い居室には屛風だけが空しく張ってあり、枕元には愛用した鏡が掛っており、嘆きの涙はあふれ落ちる。あの世への門を再び開けて見るすべもない、願わくはあの浄らかな佛の世界に命を寄せたい）

という意味の詩文で、世の中の無常に対する感懐と老いた旅人の胸中を察して表現されたものである。旅人は憶良の誠意にみちた弔問、挽歌に感謝して、二人の交友関係はいっそう深くなったのではないだろうか。しかし、北山茂夫氏は「この大げさな漢詩文はさすがの旅人も憮然として苦笑を洩らしたのではないか」と言っている。

次の日本挽歌は憶良の一人称的発想で歌われている。

日本挽歌一首

大王《おおきみ》の　遠《とほ》の朝廷《みかど》と　しらぬひ　筑紫の国に　泣く子なす　慕ひ来まして　息だにも　いまだ
休めず　年月も　いまだあらねば　心ゆも　念《おも》はぬ間に　うち靡《なび》き　臥《こや》しぬれ　言はむ術《すべ》も
爲む術知らに　石木《いはき》をも　問ひ放け知らず　家ならば　形はあらむを　うらめしき　妹の命の
我をばも　如何にせよとか　鳰鳥《にほどり》の　二人並び居　語らひし　心そむきて　家離りいます（巻

五―七九四）

反歌

①家に行きて如何にか吾がせむ枕づく妻屋さぶしく思ほゆべしも（七九五）

②愛《は》しきよしかくのみからに慕ひ来し妹がこころのすべもすべなさ（七九六）

③悔しかもかく知らませばあをによし国内《くぬち》ことごと見せましものを（七九七）

④妹が見し楝《あふち》が花は散りぬべしわが泣く涙いまだ干なくに（七九八）

⑤大野山霧たち渡るわが嘆くおきその風に霧たちわたる（七九九）

神亀七年七月二十一日　筑前国守《つくしのみちのくちのかみ》山上憶良　上《たてまつ》る

先ず、「大君の遠《とほ》の朝廷《みかど》」と伝統的格式を意識した歌い出しをして、遠い筑紫の国へ自分を慕ってついてきた妻との情愛を示している。次に予期せぬことが起り妻は亡ってしまった。その死のショックは大きく、どうしたらよいのか術もなく、石木にさえも問いかける茫然自失を表現している。又、人間の肉体と霊魂は死によって分離し、魂は不滅であると古人が言っているが、せめて亡骸は家にとどめておきたいと妻に先きだたれた悲痛をうたっている。最後の鳰鳥のように仲むつまじかった妻との語らいは永遠であるべきはずであったのに裏切られてしまったと二度、三度と波動的に言葉を重ね、絶望と思慕の思いがいやますという展開になっている。

憶良の歌のわかりにくさ、表現のもつれについて、憶良の研究家下田忠氏はこう言っている。

「『複合的表現』『折線的表現』によるものがその要因の一つに挙げ得ると思う。しかし、この逆接の表現形式複雑性は裏返して言えば、直線的表現の落ち入りやすい平板単調さを救っている。否、むしろそれは憶良の歌に立体的な構造を与え、その表現される心情に深みと奥行きを支える重要な役割を果たしている」と言っている。これはわれわれ歌を作るものにも一考にあたいする言葉ではないだろうか。

反歌は、長歌が妻を主として述べているのに対して、自分を主として妻を偲ぶ形に歌われている。

①の歌は、〈家へ帰ったところでどうしよう、枕を並べた妻屋がもの寂しく思われるよ〉と喪失感がみなぎっている。

②の歌は、〈ああいとしいことよ。こんなに果敢ない命だったのに、私を慕って来た妻の心が何ともあわれなことだ〉

③は、〈妻がこんなことになるのなら、筑紫の国中を見せておけばよかったのに〉と素朴な表現で嘆いている。

④は、〈妻が見た栴檀《せんだん》の花はもう散ってしまうのであろうか。私が泣く涙がまだ乾きもしないうちに……〉美しい挽歌である。

⑤は、〈大野山に霧がたちこめている。私が嘆くその嘆息の風によって、一面の霧がたちこめ

ている〉④の歌と共に美しくも悲しい挽歌となっている。

反歌は、長歌のくどさに比べて素直にやさしい表現で、われわれの心に深く沁みいる歌となっている。

梅花の宴

天平二年（七三〇）正月、旅人《たびと》は帥《そち》の官邸で盛大に梅花の宴を催した。集った人々は、大宰帥大伴旅人をはじめ大弐以下府の官人二十一名、九国三島から筑前国守山上憶良をはじめ十一名、計三十二名であった。大陸から渡ってきた梅の花を愛でつつ風流に遊ぶというこの文芸活動は、文学史の面からみても貴重な資料であるといわれている。

春さればまづ咲く宿の梅の花独り見つつや春日暮さむ（巻五―八一八）

憶良の歌である。梅花の宴の歌三十二首の殆どは、梅の花をかざして歌え、舞え、遊び暮らそうといった歌が多く、憶良だけはただ独り梅の花を見ながら暮すことであろうかと言っている。「独り見つつや」のやは軽い疑問を含んだ詠嘆で、「宿」はこの場合旅人の邸宅。独りとはいいながらこの歌は宴席を背に向けたものでなく、二年前妻を失った旅人の孤独な心境を思いやって歌ったものであろうというのが定説となっている。

大庭みな子氏は「憶良だけが独りで花をみてもつまらない、いや独り愉しむのもよかろうよとも聞こえてくる。華やかな社交場で何とも複雑な憶良の孤独感がひびいてくる。憶良は醒めて大宮人を打ちながめ矛盾にみちた世をかなり強烈な意志をもって表現した人ではないか」とも言っている。

旅人は天平二年十一月、大納言に昇進した。都へ還ることになった旅人のため、憶良はその送別に次の作品を贈った。

書殿《ふみどの》にして餞酒《うまのはなむけ》せし日の倭歌《やまとうた》四首

①天飛ぶや鳥にもがもや都まで送り申して飛び帰るもの（巻五―八七六）
②人もねのうらぶれ居るに竜田山御馬《みま》近づかば忘らしなむか（八七七）
③言ひつつも後こそ知らめとのしくもさぶしけめやも君坐《いま》さずして（八七八）
④万代《よろづよ》に坐し給ひて天の下奏《まを》し給はね朝廷《みかど》去らずて（八七九）

敢へて私の懐《おもひ》を布ぶる歌三首

⑤天ざかる鄙の五年《いつとせ》住ひつつ都の風習《てぶり》忘らへにけり（八八〇）
⑥斯くのみや息衝《づ》き居らむあらたまの来経《きへ》往《ゆ》く年の限り知らずて（八八一）
⑦吾が主《ぬし》の御霊賜ひて春さらば奈良の都に召上《めしあ》げ給はね（八八二）

天平二年十二月六日筑前国司山上憶良謹みて上《たてまつ》る

「倭歌《やまとうた》四首」は憶良らしい誠実さがにじみ出た連作となっている。

〈①空を飛ぶ鳥ででもありたい。都までお送りして飛んで帰ってくるものを。②竜田山にお馬が近づいたなら、あなたは私たちのことはお忘れになってしまうことであろうか。③こんなことを言っていても、後になってよくわかることであろう、大いに寂しいことを、あなたがおいでにならなくなって。④万代の後までも大納言として天下の政治をお取り下さい、朝廷をお去りにならずに――〉

どれも素朴であたたかさがみなぎっており大伴家が万代天皇に忠誠をつくしてきたという家柄を背負った旅人が大納言になって上京するにふさわしい歌となっている。

あとの三首は、旅人への憶良の切実な願望となっている。

⑤の歌は、当時国守の任期は四年であったのに「鄙《ひな》の五年《いつとせ》」といっているところをみると、年限がのばされていたのであろう。憶良は都の風習を忘れてしまったよと思わせぶりに歌っている。

⑦の歌は、憶良が都へ帰任することを切に望むかなり露骨なものとなっている。二人にとって大宰府での生活はお互い異った歌風で刺戟し合い個性を伸ばした間柄であったから憶良としても思わず真情を吐露したのであろう。

鎮懐石《ちんかいせき》の歌

以前、私は友人と「天平八年の遣新羅使」の航跡をたどる旅をしたことがある。福岡県糸島半島の韓亭《からどまり》から引津亭《ひきつのとまり》、そして狛島《こましま》（神集島《かしわじま》）へ行く途中、憶良の「鎮懐石《ちんかいせき》の歌」の歌碑があることを知り、何だか得《とく》をしたような気になって途中下車をした。

筑肥線深江駅の西七百メートルほど行くと左側に深江海岸というバス停があり、そこから線路を渡ると五十メートルの所に鎮懐石を御神体とする鎮懐石八幡宮があった。

鳥居の右側に大きな三角のまるみを帯びた自然石の、安政六年（一八五九）六月に建立された万葉歌碑がある。この歌碑は九州最古のもので、筆者は日吉武澄という中津藩の儒者とのことである。この鎮懐石歌碑には原文と同じ漢文の序、長歌、反歌が漢字で刻まれていた。

筑前国怡土郡《つくしのみちのくちいとのこほり》深江村子負《こふ》の原に、海に臨める丘の上に二つの石あり。大きなるは、長さ一尺二寸六分、囲《かく》み一尺八寸六分、重さ十八斤《こん》五両、小さきは長さ一尺一寸、囲《かく》み一尺八寸、重さ十六斤十両、並《とも》に皆楕円にして、状《かたち》鶏子《とりのこ》の如し。其の美好《うるは》しきこと、論《あげつら》ふに勝《た》ふ可からず。所謂《いわゆる》経尺《けいしゃく》の璧《たま》是なり。深江の駅家《うまや》を去ること二十許里《りばかり》にして、路の頭《ほとり》に近く在《あ》り。公私の往来に、馬より下りて跪拝《きはい》せずということ莫《な》し。古老相伝へて曰《い》はく、往者《いにしへ》息《おき》長足日女命《ながたらしひめのみこと》、新羅の国を征討《せいたう》し給ひし時に、茲の両《ふた》つの石を用《も》ちて、御袖《おほみそで》の中《うち》に挿着《さしはさ》みて、鎮懐《しづめ》と為し給ひき。所以《そえ》に行人《たびびと》此の石敬拝すといへり。乃《すなは》ち歌を作りて曰はく

かけまくは　あやに畏し　足日女《たらしひめ》　神の命《みこと》　韓国《からくに》を　向け平《たいら》げて　御心を　鎮め給ふと　い取らして　斎ひ給ひし　真玉なす　二つの石を　世の人に　示し給ひて　万代《よろづよ》に　云ひ継ぐがねと　海《わた》の底　沖つ深江の　海上《うなかみ》の　子負《こふ》の原に　み手づから　置かし給ひて　神ながら　神さびいます　奇魂《くしみたま》　今の現《をつつ》に　尊きろかむ（巻五―八一三）

反歌

天地の共に久しく言ひ継げと此の奇魂《くしみたまし》敷かしけらしも（八一四）

右の事を伝へ言ふは那珂郡伊知郷蓑島《なかのこほりいちのさとみのしま》の人建部牛麻呂なり。

序文の大意は〈怡土郡《いとのこほり》深江村子負《こふ》の原の海岸の岡の上に、二つの石がある。大きな方は長さ一尺二寸六分（三十八糎《センチ》）、囲り一尺八寸六分（五十六糎）、重さ十八斤五両（十三・三瓩《キログラム》）、形は卵型でその見事さは口で云いわらわすことができないほどである。古老が言い伝えるには、昔、神功皇后が新羅を討たれた時、この二つの石を御袖の中にはさんで御心を鎮められた。こういうわけで道行く人々はこの石を拝むのである〉

長歌の意は〈口に出して申し上げるのは、非常に恐れ多いことである。神功皇后さまが新羅の国を平定なさって、御心をお鎮めになろうとして、お取りになって忌み謹んでお祭りになった玉

のような二つの石を、世の人にお示しになって、万代の後までも語りつぐようにと、深江の海のほとりの子負《こふ》の原に、御手ずからお置きになって。神として神々しく鎮まります。この霊妙な石は今もこのようにあって尊いことだ〉

反歌は〈天地と共に久しく語り継げとこの霊妙な石をここに祭って置かれたに違いないよ〉

憶良は筑紫の国司としてその管下を巡察中、この二つの石を実際に見、又そのあとで、建部牛麻呂のそれについての伝説を聞いた。この以前に、記・紀が成書となり、風土記が編集されたその過程でこのような伝承が掘り起こされ、地方の人々の関心を集めたのであろう。大伴旅人はひとりフィクションの世界に遊んだが、憶良はその二つの石とその伝説に感動し、広く人々に伝えようとしたところは、むしろ山部赤人や高橋虫麻呂に共通したものがあると言えよう。

急な石段を登り、ゆるやかな参道を行くと途中に小さな社殿がある。更に登ると、鎮懐石八幡宮の社殿があり、御神体は長さ三十三糎ぐらいの卵型の青味がかった石ということである。

中西進氏によると桃弓《とうきゅう》（桃の木で作った弓）は災を除くと共に中国の古代では悪魔を払い、子供を授かる霊力を秘めた円石崇拝がわが国へ伝来したものであるという。

眼下に広がる深江湾、その向うに加布里湾、今通って来た引津浦《ひきつうら》は紺碧に輝いている。可也山はなだらかな裾を引いて、左手は芥屋《けや》の立石山、正面の沖には幕末の野村望東尼の流された姫島が見える。この美しい風景が万葉時代からさまざまな歴史を見守って来たのであろう。

嘉摩《かま》の郡《こほり》の三部作

山上憶良は、筑紫の国の国司として吏務を行い、民の実情を把握しながら、旅人《たびと》や満誓らとの親密な関係の中で文学の道を着実に拓いていった。それは遣唐使録事として唐へ渡って得た体験と伯耆守《ほうきのかみ》（鳥取）として地方の民を治め、そして又、都に帰って東宮へ出仕した知的な経験など、長年蓄積した思想と体験を一気に吐露させたからである。その熟したエネルギーの噴出は数々の特異な作品を産み、柿本人麿に比べても決して劣るものではなかった。

人麿は宮廷歌人として、天皇の讃歌と挽歌というように儀礼的な作品が多かったのに対して、憶良は全く自由に歌いたいものを歌い、歌うべきものを歌ったということに大きな違いがあった。

○　惑《まど》へる情《こころ》を反《かへ》さしむる歌一首

或有人《あるひと》、父母を敬《ゐやま》ふことを知れども侍養（そばに仕えて孝養する）を忘れ、妻子を顧みずして、脱履《だつし》よりも軽《あなづ》れり（ぬぎすてた履物より軽くみる）。自ら倍俗先生（世間にそむくえらい先生）と称《い》ふ。意気は青雲の上に揚《あが》るといへども、身体は猶《なほ》し塵俗（俗世間）の中に在り。修業得道の聖《ひじり》に験《しるし》あらず（佛道に入った上人の証《しるし》もたない）、蓋《けだ》しこれ山沢に亡命する民ならむ。所以《そえ》に三綱（君子、夫婦、父子のあいだの道）を指示し、更に五教（父は義、母は慈、兄は

友、弟は順、子は孝の教え）を開き、遣《おく》る歌を以《も》ちてして、その惑《まどひ》を反《かへ》さしむ。歌に曰はく、

父母《ちちはは》を　見れば尊し　妻子《めこ》見れば　めぐし愛《うつ》くし　世間《よのなか》は　かくぞ道理《ことわり》　黐鳥《もちどり》の　かからはしもよ　行方知らねば　穿沓《うけぐつ》を　脱き棄《つ》る如く　踏み脱ぎて　行くちふ人は　石木《いはき》より　成り出し人か　汝が名告《の》らさね　天へ行かば　汝がまにまに　地ならば　大王《おほきみ》います　この照らす日月の下は　天雲の向伏す極み　谷蟆《たにぐく》の　さ渡る極み　聞《きこ》し食《を》す　国のまほらぞ　かにかくに欲しきまにまに　然《しか》にはあらじ（巻五—八〇〇）

反歌

ひさかたの天路は遠しなほなほに家に帰りて業《なり》を為《し》まさに（八〇一）

〈父母を見ると尊い、妻子を見ればいとしく可愛い。世の中はこうあるのが道理である。鳥もちにかかった鳥のように、互いに離れられないものなのだ。行く末もわからないのだから……。穴があいた沓《くつ》を脱ぎすてるように、妻子をうち捨ててゆく人は、石や木から生れてきた人なのであろうか。お前の名を言いなさい。天へ行ったならお前の思うままにするがよい。しかし、この地上には天皇がいらっしゃるのだ。この照らしている日や月の下は、雲のたなびく空の果てまで、ヒキガエルが渡ってゆく地の果てまで天皇が治めていらっしゃるすぐれた国なのだ。あれこれとしたい放題にする、そうしたものではあるまいよ〉

反歌

〈天上への道は遠い、素直に帰って家業にはげみなさい〉

憶良は国司の立場で領民の逃亡、出家を戒めるためにこれを作ったのであろうという。「山沢に亡命する民」の大部分は、豪族、農民の流浪逃亡であった。政府が毎年利息つきで貸し出す公出挙稲《くすいことう》というのがあり、利息のとりたてが酷しく、農民の家族を破滅させ、離散逃亡に導くことが多かった。

又、律令政府は養老元年（七一七）以来、しばしば妻子を捨てて出家するものが増え、その私度僧を禁ずる詔《みことのり》が出されていた。それは単に課税人口が減少するだけでなく、出家が律令国家の基礎である家族を崩壊させるからである。

その点、律令政府は統治の面では佛教でなく、儒教を基本としているのは当然であった。

○　子等を思ふ歌一首　序を并せたり

釈迦如来、金口《こんく》に正に説きたまはく、等しく衆生を思ふこと、羅睺羅《らごら》の如しとのたまへり、又説きたまはく、愛は子に過ぎたりといふこと無しとのたまへり。至極の大聖すら、尚し子を愛《うつく》しぶる心あり。況《いは》むや世間《よのなか》の蒼生《あをひとくさ》、誰かは子を愛しびざらめや。

瓜食めば、子ども念ほゆ　栗食《は》めば　まして偲はゆ　何処《いづく》より　来りしものそ　眼交《まなかひ》に　もと
な懸りて　安眠《やすい》し寝《な》さぬ（八〇二）

反歌

銀《しろがね》も金《くがね》も玉も何せむに勝れる宝子にしかめやも（八〇三）

はじめの序は〈お釈迦様がその尊い口で正しくお説きになったことには「平等に衆生を思うことは、わが子羅喉羅《らごら》を思うのと同じだ」と。（佛教では異性の愛や肉身の愛は正しい認識を誤らせるとらわれの愛であり「愛着」「愛執」である。そのような妄執を解脱して自由になることが悟《さとり》であると説いている）。その無上の大聖人でさえ、やはりわが子を愛してしまう。ましてこの世間一般の人々で誰か子を愛さずにおられようか〉

憶良はこのように歌の前にこうした序を付けなければ気のすまない人であった。実際憶良としても、この序を除いて歌だけ読まれることは不本意であったであろう。

「父母《ちちはは》を見れば尊し」は儒教的であり、「子らを思ふ歌」の序は佛教から得た知識である。又、「大王《おほきみ》います」と日本的観念も混在しているのは面白いと思う。

長歌の「瓜食めば子ども念《おも》ほゆ」はまさに実感的で〈妻子と離れた旅先で瓜を食べたら子供たちにも食べさせたいと思う。栗を食べたらますますそう思う。一体子供というものは何処から来たものであろうか、いつも目の前にちらついて安眠させないものだ〉

こうして憶良は子供のことを歌った。彼は老年になって、幼児をかかえそれらを愛しむ情が人一倍深かったのであろうか。

土橋寛は、この長歌は憶良自身の子に対する愛を歌ったものでなく、当時の一般民衆のあるべき心を一人称的に発想した一種の代表作であろうと言っている。としても、私は憶良のかつての実体験から生れた歌であることは間違いないと思っている。

又、反歌について、川口常孝氏は、その著作『人麿、憶良と家持の論』の中で、「金や銀をまともな対象として歌ったのは万葉集中、憶良一人だけということである。人間の対象に金銀を置くということ自体がこの時代にあって破天荒の試みであったことを思わねばならない。金銀は物質である。しかも絶対権を持った物質である。そんなものが何だ。子宝以下ではないか、子供という精神の宝物が、日本文学史なり精神史の上に定置されたのである。今でこそ当り前のことではないかと人は言うであろうが、それは倫理感の確立された後であるからであって、今日常識にまで引き下げられた根本命題を、憶良は最初に詩歌に歌ったのである」と言っている。

「子等を思ふ歌」について思い出されるのは次の歌である。

山上憶良臣、宴を罷《まか》る歌一首

憶良らは今は罷《まか》らむ子泣くらむそのかの母も吾を待つらむそ（巻三―三三七）

この歌の制作年代は記されてないが、沢瀉《おもだか》久孝氏は「これは憶良の壮年の日の作であって、大宰府で宴が催されるにつけて『また山上長官の罷宴歌を謡はうではないか』というようなことになったのではないか」と言っている。

北山茂夫氏は「大宰府での宴を辞去する時の歌で、まず泣く子にふれ、ついでその母に及んだところが憶良的である。彼は六十七歳であったが、彼の妻は後妻であったのだろうか、若く、幼子をつれて筑前まで伴われて来たのであろう。憶良が高齢であるから、幼児がいるはずがないというのは現代人の悪しき常識である。あくまでも歌の内容から迫ってくる真実を尊重し俗論は退《しりぞ》けたい。歌そのものは自己の現実体験を離れた虚構ではない」と興味深い推測をしている。

山上憶良は、神亀五年（七二八）七月二十一日、管内の嘉摩三部作を撰定した。三部作とは、さきにのべた「惑《まど》へる情《こころ》を反《かへ》さしむる歌」「子らを思ふ歌」そして次に紹介する「世間《よのなか》の住み難きを悲しぶる歌」のことである。この歌は世の中（人生）はうつろいやすく無常なことを悲しんだ作である。

○　世間《よのなか》の住み難きを哀しぶる歌一首并せて序

集ること易く排《はら》ふこと難きは、八大の辛苦、遂ぐること難し尽くること易きは、百年の賞楽なり。古人の嘆くところ、今もまたこれに及ぶ。所以《このゆゑ》に因りて一章の歌を作りて、二毛の嘆きを撥《はら》はむ。その歌に曰く

世の中の　すべなきものは　年月は　流るるごとし　とり続き　追ひ来るものは　百種《ももくさ》に　せめ寄り来る　娘子《をとめ》らが　娘子さびすと　韓玉《からたま》を　手本《たもと》に巻かし　よち子らと　手携《てたづさ》はりて　遊びけむ　時の盛りを　留みかね　過ぐしやりつれ　蜷《みな》の腸《わた》　か黒き髪に　何時の間か　霜の降りけむ　紅の　面《おもて》の上に　いづくゆか　皺が来りし　ますらをの　男さびすと　剣《つるぎ》大刀《たち》　腰に

取り佩《は》き　さつ弓を　手握り持ちて　赤駒に　倭文鞍《しつくら》うち置き　這ひ乗りて　遊びあるきし　世の中や　常ありける　娘子《をとめ》らが　さ寝《な》す板戸を　押し開き　い辿《たど》りよりて　真玉手の　玉手さし交へ　さ寝し夜の　幾許《いくだ》もあらねば　手束杖《たづかづゑ》　腰にたがねて　か行けば　人に厭《いと》はえ　かく行けば　人に憎まえ　老男《およしを》は　斯くのみならし　たまきはる　命惜しけど　せむ術もなし

（巻五—八〇四）

反歌

常磐なす斯くしもがもと念《おも》へども世の事なれば留《とど》みかねつも（八〇五）

神亀五年七月二十一日、嘉摩郡《かまのこほり》にして撰定しき

筑前国守山上憶良

まず、序文は

〈集りやすく払っても寄り集ってくるものは八大の辛苦（生苦、老苦、病苦、死苦、愛別離苦、怨憎会苦、求不得苦、五陰盛苦）であり、成しとげにくく尽きやすいものは人生の悦楽である。これは古人の嘆いたところであり、今の世の人の嘆きもまた同じである。そこで一章の歌を作って二毛の嘆き（黒髪に白髪の混じる嘆き）を払いのけようと思う〉

長歌は三段に分けられ、

第一段の冒頭の八句は〈世の中のどうしようもないのは、年月が流れるように去っていくこと

で、後に迫ってくる諸々のもの（老、病、死）が押し寄せてくる

第二段は第一段を受けて、さらに具体的に叙述している〈少女らが少女らしく振舞おうとして、舶来の玉を手首に巻いて、仲間たちと手をとり合って遊んだであろう。その盛りの時をそのまま留めることが出来ず過してしまうと、蜷《にな》の腸《わた》のように、黒々とした髪にいつの間にか霜が降ったのであろうか、美しい紅《くれない》の頬にどこから皺が来たのであろうか。

又、立派な男が男らしく剣太刀を腰に佩き狩の弓を手に握り持って、赤駒にわが国固有の織物の鞍を置き、這い乗って遊びまわったその人生は変らずにあったであろうか。少女の寝ている家の板戸をあけて、少女のもとにさぐり寄って、玉のような手をさし交わして共に寝た夜がいくらもあるわけではないのに、もはや手に握る杖を腰にあてがって、あちらに行けば人に嫌がられ、こちらに行けば人にきらわれる〉

第三段は〈年寄りというものは、全くこうしたものであるに違いない。命は惜しいけれども何ともするすべがないことだ〉

盛年男女のわが世の春を謳歌する姿を、その時代風俗と共に、実にリアルに対比させて、共にいくばくもなく老いていくことを描写している。平均寿命が八十歳を越えている今日でも、年をとり病を得ればやはり同じように、年月は矢の如く過ぎ去ったことに驚くのである。

又、憶良が国守という立場を離れて、人間憶良の心情があますところなく歌われている。

しかし、この歌の中の青春真只中の「をとめ」「ますらを」は農民の姿ではない。憶良が属した貴族、官人層の青春図で妻問いの表現は万葉以前の記紀からとられているようである。

反歌については「長歌の要旨を短歌にまとめただけで、すべて概念的に歌っていて感激がない」と言われている。しかし、長歌は、移ろいやすいという不変の法則に、結論は絶望的、しかも客観的に世間の無常を歌っているが、反歌は一人称的詠嘆となり、憶良自身の生命の無常にひきつけている。歌いながら憶良はもはや他人ごとではなくなってきたのである。つまり、一般から自己へ、他者から自己へという経過がみてとれるのである。

これらの三部作は、嘉摩の郡《こほり》の郡役所（福岡県稲築町鴨生）で推敲し、大伴旅人に献じたものと思われている。詩歌といえば、俗を離れたみやびな貴族文学が多い中、こういった三部作があるということは大変な価値あることと言えるのではないだろうか。しかもそれが嘉摩の郡という鄙びた地で生み出されているのである。

憶良にとって、これらの作にみられる「世間《よのなか》」がいかに強い関心事になっていたか、しかも憶良は「世間《よのなか》とは何か」という問いかけの形で歌っている。そして、人間はいかに生くべきかということを真摯に思索したものとなっている。そして憶良の歌は、自己の感情ばかりでなく、思想として歌ったというところが万葉集の中で異彩を放っているのである。

熊凝《くまごり》の歌

天平三年（七三一）、山上憶良の筑紫守時代の最後の歌といわれるものに「熊凝《くまごり》の歌」というのがある。

その前年、大宰帥で歌の技量をみがき合った旅人の帰京を見送り、心の空洞ができ虚脱状態にあった憶良であったが、熊凝《くまごり》の悲話を大宰府大典麻田陽春《あさだのやす》が詠んだその歌に刺戟され、憶良は久しぶりに歌心をかきたてられた。

　大伴君熊凝《ごり》の歌二首　　大典麻田陽春《あさだのやす》の作

国遠き道の長手をおほほしく今日や過ぎなむ言問ひもなく（巻五―八八四）

朝露の消やすきわが身他国《こと》に過ぎかてぬかも親の目を欲り（八八五）

〈故郷から遠く離れた長い道中で、心も晴れずに今日は死んでゆくことであろうか。誰に言葉をかけるということもなく〉

〈朝露のように消えやすいこのわが身であるが、他国にあって死にきれないことであるよ。親に会いたくて〉これは陽春が熊凝の無念の死を思いやって歌ったものである。

大伴君熊凝《くまごり》は、君という姓をもっているところからみると、地方豪族であろうと言われている。

「相撲使《すまひのつかひ》」という役目を負うているが、相撲使とは、肥後の国から朝廷にさし出す力士を連れてゆく官人のことで、この時代も相撲が盛に行われていたのであろう。熊凝は十八歳でその従人となり都へ行く途中、安芸の国で病にかかり亡ったのである。そのことを大宰府の官人麻田陽春《あさだのやす》がこの熊凝のために二首代作した。それを見て、今度は憶良が熊凝に代って死にゆく人の両親へ哀しい別れを歌ったのである。それは民衆に歩みよった心境の歌となっている。

敬《つつし》みて熊凝《くまごり》の為に其の志を述べたる歌に和へたる六首并せて序

筑前国守山上憶良

大伴君熊凝は、肥後国益城郡《ひのみちのしりましきのこほり》の人なり、年十八歳にして、天平三年六月十七日に、相撲《すまひ》使《つかひ》某国司《それのくにのつかさ》官位姓名の従人《ともびと》と為《な》り、京都《みやこ》に参向《まゐ》ふ。天なるかも、幸《さき》くあらず、路に在りて病を獲《え》、即ち安芸国佐伯郡の高庭《たかば》の駅家《うまや》にして身故《みまか》りき。臨終《みまか》らむとする時に、長嘆息《なげ》きて曰く「伝へ聞く『仮合《けがふ》の身は滅び易く、泡沫の命は駐《とど》め難し』と。所以《かれ》、千聖も已に去《すぎ》り、百賢も留らず。況むや凡愚の微《いや》しき者《ひと》の、何そ能く逃れ避《さ》らむ。ただ、老いたる親並《とも》に庵室《いほり》に在す。我を待ちて日を過さば、おのづからに心を傷むる恨《うらみ》あらむ。我を望みて時に違《たが》はば、必ず明《ひかり》を喪《うしな》ふ泣《なげき》を致さむ。哀しきかも我が父、痛《いたま》しきかも我が母。一《ひとり》の身の死に向ふ途を患《うれ》へず。唯《ただ》し二《ふたり》の親の生《よ》に在す苦しみを悲しぶ。今日長《とこしへ》に別れなば、いづれの世にか覲《まみ》ゆるを得む」と云へり。乃ち歌六首を作りて死《みまか》りぬ。その歌に曰はく。

うち日さす　宮へ上ると　たらちしや　母が手離れ　常知らぬ　国の奥処《おくか》を　百重山《ももへやま》　越えて過ぎ行き　何時しかも　都を見むと　思ひつつ　語らひ居れど　己が身し　労《いた》はしければ　玉《たま》桙《ぼこ》の　道の隈廻《くまみ》に　草手折り　柴取り敷きて　床じもの　うち臥《こ》い伏して　思ひつつ　嘆き伏せらく　国あらば　父取り見まし　家にあらば　母取り見まし　世の中は　かくのみならし　犬じもの　道に伏してや　命過ぎなむ（巻五—八八六）

たらちしの母が目見ずておほほしくいづち向きてか我が別るらむ（八八七）

常知らぬ道の長手をくれくれといかにか行かむ糧《かりて》はなしに（八八八）

家にありて母が取り見ば慰むる心はあらまし死なば死ぬとも（八八九）

出でて行きし日を数へつつ今日今日と我《あ》を待たすらむ父母らはも（八九〇）

一世《ひとよ》には二度《ふたたび》見えぬ父母を置きてや長く我が別れなむ（八九一）

序の意は〈大伴君熊凝は、肥後益城の人で十八歳で天平三年六月十六日に相撲使某の従者となって京に向った。道中で病にかかり、広島高庭の駅家《うまや》で亡った。臨終にさいして、伝え聞くところによると「人間は亡びやすく水の泡のように命はとどめがたい」と。それでめったにいない聖人も賢者もこの世にはとどまらない。まして愚かな者はどうして死からまぬがれることは出来ようか。ただ私の老いたる父母は共にあばら家で私を待っていたら心痛めることであろう。私が約束のときに帰れなかったら、きっと眼も見えなくなるほど悲しむであろう。私はこの身が死出の道に向うことは辛くはないが、両親がこの世で苦しまれるのが悲しい。今日永のお別れをしたならいつの世に又お逢いすることが出来ようか〉

長歌は〈都へ上ろうとして母の手を離れて、今まで知らなかった国の奥の方まで、幾重にも重った山々を越えてゆき、いつ都を見ることができるであろうかと思いながら話し合っていたけれど、自分の身が病気になって苦しいので道の曲り角で草を手折り柴をとって敷いて、それを床のようにして倒れ伏して、歎き伏しながら思うことにはもし国にいれば父が看病して下さるだろうに―、もし家にいれば母が看病して下さるだろうに―、世の中というものはこうしたものであるに違いない。犬のように道ばたに倒れて命終ることであろうか〉

反歌は〈母に会うこともできず心もはれずにどちらを向いて私は別れてゆくのであろうか〉

〈今まで知らなかった道の長い道中を暗い気持でどのようにして行こうか食糧もなくて〉

〈家にいて母が看病して下さるなら私の気持は慰められこともあろうに―、たとえ死ぬなら死んでも〉

〈私が出発した日をもう何日たったかと数えながら、今日はと私の帰りを待っておられるであろう父母よ〉

〈この一生のうちには二度と会えない父母をこうして後に残してとわに私は別れることであろうか〉

漢文の序と長歌、そして短歌五首という取合わせは憶良の作品形式である。物語り風にした序でこれは憶良の創作であろうと言われている。

最初は仏教的な無常観、死はのがれられないがこれは仕方のないこと、次のただしあきらめきれないことは老いた両親が自分の帰りを待っていることであろう、それが辛いことだという。これはさきだつ不孝を悲しむという儒教的倫理観、家郷で待つ父母を裏切らなければならない任務途上の病死、深い挫折感、これを「世の中」と思う憶良の人生感がのぞかれるのである。

この憶良の作品「熊凝《くまごり》の歌」は、散文的、平板であると言われている。もっと若者の生への執着を訴えるべきとも言われているが、憶良の庶民への深い関心、これこそが万葉の新しい次元を切り開いたものであると言えるのではないだろうか。

貧窮《びんぐう》問答の歌

山上憶良は晩年になって歌を沢山つくりはじめた。中でも長歌が特に多い。しかし、人麿のように儀礼的な歌は一篇も作っておらず、又、赤人《あかひと》のように叙景歌もうたわず、彼は人間を歌った。自分自身が本当に心の底から歌わねばならないと思うものを歌ったのである。その中で最も問題作と思われるものは「貧窮《びんぐう》問答の歌」であろう。

このように民衆の貧窮を主題にしたものは万葉集は勿論、日本の歌の歴史の中でも最もユニークな存在ではないだろうか。

風が吹き雨が雪となって降りしきる寒い夜、年をとった貧しい人（憶良らしい）が、彼よりももっと貧しい暮しをしている人と貧窮について問答する。それは天皇の専制支配の下で人民が全く無権利のまま、重い税を背負った状態を告発するという当時としては衝撃的な歌であり、人間平等の主張とも言えるのではないだろうか。答者の両親、子供が飢えこごえているのに、そこへ里長が税を出せとふみこんでくる。憶良は天平初年の農民の有様を知っているだけあって、実にリアルに描き出されている。

貧窮問答の歌は日付けがなく、前に書いた「熊凝《くまごり》の歌」は天平三年秋の頃筑紫守時代の作であり、次の「好去好来の歌」は天平五年三月三日であり、帰京後の作品として知られている。貧窮問答の歌はそれらの一年半の間の作品ではないか、今まで例外なくついていた「筑前国守」の官職名がこの問答歌にはついていないので、多分帰京後の第一作であろうということだ。伊藤博氏は『万葉集の歌人と作品』の中で、天平冬の作品と推定している。

又、この歌には、憶良のいつものくどいような漢文の序がついていない。民衆の立場から貧窮を否定する思想や言葉は儒典にも佛典にもないので序の書きようがなかったのだろうか。

貧窮問答の歌一首幷せて短歌

風雑《まじ》り　雨降る夜《よ》の　雨雑《まじ》り　雪降る夜《よ》は　術《すべ》もなく　寒くしあれば　堅塩《かたしほ》を　取りつづしろひ　糟湯酒　うち啜《すす》ろひて　咳《しはぶ》かひ　鼻びしびしに　しかとあらぬ　鬚《ひげ》かき撫でて　我《われ》を措きて　人は在らじと　誇《ほこ》ろへど　寒くしあれば　麻衾《あさふすま》　引き被《かがふ》り　布肩衣《ぬのかたぎぬ》　有りのことごと　服《き》襲《そ》へども　寒き夜すらを　我よりも　貧しき人の　父母は　飢ゑ寒からむ　妻子《めこ》どもは　乞ふ乞ふ泣くらむ　この時は　如何にしつつか　汝が世は渡る
天地《あめつち》は　広しといへど　吾が為は　狭《さ》くやなりぬる　日月は　明しといへど　吾が為は　照りや給はぬ　人皆か　吾のみや然る　わくらばに　人とはあるを　人並に　吾《あれ》も作《な》れるを　綿も無き　布肩衣の　海松《みる》の如　わわけさがれる　襤褸《かかふ》のみ　肩にうち懸け　伏廬《ふせいほ》の　曲廬《まげいほ》の内に　直土《ひたつち》に　藁解き敷きて　父母は　枕の方に　妻子《めこ》どもは　足の方に　囲《かく》み居て　憂《うれ》へ吟《さまよ》ひ　竈《かまど》には　火気《ほけ》ふき立てず　甑《こしき》には　蜘蛛の巣懸《か》きて　飯炊《いひかし》く　事も忘れて　ぬえ鳥の　呻吟《のどよ》ひ居るに　いとのきて　短き物を　端截《はしき》ると　言へるが如く　楚取《しもと》る　里長《さとをさ》が声は　寝屋戸まで来立ち呼ばひぬ　かくばかり　術なきものか　世間《よのなか》の道（巻五―八九二）

世間《よのなか》を憂しとやさしと思へども飛び立ちかねつ鳥にしあらねば（八九三）

山上憶良頓首謹みて上《たてまつ》る

〈貧者の問い〉　風に交じって雨が降る晩、雨が交じって雪の降る夜は、何ともしようもなく寒いので、堅い塩を取っては少しずつかじり、酒糟を湯にとかした酒をすすりながら、咳をし、鼻をならしながら、ろくにない鬚を撫でては、わしをさしおいて他に人物はあるまいと、大いに誇ってはいるのだが、やはり寒いので、粗末な麻の夜具をひきかぶり、布の袖無しをあるだけ着重ねても寒い夜なのに、私よりも貧しい人の父母は飢えこごえていることであろう。妻や子は食物を欲しがって泣くことであろう。こういう時は、どのようにしてお前はこの世を過しているのであろう。

〈窮者の答え〉　天地は広いというけれど、私のためには狭くなったのであろうか、太陽や月は明るく照るというけれど、私の為には照って下さらないのであろうか。人はみなこうなのか、私だけがこうなのであろうか。取りわけて人間に生れたものを、人並に私も耕作しているものを、それなのに綿もない粗末な袖無しの海松《みる》のように裂けて下っているぼろぼろを肩にかけて、低いかしいだ小屋の中に、地べたに藁をばらばら敷いて、父母は枕の方に、妻子は足の方に身を寄せ合って嘆き悲しみ、かまどには煙もたてず、こしきには蜘蛛の巣をかけて、飯を炊くことも忘れ、うめき声をたてているのに、「特別に短い物を、さらにそのはしを切る」という諺のように、むちを持った里長の声は寝ている所までやってきて呼びたてている。こんなにも何とも仕方のないものか、この世の中の道というものは。

〈この世の中を辛い肩身がせまいと思うけれど、どこへ飛んで行ってしまうこともできない。鳥ではないのだから〉

この貧窮問答の歌は『万葉集』の中でも屈指の大作であるという所以は、他の作者たちが全然使わなかった語を用い、人生の貧苦を代弁したところにある。又、貧者と窮者と交わす対話で「世間《よのなか》の道」の実体を読者の前につきつけて見せたところにある。

人麿たちの対象は天皇であり、高級貴族であり、又、美女であったが、憶良の歌う対象は自分よりも衣食住のままならぬ貧しい人、弱い人たちであった。

貧窮問答の世界は憶良の伯耆国《ほうきのくに》や筑紫国の民衆の苦しい生活を背景においた創作である。憶良がその生涯をかけてたずさわってきた官吏生活、それは律令政治の矛盾にみちていて、貧しさにうめいている民衆の姿が大きく彼の脳裡にきざみこまれていたことであろう。

しかし、彼はその時はどうすることもできなかった。せめてそのやるせない気持を「貧窮問答の歌」に自分の身をもって感じた農民の現実を訴えたかったのであろう。

文学作品に虚構はつきものであるが、しかし、憶良の作品は実体験をふまえた血肉化した文学作品であるから、読む人を深く感動させるのである。

平安以後、頭の中で観念で作った勅撰和歌集の時代は憶良の歌が全くかえりみられなかったことは当然だということになるであろう。

歌の最後に「謹みて上《たてまつ》る」とあるが、誰に謹上したのであろうか。下田忠は『山上憶良長歌の研究』の中で「広く官界、文人らの有識者に対する堂々たる発言であり、確固たる自負、自覚に立った文学形式であったと見るべきである。問者、答者に自己を投影させこの二人に語らせ劇的シーンをかもし出すよう文芸上の工夫に精魂をかたむけている」と言っている。

和歌は一般に作者自身の体験や感情を歌う私的抒情であるが、憶良は自身のことだけでなく、表現方法をもたぬ一般民衆が言いたいことを言えずにいることを、彼らに代って代弁する、憶良はその意味においてまさに類例のない民衆歌人であるといえるであろう。

好去好来の歌

聖武天皇は、天平四年（七三二）八月に、多治比広成《たちひのひろなり》を遣唐大使に任命した。翌年三月二十六日に節刀を授けられ、四月三日に「遣唐の四船」は難波津から船出をした。

三月一日に大使多治比広成は憶良の宅を訪ねたのである。憶良は三十年程前大宝元年（七〇一）に遣唐使の随員として渡唐の経験があり、航海、また唐の事情にくわしいと思い広成は尋ねたのであろう。遣唐使として出向いた人は多くあったであろうに憶良をえらんだのは、その学識に惹かれたからであろうと言われている。

憶良は思いがけない広成の来訪を受けて感激したのではないだろうか。早速、餞けのこの「好去好来の歌」を書いて広成のもとに届けている。憶良はその困難な航海が身にしみているだけに、神の力を願い無事に帰ってくることを長歌の中で祈っている。

北山茂夫はこの長歌について「特に強調したいのは、わが古代に固有の信仰、あるいは思想が全篇に充溢していることである。まずかれは、『倭の国は　皇神《すめかみ》の　厳《いつく》しき国　言霊の　幸はふ国』とみる伝統的な信仰についてふれた。それが、この長歌の基本なのである。さらに、かれは『今の世の　人も悉《ことごと》　目の前に　見たり知りたり』とうたい、その確信を強調している。わが古代の人々すべての生きた信仰を、憶良は、じつになまなましい現実性において歌う。それはすごい迫力に富む描写である」と言っている。

好去好来《かうきよかうらい》の歌一首　反歌二首

神代より　言ひ伝《つ》て来《く》らく　そらみつ　倭の国は　皇神《すめかみ》の　厳《いつく》しき国　言霊《ことだま》の　幸《さき》はふ国と
語り継ぎ　言ひ継がひけり　今の世の　人も悉《ことごと》　目の前に　見たり知りたり　人幸《さは》に　満ちて
はあれど　高光る　日の朝廷《みかど》　神《かむ》ながら　愛《めで》の盛りに　天の下　奏《まを》し給ひし　家の子と　撰《えら》び
給ひて　勅旨《おほみこと》　戴き持ちて　唐《もろこし》の　遠き境に　遣《つかは》され　罷《まか》り坐《いま》せ　海原の　辺にも奥にも　神
づまり　領《うしは》き坐す　諸《もろもろ》の　大御神《おほみかみ》たち　船舳《ふなのへ》に　導き申し　天地の　大御神たち　倭の　大国《おほくに》
霊《みたま》　ひさかたの　天の御空ゆ　天翔り　見渡し給ひ　事了《ことをは》り　還らむ日には　またさらに　大
御神たち　船舳《ふなのへ》に　御手うち懸けて　墨縄《すみなは》を　延《は》へたる如く　あちかをし　値嘉《ちか》の岬より　大
伴の　御津の浜辺《び》に　直《ただ》泊てに　御船《みふね》は泊てむ　恙《つつみ》なく　幸く坐して　早帰りませ　（巻五―八

九四）
　反歌
大伴の御津の松原かき掃きてわれ立ち待たむ早帰りませ（八九五）
難波津に御船泊てぬと聞え来ば紐解き放《さ》けて立走りせむ（八九六）
　天平五年三月一日、良《ら》の宅《いへ》に対面して、献ること三日なり、山上憶良謹みて上る大唐《たいたう》大使《たいしの》
　卿《まへつきみ》記室

無事に行って来なさいと祈る歌
〈神代の昔から言い伝えて来たことには、この大和の国は皇祖の神さまが厳然としておいでになる国、言霊の力が幸福をもたらす国であると語り継ぎ言い継いで来た。それは今の世の人もみな、目の前に見ており知っていることだ。人はたくさん満ち満ちているけれども、天皇陛下の神としての深い御寵愛によって、天下の政治をお執りになった名家の子として、あなた（多治比広成）をお選びになって、あなたはその勅旨を奉じて唐という遠い国に派遣され、お出かけになると、大海原の岸にも沖にも鎮座して海を支配しておられるもろもろの大御神たちが船のへさきでお導き申しあげ、天地の大御神たち、特に大和の大国魂の神は、大空を飛んでお見渡しになり任務を終えてお帰りになる日には、再び大御神たちが船のへさきに御手をおかけになってお導きに

なり、墨縄をまっすぐ張ったように値嘉《ちか》の岬から難波の三津の浜辺にまっすぐに御舟は到達することでしょう。つつがなく御無事でいらっしゃって、早くお帰り下さい。〉

反歌

〈難波の三津の松原を掃き清めて、私はお待ちいたしましょう。早くお帰りなさいませ〉

〈難波の三津にお船が着いたと知らせが来たなら、私は紐も解きはなしたままで走ってまいりましょう〉

天平五年（七三三）三月一日、憶良の宅でお目にかかり三日にこの歌を献る山上憶良謹んで大唐大使多治比広成卿　侍史

反歌の二首目、「紐解き放けて」ということばがある。これについては、小島憲之氏が「万葉集に於いて、一般に『紐を解く』といえば、男女のちぎりに関係する語であるが、この歌の場合それが適用できない。この歌の意は『船が到達したと聞こえたならば、うれしさのあまり紐を解き放したまま（紐を結ぶ暇もない程に）急いで』という意味である」と言っている。

又、「第一反歌は格式にあった儀礼性をもっているのに、第二反歌は『紐解き放けて立ち走りせむ』という、卑俗ささえ感じられる歌いぶりである」とされ、この不釣り合いの感じを、土居清民氏は「この開放的な歌の内容からもこの一首は難波地方の民謡のようなものであったのでは

ないか」と推測した。自宅をわざわざ訪ねてくれた遣唐大使多治比広成に対して、憶良は三十年前の自分の渡唐を思い出し心血を注いでこの「好去好来の歌」を作りあげたのであろう。

又、この「好去好来の歌」は、皇神と言霊を前提として歌いおこし、国讃め歌として賛美形式でうたいあげている。長歌の序曲から終曲、さらに第一反歌に至るまで、権威ある神の加護を中心に歌っているのは、遣唐使の任務が約三年という長期間、海路、陸路の往復に伴う、天災、人災、病災というあらゆる災害と闘い、命をかけての苦難を強いられ、神にすがるほかなかったという実感がこめられているのである。

憶良はかつて遣唐使の随員として唐に渡り、

いざ子ども早く日本《やまと》へ大伴の御津の浜松待ち恋ひぬらむ（巻一―六三）

と詠んだことがある。この歌が念頭にあって二つの反歌が生まれたのであろう。「いざ子ども早く日本へ」は長歌の後尾「値嘉の岬より大伴の御津の浜辺に直泊《ただは》てにみ船は泊てむ」に対応し、帰心矢の如き心境の体験をふまえての表現となっている。

又、「大伴の御津の浜松待つ恋ひぬらむ」という恋情には、第一反歌の「大伴の御津の松原かき掃きて我立ち待たむ」に、又、「待ち恋ひぬらむ」は第二反歌の「紐解き放けて立ち走りせむ」に対応しているといえるのではないだろうか。

この憶良の「好去好来の歌」は、遣唐使に贈る儀礼歌であるとは先に書いた。憶良は人麿と違って儀礼歌は殆ど歌っていない。心の底から心の中にわだかまっているものを歌ってきた。しかし、これらの歌は、三十年前に遣唐使に随行した苦難の体験への追憶が実感的に作用して歌われたと言ってよいと思う。

沈痾自愛《ちんあじあい》の文

山上憶良は筑紫から帰京していくばくもしないで、老齢のため退官したようである。市井に生きる身となってから、遣唐大使多治比広成《たじひのひろなり》の訪問を受けて「好去好来の歌」を贈ったそのころ、憶良は「沈痾自愛《ちんあじあい》の文」と題する長い漢文を書いている。文中に「七十有四」とあるので、これが書かれた七三三年（天平五年）から逆算すると、生れたのが六六〇年ということになり、その時は斉明天皇六年にあたる。それによって憶良は、大伴旅人より五歳年上ということがわかった。

この沈痾自愛《ちんあじあい》の文は、彼が年老いて病にとりつかれ、それをめぐって彼の知り得るかぎりの諸典籍にふれて書かれてある。長文で愚痴っぽく、うんざりさせられるが、やはり憶良という人物、作品、思想を検討するためには避けて通れないと思う。

竊《ひそか》に以《おもひみ》るに、朝夕に山野に佃食《てんしょく》する者すら猶し災害なくして世を渡ることを得《う》、昼夜河海に釣《てう》魚《ぎょ》する者すら、尚《なほ》し慶福あり経俗を全くす。況《うはむ》や、我胎生より今日に至るまでに、みづから修善の志あり、曾《かつ》て作悪《さあく》の心なし。所以《そえ》に三宝を礼拝して、日として勤めずといふことなく、百神を敬重して夜として闕《か》くことありといふことなし。嗟乎《ああ》はづかしきかも、我何の罪を犯してか、この重き疾に遭へる。初め痾《やまひ》に沈みしより已来《このかた》、年月稍多し。この時に年は七十有四にして鬢髪班白《ひんぱつはんぱく》に、筋力わう羸《るい》なり。但《ただ》に年の老たるのみにあらず、復たこの病を加ふ。諺に曰はく、痛き瘡《きず》に塩を灌《そそ》き短き材《き》の端《はし》を截るといふは、この謂《いひ》なり。四支動かず、百節皆疼み身体太《はなは》だ重く、猶し鈞石《きんせき》を負へるが如し。布に懸りて立たまく欲《おも》へば翼折れたる鳥の如く、杖に倚りて歩まむとすれば足跛《な》えたる驢《うさぎうま》の如し。吾《われ》以身已《すで》に俗を穿《うが》ち　心も亦塵に累《わずら》はさる。禍《わざはひ》の伏す所、崇《たたり》の隠るる所を知らむと欲《おも》ひ、亀卜《きぼく》の門と巫祝《ふしゆく》の室とを往きて問はずといふことなし。若　実　若　妄《まことにもあれいつはりにもあれ》その教ふる所に随ひ幣帛《ぬさ》を奉り祈禱せずといふことなし。然れども彌《いよ》苦を増すことあり、曽て減差《い》ゆといふことなし（下略）

〈ひそかに思うに、朝夕に山野で狩をして鳥獣を食べている者でさえ、やはり災害にあわず世を渡ることができ、又、夜昼河や海で魚を釣ったり網で捕えたりする者でさえ、やはり幸せを受けてこの世を過ごしている。言うまでもなく、私は生を受けてから今日に至るまでみずから身を修め善行を志し、ついぞ悪事をなす心を抱いたことがない。それだから、仏・法・僧という三宝を礼拝して、一日として勤行しないということはなく、諸神を敬い重んじ、一晩として忘れるということはない。ああ恥ずかしいことだ。私はいったい何の罪を犯した報いでこんな重病になったのであろうか。最初に病気にかかってから、年月はだんだん重なった。いま年は七十四歳で、鬢《びん》も白髪まじりで、筋肉の力も弱く疲れやすい。ただ年老いたばかりでなく、さらにこの病気になった。諺に「痛い傷に塩をかけ、短い材の端までも切る」というのは、まさにこのことである。手足は動かず、関節はみなうずき体ははなはだだるく、まるで大きな重りを背負っているようである。布につかまって立上ろうとすると翼が折れた鳥のようであり、杖にすがって歩こうとすると、びっこのロバのようである。私は、身はすでに俗事にまみれ心もまた世の塵に悩まされている。禍いの潜んでいる所、祟りの隠れている所を知ろうと思い、亀の甲羅による占い師や神に仕える祈禱師の家を訪ねないということはない。本当であろうと嘘であろうと、その教えのままに幣帛《ぬさ》を捧げ、祈禱しないわけではない。それでも苦痛は増すばかりで少しも癒えるということがない〉と、このように彼の性格から来るのか、かなりしっつこく、これより更に五倍もの長さでこの文は延々と続くのである。

しかし、これによって彼の信仰の実態も知ることができ、彼の内面には古代中国のいろいろの思想が混在していることがわかる。

この「痾《やまひ》に沈みて自ら哀しぶる歌」というのは、久しく病が癒えないので生前ながら、自分の哀悼文を作っておくというものらしいが、むしろ千二百数十字にも及ぶ生命の貴重を論じ、長生きを求める論説であるとも言われている。

憶良は更に続けて「昔は名医が沢山いて、どんな病気でもすぐさま治したそうだ。そんな名医にめぐり会えたら五臓を切り開き体の奥まで病因をつきとめてもらうのに、今どきそんな名医はおらぬ」とへらず口もたたいている。

又、「仏典にはこの世の人の寿命は百二十歳と言っているが、自分はまだその半ば、もう少し命を延ばすことができるのではないか天命を全うせず死ぬのは業報によるものであろうが、或いは私の病は飲食の不節制ではないだろうか」とも言っている。

憶良は人相判断の書や唐代のポルノ的小説まで引用して「死ぬくらいならいっそ生きている鼠の方がましだ。王様でも息の根が絶えると金を山のように積んであっても誰が金持などと思うか。生きとし生けるものは皆いつかは死ぬ身であるのに誰も無限の命を求めない者はない。今、私は病に悩まされ寝たきりである。人が乞い願えば天が聞いてくれると言うが、もしそれが真実なら、すぐ病をのぞき恢復することができるように祈る」と結んでいる。

次に

俗道の、仮に合ひ即ち離れ、去り易く留り難きことを悲嘆《かな》しぶる詩一首序を併せたりというのがある。

序には、「この世には永久不変なものはなく、丘が谷になり谷が丘に変わる。また人も定まった寿命というものがなく、長寿と夭折と差がある。朝に宴《うたげ》の主《あるじ》として振舞っていても夕方にはもう黄泉の客となっている。白馬がいくら走って来ても死のす速さにはとても及ばない。生きとし生けるもの皆いつかは死ぬ身であるのに、誰も無限の命を求めない者はいない。死を願わないのなら生れてこないに限る、始めがあれば終りがあるという世の道理を悟ったとしても、実際問題としてどうしてその生死の大事な定めを思い知ることができようか」とある。

俗道の変化は目を撃つがごとく
人事の経紀は臂《ひじ》を申《の》ぶるが如し
空しく浮雲《ふうん》と大虚《たいきょ》を行き
心力共に尽きて寄る所無し

〈世の変転は瞬きをするほど短い間であり人事の筋道は肘《ひじ》を延ばすほど短い間である。空しく浮雲と共に大空をゆくようであり、心力共に尽きて寄る所もない〉

当時、七十四歳というのは相当な老齢であったと思うが、憶良は生への執着が人より強かったと思われる。それ故にこれらの一文を書いたのであろう。病十余年とあるので、筑前国司になる前から不調であったことになるが、リューマチに他の内臓疾患も併発していたように思える。このように憶良は病についても彼の全知識をもって表白している。自分をも含めた弱者への涙が根底にあるので、何千年後のわれわれにも感動と共感を覚えさせるのであろう。

重き病の歌

山上憶良は、かって遣唐使のメンバーの一人として唐に渡り、かの地の文化をたっぷり身につけてきていた。それ故に即位前の聖武天皇の待講（学問の講義役）をつとめたこともある当代きってのインテリであった。

「沈痾自愛《ちんあじあい》の文」の中には、お経も出てくるし、孔子、老荘思想が語られ中国の軟文学も登場する。「自分は別に悪いことはしていないのに、仏教の教えも守っているのに、どうしてこのような重い病気で苦しまなければならないのか」とこれだけのことを言っているのに、何故こんな風に知識のありったけを披歴しなければならないのか。杉本苑子氏は、外国の知識をひけらかすのは万葉の昔も今も変らないというのが事実でしょうと皮肉っているが、読む人たちに知識のかぎりを語って聞かせるのも意味のないことではないと思う。現に私たちがそれらを読んで当時としての考え方の限界もわかるし、成程と面白さも感じることができるからである。

彼にはこの「沈痾自愛の文」の外に重い病にかかった時の歌がある。

老いたる身の重き病に年を経て辛苦し、及《また》児等を思ふ歌七首

たまきはる　内の限りは　平《たひら》けく　安くもあらむを　事もなく　喪もなくあらむを　世間《よのなか》の

憂けく辛《つら》けく　いとのきて　痛き瘡《きず》には　辛塩《からしほ》を　灌《そそ》くちふが如く　ますますも　重き馬荷に表荷《うはに》打つと　いふことのごと　老いにてある　わが身の上に　病をと　加へてあれば　昼はも嘆かひ暮し　夜はも　息衝きあかし　年長く　痛みし渡れば　月累《かさ》ね　憂へ吟《さきよ》ひ　ことことは死ななと思へど　五月蝿《さばへ》なす　騒ぐ児どもを　打棄《うつ》てては　死には知らず　見つつあれば　心は燃えぬ　かにかくに　思ひわづらひ　哭《ね》のみし泣かゆ（八九七）

反歌

慰むる心はなしに雲隠《がく》り鳴き行く鳥の哭《ね》のみし泣かゆ（八九八）

術もなく苦しくあれば出で走り去《い》なと思へど児らに障《さや》りぬ（八九九）

富人《とみびと》の家の児どもの着る身なみ腐《く》たし棄つらむ絁綿《きぬわた》らはも（九〇〇）

荒栲《あらたへ》の布衣《ぬのきぬ》をだに着せがてに斯《か》くや嘆かむ為《せ》むすべをなみ（九〇一）

水沫《みなわ》なす微《もろ》き命も栲縄《たくなわ》の千尋《ちひろ》にもがと願ひ暮しつ（九〇二）

倭文手纏《しづたまき》数にも在らぬ身には在れど千年《ちとせ》にもがと思ほゆるかも（九〇三）

天平五年（七三三）六月丙申《ひのえさる》の朔《つきたち》にして三日　戊戌《つちのえいぬ》の日に作る。

この歌は、「好去好来の歌」の成立後から三月たっていて、憶良自身老いの身に重い病が加わり、その悲痛をうたったものである。

〈世の中に生きている限りは、平穏で何事もなく、勿論不幸もなくありたいのに、世の中のいやなこと、辛いことには、ことさら痛む傷に、辛い塩水を注ぎかけるという譬えのように、又、重い荷にさらに荷物をつけるというように、老いて弱った我が身に病気までがとりついたので、昼は昼で嘆きくらし、夜は夜でため息をついて明かし、病気は長い年月にわたっているため、幾月も幾月も憂い悲しみ、同じことならいっそのこと死んでしまいたいと思うけれど、五月の蠅のように病床近くで騒いでいる子をうちすてて死ぬわけにもゆかず、こうしてじっと見ていると心は苦しみに燃えたってくる。あれこれ思いわずらい忍び泣きに泣き沈んでいる〉

反歌

①〈心を慰めることもなしに雲に隠れて鳴いて行く鳥のように忍び泣きに泣かれるよ〉

②〈どうしようもなく苦しいので家を捨てて、遠い所へ走り去ってしまおうかと思うけれど、子供のことを思うとそれも出来ない〉

③〈お金持の家の子供が着る物が沢山あって着る機会もなく腐らせ捨ててしまうという絹や真綿よ、その一枚でも子にもらうことができたらなあ〉

④〈楮《こうぞ》の繊維で織った粗末な着物さえ着せてやれない無力な父、こんなにも嘆き暮しているのだ。何ともしようがなくて〉

⑤〈水の泡のようにすぐ消えてしまうほかない命も、栲《こうぞ》の縄のように千尋もの長さがあれと願い暮している〉

⑥〈物の数でもない身ではあるが、千年も生きていたいと思うよ〉

長歌は、㈠生きている限りは平安でありたいという願い、㈡それを裏切る世間のさだめとしての老苦、病苦、㈢死を思っても愛するものにひかれて自ら死を選ぶこともできない嘆き、㈣泣いているよりほかに術がない、というように、憶良としては抽象的に歌いあげている。

それにひきかえ、反歌はかなり具体的に歌っている。二首目の「出で走り去《い》なと思へど児らに障《さや》りぬ」や「富人の家」にうらみのまなざしを向け、荒栲《あらたへ》の布衣《ぬのぎぬ》さえ着せられない貧困を嘆いている。

憶良の従五位下の位禄のある豊かとも思える身分で、「荒栲《あらたへ》の布衣」を子に着せられないという貧困のポーズ、或いは七十四歳の老人が五月蠅《さばえ》なす子供の愛憐に身もだえする親のポーズは、この「老いたる身に病を重ね……」の歌、すなわち、老、病にあえぐ自分自身の歌に、より普遍性、真実性を加えたものであろう。

誰もが眼をそむけたい不幸、妻を失った夫の、愛児を先立たせた親、親に先立つ子、人に嫌われながら杖つきほっつき歩く老醜、親子身をすり寄せて寒さをこらえる極貧困者たち、誰も好んで歌わなかった数々の歌を感動と愛情をこめて憶良は歌いあげているのである。

山上臣憶良の痾《やまい》に沈みし時の歌一首

士《をのこ》やも空しかるべき万代《よろづよ》に語り続《つ》ぐべき名は立てずして（九七八）

右の一首は、山上憶良臣の病に沈みし時に、藤原朝臣八束《やつか》、河辺朝臣東人《あづまびと》をして疾《や》める状《さま》を問はしむ。ここに憶良臣、報《こたへ》の語《ことば》己《すで》に畢《おは》り、須《しまらく》ありて涕を拭ひ、悲しび嘆きて、この歌を口《う》吟《た》へり

　これも重病の床に呻吟したとき、見舞に訪れた河辺朝臣東人を前に、憶良が涙をぬぐいながら詠んだ歌である。

〈男として生れた以上、後世に語り伝えられるほどの名も立てず空しく死んでよいものでしょうか。残念です〉

　この述懐は、彼の思いすごしのようだが、しかし、彼としても、この二十世紀の現在もなお、こうして親しく読まれ、研究されているとは思い及ばなかったであろう。これらの歌は彼の生存の証として万葉集の中に燦然と輝いていると言えるであろう。

　この病床にあって、子らを思いつつ作った天平五年に憶良は死んだであろうと言われている。人生の光の部分を歌わず、華麗な相聞の歌も残さず、妻や子への素朴な愛、貧を、病を、老いを、死を歌ったのは万葉集中憶良唯一人であった。

愛児古日《ふるひ》の歌

山上憶良の歌もいよいよ終りに近づいた。万葉集巻五の巻末に、幼い愛児古日《ふるひ》の死を悼んで歌った作品がある。作者名ははっきりしないというが、歌の左註によると作歌の仕方が山上憶良の操（調）に似ていると記してある。その主題、思想からみて大かたの学者は、山上憶良の作であろうと推定している。

男子《おのこ》名は古日《ふるひ》に恋ふる歌三首

世の人の　貴び願ふ　七種《くさ》の　宝もわれは　何為《なにせ》むに　わが中の　生れ出でたる　白玉の　わ
が子古日《ふるひ》は　明星《あかぼし》の　開くる朝は　敷栲《しきたへ》の　床の辺去らず　立てれども　居《を》れども　共に戯《たはぶ》れ
夕星《ゆふづつ》の　夕になれば　いざ寝よと　手を携《たづさ》はり　父母も　上は勿《な》下り　三枝《さきくさ》の　中にを寝むと
愛《うつ》しく　其《し》が語らへば　何時しかも　人と成り出でて　悪しけくも　善けくも見むと　大船の
思ひ憑《たの》むに　思はぬに　横風《よこしまかせ》の　にふぶかに　覆《おほ》ひ来れば　為《せ》む術《すべ》の　方便《たどき》を知らに　白栲《しろたへ》の
手襁《たすき》を掛け　まそ鏡　手に取り持ちて　天《あま》つ神　仰ぎ乞ひ祈《の》み　地《くに》つ神　伏して額《ぬか》づき　かか
らずも　かかりも　神のまにまにと　立ちあざり　われ乞ひ祈《の》めど　須臾《しましく》も　快《よ》けくはなしに
漸漸《やうやく》に　容貌《かたち》くづほり　朝な朝な　言ふこと止《や》み　たまきはる　命絶えぬれ　立ち躍り　足摩《す》

り叫び　伏し仰ぎ　胸うち嘆き　手に持てる　吾が兒飛ばしつ世間《よのなか》の道（九〇四）

反歌

若ければ道行き知らじ幣《まひ》は爲《せ》む黄泉《したへ》の使負ひて通らせ（九〇五）

布施置きてわれは乞ひ祈《の》むあざむかず直《ただ》に率去《ゐゆ》きて天路知らしめ（九〇六）

右の一首は、作者詳《つまび》らかならず。但し、裁歌《さいか》の体、山上の操《さま》に似たるを以ちて、この次に載す。

その意は〈世間の人が貴び欲しがる七種の宝も私には何になろう。われわれの間にうまれてきた、この白玉のようなわが子、古日は明けの明星が輝いて明ける朝には、床のあたりを離れずに、立っていても　坐っていても、共に遊びたわむれ、宵の明星の輝く夕方になると、さあ寝なさいと手に手を取って「お父さんもお母さんも、そばを離れないで―。真ん中に寝るんだ―」と可愛らしく、その子が言うので、いつか成人して、悪くも良くもその様を見たいものだと　頼みにしている時に、思いがけず無常の大風が激しく吹きつけて来たので、どうしてよいか手だてもわからず、白いたすきをかけ、鏡を手に取り持って、天上の神を仰いで祈り、地上の神を伏して拝み、どうあろうとも神さまの御心のままにと、うろうろとして私はお祈りするけれど少しの間もよいことはなくて、次第次第に容貌は衰え、朝ごとに言う言葉もなくなり、命が絶えてしまったので、跳びあがり、じだんだを踏んで泣き叫び、うつ伏したりふり仰いだりして、胸をたたいて嘆き、

手にしたわが子をあの世へ行かせてしまった。ああこれが人の世の道というものなのだろうか〉

反歌

〈まだ年若いので、あの世への道も知るまい。礼はしよう、黄泉の使よ。この子を背負って行ってくれ〉

〈布施を供えて私はお祈りします。どうぞ欺《あざむ》かずにまっすぐ連れて行って、天上への道を教えてやって下さい〉

長歌の中で「わが子古日《ふるひ》」といっている幼児は、はたして憶良の子であろうか。憶良はその時七十歳を越えているはずで幼児がいるのは不自然ではないか。或いは孫であろうか。

しかし、憶良はその人の立場になって歌うことがしばしばある。「志賀海人《しかのあま》の歌」もそうであるから、古日の歌も子を亡くした悲劇を親の立場になって歌ったのであろうか。又、フィクション説もある。憶良は人生の痛ましい事件として可愛がっている幼児古日《ふるひ》の親の場合を想像して作ったのかも知れない。「貧窮《びんぐう》問答の歌」も貧しい窮者の生活を想像力によって作られたものである。

憶良の今までの歌をみてきても、子供好きで、子供に非常に関心を持っていることは確かである。憶良には「子らを思へる歌」があり、「瓜食めば子ども思ほゆ」に始まる長歌とその反歌「銀《しろがね》も金《くがね》も玉も何せむに勝れる宝子にしかめやも」というのがある。

この「子ら」にはわが子のみに限定しない子供一般を象徴し、父性愛、親の純愛とも言うべき高みに達している。それ故に永遠性があり、現在でも愛誦されているが、古日の歌は「古日」という固有名詞を使い「わが中に生れいでたる」と作者に引きつけ私小説風に歌われている。

この古日の歌の前半のむつみ合いを、川の字に寝ようという幼児と馴れ親しむ姿は実に具体的に表現されて、現在のわれわれをもうならせるような実感的な歌い方となっている。

「何時しかも　人と成り出でて（成人となって）　悪しけくも　善けくも見むと」歌っているところは、千二百年後の今でも親としての気持ちは変わっていないところであろう。

しかし、愛する古日は病気となり、日に日に重くなり、「容貌くづほり　朝な朝な　言ふこと止み　たまきはる　命絶えぬれ　立ち躍り　足摩り叫び　伏し仰ぎ　胸うち嘆き　手に持てる吾が兒飛ばしつ……」と死の場面は、古日と憶良の二人にしぼって歌われ、その迫力ある心情の吐露にはこの上ない感動を覚える。子を失った悲しみのどん底にもだえる表現は本人よりむしろ、他人が客観的にみてこそ具体的に迫力ある表現ができるとも考えられるのである。

又、反歌の二首は、幼児のことだから、あの世へ行くのに迷ってはならぬ、御礼をするから使よ背負って行ってくれという表現がよくきいており、親の亡き子に対する愛の深さ、子に先立たれた親の悲嘆が伝わってくる。

島木赤彦は「憶良の歌は、足がしっかり地を踏みしめてゐる所はあるが、沓が泥へ食ひ入って動きの取りにくい観がある（中略）。貧窮問答《ひんぐう》の長歌などは殊にその感が多い。難きを望んで取りついたのは偉いが、純化しきれずごたついてしまったのである。この人の長歌は、大抵事柄や思想が先に目立つ。そこが足どりのごたつく所であって、そのごたつくところを外辺から鑑賞する人は、複雑であり多力であると言って感心するし、内面的に鑑賞する人は、純化の不足を遺憾に思うのである」と言っている。

しかし、津田左右吉は「人麿などの美詞麗句を惜しげもなく並べたてた幾多の挽歌は、憶良のものと比べると殆どみな空言虚辞である」、又、「憶良は詞藻の華やかさこそないが、感情の深さ強さに於いて、大いに他の儕輩にぬけ出てゐる。多情多感の彼は現実の人生に対して益るるばかりの同情を注いでゐる。彼のみは詩人として恥かしからぬ素質を具へてゐたのである」。この憶良論は憶良文学の真髄にふれたものと言ってよいのではないだろうか。

憶良は七三二年の六月以後、その年の末までの間に七四年の当時としては長い生涯を閉じたと推定されている。憶良は従五位下か上ぐらいで官人としては栄達しえなかったが、『万葉集』の中にこのような不滅の作品を数多く残したのである。

志賀白水郎《しかのあま》の歌

万葉時代では漁業に従事する人々を指してアマ（白水郎、海人、海部、海女）と呼んでいた。鴻巣《こうのす》隼雄氏の『古代白水郎の研究』の中に「白水郎《あま》の由来は、八世紀ごろから、中国揚子江下流域に白水郎と呼ばれていた特殊な水縁生活者があった。当時の遣唐使、留学僧はこの白水郎に接し、時にはその住居に泊り、又、その特技とする水運作業の協力を得て、現地の困難な旅の目的を達したという事実があった。その漁夫や海上交通の役を司る生活実態がわが国のアマの生態にいかにも似ている所から、彼らがこの表記をそのまま白水郎《あま》と転用したものだ」とある。

日本でも、律令時代に海人《あま》が集中して住んだ海部郡《あまべぐん》が、紀伊、隠岐、豊後、尾張の四国にあった。海部郡には漁獲物で注目されたところと航海技術で注目されたところと二種類があったと言うことだ。紀伊の海部郡は漁獲物で名高く、塩の生産も盛んであった。これに反して、尾張と豊後の海部郡には漁村的な遺跡が非常に少く、特に豊後の場合（豊後には北海部郡と南海部郡とがある）、瀬戸内海西部の航海を掌握していた航海技術者の集団があったという。『日本書記』に、神武東征の伝説において、豊予海峡で小舟に乗った一人の海人《あま》が珍彦《めづらひこ》に出逢い、これを東征の水先案内にしたと言うことがのこっている。

博多湾の東側の突端に、握りこぶし状につき出た島、金印の出土したという志賀の島がある。周囲凡そ一二km、南北四km、面積は約六平方kmの小島で、博多湾を玄海灘から守るようにのびた「海の中道」によって陸続きとなっている。島の東側は玄海灘の風波が島を洗い、西側は穏やかな博多湾に面している。この地方に、万葉集巻十六「志賀白水郎《しかのあま》の歌」十首がある。

筑前国志賀白水郎《しかのあま》の歌十首

①大君の遣《つか》はさなくにさかしらに行きし荒雄《あらを》ら沖に袖振る（巻十六—三八六〇）
②荒雄らを来むか来じかと飯《いひ》盛りて門に出で立ち待てど来まさず（三八六一）
③志賀の山いたくな伐りそ荒雄らがよすかの山と見つつ偲《しの》はむ（三八六二）
④荒雄らが行きにし日より志賀の海人《あま》の大浦田沼《おほうらたぬ》はさぶしくもあるか（三八六三）
⑤官《つかさ》こそさしても遣《や》らめさかしらに行きし荒雄ら波に袖振る（三八六四）
⑥荒雄らは妻子《めこ》の産業《なり》をば思はずろ年の八年《やとせ》を待てど来まさず（三八六五）
⑦沖つ鳥鴨とふ舟の帰り来ば也良《やら》の防人《さきもり》早く告げこそ（三八六六）
⑧沖つ鳥鴨とふ舟は也良の崎回《た》みて漕ぎ来《く》と聞え来《こ》ぬかも（三八六七）
⑨沖行くや赤ら小舟につと遣らばけだし人見て開き見むかも（三八六八）
⑩大舟に小舟引き添へ潜《かづ》くとも志賀の荒雄に潜きあはめやも（三八六九）

以上の歌群に左注として詳しくその作歌事情を記してある。聖武天皇の神亀年間（七二四—七二八）に、大宰府は筑前国宗像郡《むなかた》の百姓宗形部津麻呂《むなかたべつまろ》を対馬に食糧を送る船の船頭に任命した。その時、津麻呂は糟屋郡志賀村の白水郎《あま》である荒雄の所へ行った。「私は少し事情があって来たのだが、聞いてもらえないだろうか」と。荒雄は「私はあなたとは郡を異にするが、長い間同じ船に乗っている。気持は実の兄弟より深く、たとえ殉死することがあっても、どうして断ったり出来ましょうか」と言った。津麻呂は、「大宰府の役人は、私を対馬に食糧を送る船の船頭に任命したが、私は年をとって身体が衰え、航海（玄海灘）に堪えられそうにもない。それであなたの所へ来たのですよ。どうか代って下さい」と言った。そこで荒雄はそれを承知した。そして、その仕事に従って、肥前国松浦県美祢良久《みねらく》の崎（五島列島の福江島の西北、今の三井楽町の崎）から船出をし、まっすぐ対馬を指して海を渡った。その時、にわかに空が暗くなり、暴風に雨が伴い、とうとう順風に恵まれず海中に沈んでしまった。それより妻子は、子牛が母牛を慕うように荒雄を恋い慕ってこの歌を作った。あるいは「筑前国守山上憶良《つくしのみちのくちのかみやまのうえのおくら》が、妻子の悲しみに同情して、代りにその胸中を述べて、この歌を作った」とも言うとある。

荒雄遭難のこの歌群は、①憶良創作説、②西国地方の民謡説、③憶良プラス民謡説と諸説ふんぷんであるが、この悲劇的な事件の歌を単純に民謡とみることには抵抗があり、志賀の白水郎《あま》荒雄の死を妻子が嘆いて詠んだ歌、万葉集中の庶民の心をうたった歌として、私はみてみたいと思う。

対馬は耕地面積の少い山の多い島であるので、当時そこに駐在していた島司《しまつかさ》、防人たちの食糧として穀物二千石を九州から輸送していた。それを、筑前、筑後、肥前、肥後、豊前、豊後に分担させ、六国が順番に輸送していた。その対馬へ送る穀物はその年の秋に収穫されたものであるから、輸送はどうしても十二月頃となってしまう。しかし、秋から冬にかけて玄海灘は北風が吹き荒れ、輸送船は五、六回中に、三、四回は遭難すると言われたほどであった。この荒雄の遭難もその一例であったようだ。又、対馬へ行くときは、普通、遣新羅使たちがたどった最短コースとして筑紫―韓亭《からどまり》―引津亭《ひきつのとまり》―狛島《こましま》（唐津の神集島《かしわじま》）―壱岐―対馬とゆくのがきまりであった。が、この場合かなり西寄りの五島列島の福江島の西北、三井楽町の崎から対馬に向っている。冬の玄海灘は荒れるので、海流を利用するとすればそこが最適だと荒雄は判断したのであろうか。しかし、やはり荒雄は遭難してしまったのである。

①の歌の「大君の遣はさなくに」は天皇が命令して遣わされたのでもないのに、「さかしらに」賢ぶってと、自ら進んで出しゃばって出航したと妻子のきびしい詰問の意が含まれている。志賀島を出発する荒雄が別れの袖を振る姿を島から見送っているのを回想的に現在形で詠っている。

②の「来むか来じか」は、もう帰ってくるか、もう帰って来るかと陰膳を据えて旅の安全を祈り、門口に立って待っているけれど帰って来ない。首を長くして今か今かと荒雄の帰りを待ちこがれている家人の気持がうたわれている。

③の「志賀山のいたくな伐りそ」は、志賀島の特定の山ではないが、山容が変わるほどひどく伐採しないでくれ、荒雄を思い出すゆかりの山として見ながら偲ぼうと挽歌的な表現であることから、帰らぬ荒雄をしのぶ歌となっている。

④〈荒雄が行ってしまった日から、志賀の海人《あま》が住む大浦《おおうら》田沼《たぬ》はさびしいものだ〉、志賀島北端の勝馬の小字《こあざ》に大浦・田沼田《たぬんだ》というのがある。

⑤の「官《つかさ》」は役所のことで大宰府をいう。役所から指名して派遣されたのでなくて、自ら進んで行った荒雄が波にただよいながら袖を振っている。袖振るはこの場合、荒雄が波間に沈んでゆく辛苦を描いているようである。

①の「大君の遣はさなくに」と⑤の「官《つかさ》こそ指してもやらめ」は大宰府が荒雄を名ざして行けと命じたのなら仕方がないが、そうでないのに出しゃばってと抗議をしている言葉である。

⑥の「妻子《めこ》が産業《なり》」は生活の糧を得るための仕事で、生活の手段、暮しむきのことを言っている。「思はずろ」は筑紫の方言かと言う説がある。〈荒雄は妻子のなりわいのことなど考えないのであろうか。長い年月いくら待っても帰って来ない〉「年の八年《やとせ》」は必ずしも実数でなく、長い年月のことを言っている。捨ておかれた恨みを詰問する形、私たち妻子の生活はどうしてくれるのかと強い調子でうたっている。土橋寛氏は「『産業《なり》』『思はずろ』と俗っぽいことばを使って海人の妻の口汚い罵り声をきくようなリアリティがある。貴族社会の挽歌とは発想も感情も表現も

まるで違う、それは夫の死の意味が貴族と民衆とでは違うからである」と言っている。

⑦〈「鴨」という名の船が帰って来たら、也良《やら》の崎の番人である防人よ、早く知らせてくれ〉「沖つ鳥」は鴨にかかる枕詞の役をしている。也良の崎は博多湾内にある能古島の北端の岬で、この岬には防人が防備についていた。東国出身の防人に対して、田舎の駐在さんのように村人が期待する気持になっている。この⑦の歌碑が能古島の也良岬《やらの》に、東方は志賀島、北方は玄界島、西方は糸島半島を望める位置、即ち「鴨」という船が入ってきたら一目でわかる草むらの中に建っていた。

⑧〈「鴨」という船が、也良の崎をまわって漕いで来るよという知らせが聞こえて来ないかなア〉能古島と志賀島は湾をへだてて向き合っている。「ぬかも」の願望表現を通して絶望感がしだいに深まっている。

⑨〈沖へ行くあの丹塗りの船に贈物を托してやったなら、あるいはうちの人荒雄があけて見てくれるかも知れない〉「赤ら小船」は赤く塗った官船のこと、「つと」は品物や食糧などの包みで、願望と期待がこめられている。

⑩〈大きな船に小船を引きつれて海底まで潜って探そうとも、志賀の荒雄に会うことが出来ようか〉「大船に小船ひきそへ」と大規模な荒雄の捜索の様子を具体的に表現している。「――とも――めやも」と、どのように手をつくして逢おうとしても、荒雄にはもう逢うことができない

と絶望的な悲しみをあらわしており、荒雄の死を全面的にみとめている。いずれにしても、十首の内容は荒雄の妻子の嘆き、期待、詰問、願望などがうたわれ白水郎《あま》としての庶民の嘆きの作品群となっている。

この志賀島は、日本の東の方から船がここまで来て、西の船に積みかえるというだけでなく、中国、朝鮮半島にも、より大きな船に積みかえられ、輸出入される積荷の集散地であった。

志賀の海人の磯に刈乾すなのりその名は告《の》りてしをなにか逢ひ難き（三一七七）
志賀の白水郎《あま》の釣し燈せる漁火《いさりび》のほのかに妹を見むよしもがも（三一七〇）
志賀の海人の火気《ほけ》焼き立てて焼く塩の辛き恋をも我はするかも（二七四二）

志賀の白水郎《あま》は、磯に刈乾す海藻とり、火の光りを慕って集る魚を捕る、火気《ほけ》焼きたてて焼く塩の製塩というように漁民であったが、志賀の白水郎《あま》荒雄のように、宗形部津麻呂に頼まれれば、即座に対馬へ食糧を運ぶ航海士ともなったのである。志賀の荒雄の遭難はこうした歴史と風土の中でおきた事件であった。

このように万葉の歌は、日本書紀、古事記で知る古代の歴史の間隙をおぎなうものとして、その時代の歴史的な事情、地理的条件、そして庶民の実態などを知ることが出来るのである。

防人《さきもり》の歌

㈠

防人《さきもり》の歌について、この稿を書くにあたり、防人はどんな島や岬を守り、そこでどんな歌を詠んだのであろうかと、能古島の也良《やら》岬や志賀島の突端まで友人と出かけて行った。防人は東国から、妻子と別れて、船で幾日もかかり、何十里も歩いて、筑紫の島々や岬で、玄海灘のきびしい自然と孤独に耐えながら外敵から守ったと言う。当時の人々にとって、それは言語に絶する困難があったであろう。突風のような玄界風に吹かれながらわかるような気がした。又、いくつもの歌碑を見て気がついたことは、歌碑にある歌は、志賀の海人《あま》の歌と遣新羅使人《けんしらぎしじん》の歌ばかりで、防人の歌は一首もなかったということである。即ち、防人の現地詠は全くないのである。防人の歌は、東国からの出発、長旅、そして難波津《なにわつ》までの作に限られているということであった。

防人《さきもり》というのは、その名の通り「み崎を守る人」で、沿岸警備兵のことである。西暦六六三年、日本軍が朝鮮の白村江《はくすきのえ》における海戦で、唐と新羅の連合軍にはさみうちとなり、空前の大敗北となった。その直後、唐軍の侵攻に備えて北九州沿岸に防人を配置したり、内陸には水城《みずき》を築いたりした。又、翌年には百済の亡命者憶礼福留、四比福夫を筑紫に派遣して、大野山、椽《き》山に山城を築かせている。これが防人設置の確実な最初の記録であろうと言われている。

初めは西国の人々をあてていたが、後に主として東国の人々をあてるようになった。このことは、東国農民にとって、他の地域では到底考えられぬ大きな負担として一世紀以上も彼らを苦しめつづけたのである。それは古代の記録に或る程度のっているということだが、何と言っても、彼らの声をじかに聞くことの出来るのは「防人の歌」であろう。東国の国司は中央政府が割りあててきた人数の兵士を、農民の中から選び出し、防人に指名された者は、自前で武具を調達し、道中の食糧を用意して、決められた場所に出頭したのである。そして、国ごとに集団を組んで、国司の中から任命された部領使《ことりつかい》に、彼らは難波津まで連れて行かれた。それは大てい野宿しながらの長旅であった。そこで、中央政府の官人が、防人らを検閲し、官船につみこみ、瀬戸内海を西へ西へと進み、那大津《なのおおつ》（博多）へ彼らを率いていったのである。それから、大宰府防人司の官人によって北九州、壱岐、対馬にそれぞれ配置された。

防人というのは、外国軍の来襲にあった場合、大宰府に通報すると共に、出来るだけ長く持ちこたえるのが任務であった。武器としては弓や矛や、刀しかもたない二、三千の軍勢であったから、万単位の敵が上陸してくれば全員戦死ということになるのであろう。平時は人気のない海浜や離島で、食糧の自給のため、土地を耕しつつ、看視の任にあたり、屯田兵の形態をとっていた孤独な辛い任務であったと思う。

しかし、防人にどうして地理的に近い西国の兵士をあてず、遠い東国の農民にのみ、これをあてたのであろうか。それは第一に、東国は西国よりもずっとおくれて、大和朝廷に服属し、特に在地の豪族、有力農民と天皇家との関係が深く、もっとも信頼の出来る兵力となっていた。第二に地域が広く人口に富み、兵士の徴発にうってつけであった。第三に彼らの力は歴史的に対蝦夷《えぞ》関係できたえられて勇武にすぐれていたことなどがあげられている。しかし、私は当時の庶民がきびしい労役に堪えられず、逃亡が相ついで起っていた状況から考えると、遠い東国人をあてれば、筑紫の果から容易に逃げかえることが出来ないということを考えに入れていたのではないかと思わずにはいられないのである。

七五五年（天平勝宝七年）に、防人が東国から難波津へ向った時、兵部省の高官であった大伴家持が、これを検閲することになった。その時彼は、国府に対して、防人歌を提出するように命じた。そして彼は難波津でひとまとめになった防人歌を受けとり、兵部省をへて中央政府に提出したのである。そして、もう一部を写しとり、その中から「拙劣歌《せつれつか》」を省いて、彼の歌日記に記入したという。それが巻二十の防人の歌そのもので、こうした家持の配慮がなければ、このように多くの防人の歌と、それによって明らかになった歴史の実態をみることは出来なかったであろう。提出された防人の歌は、一六六首にのぼり、その中から「拙劣歌」として八十二首家持によって切り捨てられ、万葉集巻二十には防人の歌として八十四首がおさめられている。

その拙劣歌とは何をもって拙劣としたかは推測する以外にないが、それは家持の文芸観によるものであることはすでに指摘されている。歌として拙く、言葉遣いに訛や方言がひどかったものであろうか。又、意味のわからぬものや、一首として完結性のなかったものであろうか、いろいろあるであろうが、防人らは、専門的な作歌修練をした教養人でなく作者名は記されているが、個性に乏しく、民謡の型を借りたものが多かったのかも知れない。ともあれ、家持は、防人らの家族との別れを悲しむ心情を何とかして、中央の人々に伝えなければならないと言うのが防人歌を蒐集する動機であったようだ。とするならば、防人の心情があらわされてない歌、それが家持にとっての拙劣歌だったのであろう。防人の窮状を具体的に訴える歌の収集は、大伴旅人以来の防人廃止に対する大伴家の執念であった。と同時に山上憶良の防人に対する同情の二つが家持に防人歌収集を企てしめたのではないだろうか。

　又、防人の歌は作者の階級と氏名が記され階級順に配列されている。

　国造《くにのみやつこ》—助丁《すけのよぼろ》—主帳《しゆちやう》—火長《くわちやう》—上丁《かみつよぼろ》—防人《さきもり》

となっており、国造は防人集団の長、助丁はそれに添うもの、主帳は集団の庶務会計、火長は十人の長、上丁は上番する兵士、防人は岬を守る一般兵士である。防人集団が軍団と違うところは軍団は同じ郡内の農民兵によって構成されているのに対し、防人は各郡の兵士の中から選んだ寄せ集めたものだという点である。だから、軍団ほどの団結力もなく、実戦部隊でもなく、ただ沿岸警備を任務とするものであった。従って、防人は軍団兵のように誇りもなければ連帯感もなく、運悪くクジに当ったから出て来たという者の集りにすぎなかったのである。

布多富我美《ふたほがみ》悪しけ人なり急病《あたゆまひ》わがする時に防人に指す（巻二〇―四三八二）

下野国上丁大伴部広成

「布多富我美」については「布多の長者」とする説と、「全く」の意とする説があるが、いずれにしても憎しみを歌っている。〈全く悪い人だ。急病に私がかかっている時に防人に指名するなんて〉と言っている。

防人に行くは誰《た》が夫《せ》と問ふ人を見るが羨しさ物思ひせず（巻二〇―四四二五）

防人の妻の歌で「防人に取られてゆくのは誰の御主人かしらと問うている人を見ると羨しい、何の心配もなさそうな顔をして」と言っている。同じ村中で防人に指される人、そうでない人、全く悪いクジが当ったようなものと嘆いているのである。

㈡

防人の歌は、集団的の場として、初めに防人幹部である国造《くにのみやつこ》、助丁《すけのよぼろ》による忠誠を誓う内容の儀式歌がうたわれ、続いて、一般防人の私的抒情の歌が展開するという形になっていたようである。遠江、相模、武蔵三国では「大君の命《みこと》畏み」という詞《ことば》をもつ歌が国造、助丁によって作られている。しかし、他の諸国にはこの歌がなく、上総、下総、信濃ではかえって一般防人がこの句を用いている。それは「大君の命畏み」という句が忠誠を誓う詞だけでなく、むしろ私的抒情

に用いられる詞だったからである。例えば、

大君の命《みこと》畏み弓の共《むた》真《さ》寝か渡らむ長けこの夜を（四三九四）　相馬群大伴部子羊《こひつじ》

〈大君の御命令を畏んで出征したからには、弓と共に寝て過すのであろう、この長い夜を。〉その後《あと》に（妻なしにして）という言葉が連想される。

大王《おほきみ》の命《みこと》畏み出でくれば我《わ》ぬ取りつきて言ひし子なはも（四三五八）　種淮郡上丁物部竜《すゑのこほりかみつよぼろもののべのたつ》

〈大君の御命令を畏んで出てくると私にとりついて悲しむ子よ〉いずれも下句はこのように私的抒情となっている。

「大君の命《みこと》畏み」という詞は、中央官人の歌にも用いられ、約二十を数えるほどである。官命によって、離れたくない故郷を離れて旅をする時、即ち地方赴任、出張、流《る》罪に処せられる時にも用いられた。だから積極的な忠誠をつくす気持でなく、自分の意思に反して事に従うと言う意味で絶対服従を表わす語であった。このように防人の歌は、大君の命畏みと詠いつつも、大体において妻子との別れを悲しむ歌、故郷に残した父母を思う歌、防人に指名された不運を嘆き、指名した人を恨む歌が多いのである。

そういった中で、特に積極的に丈夫心《ますらをごころ》を歌ったものに次の三首がある。

今日よりは顧みなくて大君の醜《しこ》の御盾と出で立つわれは（四三七三）　下野国火長今奉部与曽布《くわちやういままつりべのよそふ》

天地の神に祈りて幸矢《さつや》貫き筑紫の島をさして行くわれは（四三七四）　下野国火長大田部荒耳《おほたべのあらみみ》

霰《あられ》降り鹿島の神を祈りつつ皇御軍《すめらみいくさ》にわれは来にしを（四三七〇）　常陸国上丁《かみのよぼろ》大舎人部千文《おほとねりべのちふみ》

一首目の醜の御盾は自分を卑下して取るに足らぬ御盾となってという意味であろうか。防人が兵士としての誇りも喜びも持たぬのに、どうしてこんな健気な歌が生れたのであろうか、出征の誓いという場とその雰囲気、そして火長（十人の長）としての責任感、国府の官人がそういう方向へ防人らを指導し、激励したのであろうか。戦時中私たちは防人の歌というのはすべてこのような勇みたつ歌ばかりかと思っていた。二首目は、防人として筑紫の国に赴くことを悲嘆にくれず、前向きの心情を表現した歌で、言立ての歌と言われており、防人の歌としては珍しい。三首目は「皇御軍《すめらみいくさ》」という言葉が用いられている。これは戦争中によく引用され、聖戦などと同様、戦いを神聖化するのに役立ったようである。「皇御軍」とは天皇の兵士という意味で、中央官人でさえ用いていないこの言葉を防人自らが創造したということは驚くべきことと思われる。この歌は鹿島の神に皇御軍としての任務が果せるよう祈るのであって、帰郷するまでの無事を祈っているのではない。しかも、意外なことには、これら三首の作者はいずれも、国造や助丁のような防人幹部でなく一般防人だということである。又、下野と常陸の二ケ国に限って丈夫心《ますらおごころ》を歌ったのは、鹿島神宮のある常陸、それに隣接した地域であることも関係があるのであろうか。

防人の歌は大きく分けて、出郷時（悲別歌）、難波への道中、難波津と三つの場で歌われている。その場で歌ったというより、発想の場としてこの三ヶ所に分けられるのではないだろうか。

出発（悲別歌）

葦垣の隈処《くまど》に立ちて吾妹子《わぎもこ》が袖もしほほに泣きしぞ思《も》はゆ（四三五七）　刑部直千国《おさかべあたひちくに》

わが母の袖もち撫でてわが故《から》に泣きし心を忘らえぬかも（四三五六）　物部乎刀良《をとら》

父母が頭かき撫で幸くあれといひし言葉《けとば》せ忘れかねつる（四三四六）　丈部稲麻呂《はせつかべいなまろ》

防人の妻、又は母との別れ、その時のしぐさを具体的に歌って、悲痛な場面があざやかに迫ってくる。三首目はまだ二十歳そこその青年であろうか。

防人の発たむ騒ぎに家の妹《いむ》が業《な》るべきことを言はず来ぬかも（四三六四）　若舎人部広足《わかとねりべひろたり》

この後顧のうれいは防人全体が共有したものであったであろう。働手をとられて、残された父母、妻子の暮し向きのことなど、ろくろく話し合うことも出来ず慌しく出てきてしまった。一体残った者たちはどうなるのであろうか。別れ際の有様、又防人の徴発される村全体のざわめきまでが聞こえてくるようである。

置きて行かば妹はまかなし持ちて行く梓の弓の弓束《ゆつか》にもがも（巻一四―三五六七）　東歌

父母も花にもがもや草枕旅は行くとも捧ごて行かむ（四三二五）　丈部黒当《はせつかべのくろまさ》

母刀自《おもとじ》も玉にもがもや頂きて角髪《みづら》のなかにあへ纒《ま》かまくも（四三七七）　津守宿弥小黒栖《つもりすくねをぐるす》

妻や父母を弓束や花、玉に込めて筑紫につれてゆきたいという歌い方は、普通の羈旅、離別の歌には見られない防人歌独得のもので、同道出来ないあきらめの深さがあるとともに、同道できるものに込めるという発想が生れてきたのであろう。

韓衣《からころも》裾に取りつき泣く子らを置きてぞ来ぬや母《おも》なしにして（四四〇一）

国造小県郡他田舎人大島《くにのみやつこちひさがたのこほりをさだのとねりおほしま》

この防人は妻に死なれ幼子を男手一つで育てていたのであろうか。国は一人々々の家庭の事情を思いやる余裕がなかったのであろうか。防人幹部でもあるし、裾にとりついて泣き叫ぶ子をふりきって出征しなければならなかったのである。防人の断腸の思いが伝わってくるようである。

草枕旅の丸寝の紐絶えば吾が手と付けろこれの針持《はるも》し（四四二〇）

妻椋椅部弟女《めくらはしべのをとめ》

〈遠い旅に行かねばならぬあなたが、野宿でごろ寝をするとき、着物の紐がとれたら、どうか御自分の手で縫いつけて下さい。この針で。〉これは防人の妻の歌で、涙ぐみながら歌ったであろう。丸寝の苦しい旅、三年余り逢うことのできない辛さを具体的なものを歌ってさまざまな不安、悲しみが表出されている。

草枕旅行く夫《せ》なが丸寝せば家なるわれは紐解かず寝む（四四一六）

妻椋椅部弟女《めくらはしべのをとめ》

〈旅行く夫が着物のまま丸寝なさるのなら、家にいる私も紐をとかずに寝ましょう。〉やはり前の歌と同様椋椅部弟女《めくらはしべのおとめ》の作で、夫の苦しみを自らも分かとうとする健気な妻の心を歌っている。

㈢

道中――

松の木《け》の並みたる見れば家人《いはびと》のわれを見送ると立たりしもころ（四三七五）　火丁物部真島《くわちやうもののべのましま》

〈旅の途中、路上の松の並んでいるのを見ると、家人が旅立つ私を見送ろうとして立っているようだ。〉一読何でもないようであるが、この発想は素朴な農民の実感がこもっている。

吾妹子《わぎもこ》と二人わが見しうち寄《え》する駿河《するが》の嶺《ね》らは恋《くふ》しくめあるか（四三四五）　春日部麻呂《かすかべのまろ》

〈妻と二人で眺めた富士の高嶺は今は恋しく思い出される。〉一体妻はどうしているであろうか。農民夫婦の労働の月日の楽しかったことを思っている防人の心中はどんなであったであろうか。

吾ろ旅は旅と思《おめ》ほど家《いひ》にして子持《め》ち痩《や》すらむわが妻《み》かなしも（四三四三）　玉作部広目《たまつくりべのひろめ》

〈私の旅はこれが旅というものであるとあきらめているけれど、家に残って子供を育てる苦労で妻は痩せてしまっているであろう妻がいとしい。〉防人の心情の表白としては迫力がある。自分の境涯にたって大胆卒直に歌いあげており、ここまでくると一個の文芸作品としての実質が備わっている。

わが妻も絵に描きとらむ暇《いづま》もが旅行く吾は見つつしのばむ（四三二七）　物部古麻呂《もののべのこまろ》

わが妻はいたく恋ひらし飲む水に影《かご》さへ見えて世に忘られず（四三二二）

主帳丁若倭部身麻呂《しゆちやうのよぼろわかやまとべのむまろ》

旅と言へど真旅《またび》になりぬ家の妹《も》が着せし衣に垢つきにけり（四三八八）　占部虫麻呂《うらべのむしまろ》

「妻を絵に描きとりたい」「飲む水に妻の姿がうつる」「衣が垢づく」いずれも具体的であり、特に衣についた垢を歌っているのは切実感がある。

家風《いへかぜ》は日に日《け》に吹けど吾妹子は家言《いへごと》持ちて来る人もなし（四三五三）　上丁丸子連大歳《かみつよぼろまるこのむらじおほとし》

〈家の方から吹く風は毎日毎日吹いてくるけれど、いとしい妻の伝言を持ってくる人もないことだ〉「家風は日に日《け》に吹けど」という独特な表現はかたときも故郷（妹）への思いのとぎれないこと、防人はその風を絶えまなく意識していたのであろう。

旅衣八重着重ねて寝《い》ぬれどもなほ膚《はだ》寒し妹にしあらねば（四三五一）　上丁玉作部国忍《かみつよぼろたまつくりべのくにおし》

小竹《ささ》か葉のさやぐ霜夜に七重着《か》る衣にませる子らが膚《はだ》はも（四四三一）　昔年《さきつとし》の防人

障《さ》へなへぬ命《みこと》にあればかなし妹が手枕《たまくら》離れあやに悲しも（四四三二）　昔年《さきつとし》の防人

「なほ膚寒し」「子ろが膚はも」「妹の手枕離れ」どれもいない妻のことを嘆いている。

難波津で――

ながく辛い野宿の果てに難波津につき、そこから船へ乗りこむことになる。防人たちはどう歌ったのであろうか。

津の国の海の渚に船装《ふなよそ》ひ発《た》し出《で》も時に母《あも》が眼もがも（四三八三）　上丁丈部足人《かみつよぼろはつせかべのたりひと》

いよいよ船に乗って土地を離れるとき、港の賑わいが逆に防人を孤独にし、何ともやるせない気持にさせたであろう。そして彼らは肉身をさらに感じたのであろう。「母をひと目見たい」と言っている。まだ妻をもたぬ若い防人の歌であろうか。

国国の防人つどひ船乗りて別るを見ればいともすべなし（四三八一）　上丁《かみつよぼろ》神麻績部《かむをみべの》島麻呂《しままろ》

権力の前には如何ともしがたい防人たちの絶望感、そして自分を集団の中の一員として、私から公へという転換を思い「いともすべなし」と歌ったのである。

難波津に装ひ装ひて今日の日や出でて罷らむ見る母なしに（四三三〇）　上丁丸子連《まるこのむらじ》多麻呂《おほまろ》

難波津にみ舟下ろすゑ八十楫《やそかぬ》貫き今は漕ぎぬと妹に告げこそ（四三六三）　若舎人部《わかとねりべの》広足《ひろたり》

家を出発して望郷の歌を歌いつつ難波津へ集結したがここで改めて離郷の感慨をうたっている。沢山の櫓をとりつけて今は漕ぎ出したと妻に告げて下さいと歌っている。

白波の寄そる浜辺《へ》に別れなばいともすべなみ八度《やたび》袖振る（四三七九）　上丁大舎人部《おほとねりべの》祢麻呂《ねまろ》

見送る家人もいないのに狂《くる》おしく何度も振った袖があわれである。

行先に波勿《な》とゑらひ後方《しるへ》には子をと妻をと置きてとも来ぬ（四三八五）　私部《きさきべの》石島《いそしま》

〈波よ高くうねらないでくれ、後方には妻と子を残してきたのだから〉これらを最後として海路の歌、筑紫の歌は全く残っていない。そして防人の歌は次の一首をもって閉じられている。

闇の夜の行く先知らず行くわれを何時来まさむと問ひし子らはも（四四三六）　昔年《さきつとしの》防人《さきもり》

（闇の夜のように行く先も分らずに行く私をいつお帰りになるのでしょうと尋ねたあの子よ）
大伴家持は防人歌の採録をした二月、自らも防人に同情する三首の長歌を作って歌日記に記している。

防人が情の為に思ひを陳べて作る歌一首并せて短歌

大君の　命《みこと》恐み　妻別れ　悲しくはあれど　ますらをの　心振り起こし　取り装ひ　門出をすれば　たらちねの　母掻き撫で　若草の　妻は取りつき　平《たひら》けく　われは斎はむ　ま幸くてはや帰り来と　ま袖もち　涙を拭ひ　むせひつつ　言問《ことど》ひすれば　群鳥の　出で立ちかてに滞《とどこほ》り　かへり見しつつ　いや遠に　国の来離れ　いや高に　山を越え過ぎ　葦が散る　難波に来居て　夕潮に　舟を浮けするゑ　朝なぎに　軸向《へむ》け漕かむと　さもらふと　我が居る時に春霞　島廻《み》に立ちて　鶴《たづ》が音の　悲しく鳴けば　遥々《はろばろ》と　家を思ひ出　負《お》ひ征矢《そや》の　そよと鳴るまで　嘆きつるかも（四三九八）
海原に霞たなびき鶴《たづ》がねの悲しき宵は国辺し思ほゆ（四三九九）
家思ふと眠《い》を寝ず居れば鶴が鳴く葦辺も見えず春の霞に（四四〇〇）
家持のこの歌を「作の動機が稀薄」とか「表面的」「防人に代ってというだけ」「美化している」等酷評されている。しかし、長い旅路を簡潔に歌って、前半を東国、後半を難波と場面を分けて、最後に防人の嘆きを歌っている。家持の防人を見つめる眼が深く、防人を主題として歌う努力を惜しまなかった。巻二十の防人の歌群に家持の歌が割りこむことによって「防人歌巻」と称すべき文学が結実したということになるのではないだろうか。

歴史的にみると、家持の最大の事績は防人歌を収集した年の天平勝宝七年（七五五年）に行われた防人の閲兵であった。九ヶ国の防人は難波に集りそこで政府の閲兵をうけ九州へ発った。ところが防人はその前の天平九年、東国からの徴集はやめて筑紫人をして壱岐対馬を守らしめよと詔が出ていたのである。詔に反してまだ東国の兵を防人として徴集したのは何故だろうか。このことを紫徴令《しびのかみ》仲麻呂が必要以上に警戒したというのはどうしてだろうか。又防人の閲兵は兵部の役人に任せておけばよいのに、仲麻呂の次官がずっと泊りこみで防人の閲兵をしたという。それは、彼らにとって兵の行方が不安であり、兎にも角にも九州へ送り届けてしまう必要があったのであろう。それは橘奈良麻呂側にいた家持が防人を掌握していたため仲麻呂は自分たちに対するクーデターを恐れていたのではないだろうか。しかし、その陰謀は仲麻呂側の警戒のため未発に終ったのではないかということであった。

その二年後、橘奈良麻呂は仲麻呂に亡されたのである。いずれにしても、庶民が勢力争いの一つの道具として利用されようとしていたとは悲しいことである。

しかし、その天平勝宝七年（七五五年）に派遣された防人の三年の任期が終らぬうちに再びの詔によって、坂東諸国の防人を廃止して西海道七国の兵士一千人をこれに代えた。がその二年後、大宰府は四ヶ条の不安を朝廷に具申している。その中に、東国の防人を廃止してから辺境の守備が日に日に荒廃していることをあげて、その復活を要請している。これは兵員の数が一千人に減ったことだけでなく、西国の兵士が防人の任に適しないことを物語っているのではあるまいか。

最後に防人歌と東歌を比べてみよう。防人歌と東歌は生れた基盤がほぼ等しく、したがって東国方言を使っている点は同じである。東歌は集団的な社会歌としての性格をもっており、防人歌もそういう共同体の世界を背景にしている。しかしながら遠藤宏氏は、「防人歌の中には誓詞的な言立ての歌と、東歌の世界のような共同体から変容を告げる個人の抒情が兆しているものがある。防人歌は国家の形成と共同体の変容との間のきしみの声とも言うべきものであろう。」と言っている。防人歌が東歌と決定的に違うところは、まず防人歌には作者名があり、東歌にはそれがないということである。又、よく読みくらべてみると東歌は庶民の感情を共有するものが多く、防人歌は私的抒情の歌が圧倒的に多いということであろうか。しかし、防人の獲得した「私」は秩序に対象化された「私」であって、まだ「自己《セルフ》」というものにはなり得ていなかったようだ。それに防人歌には父母を歌った歌が二一首あり、その中で母を歌ったものが九首ある。東歌には父の歌は全くなく、母の歌は四首あるが、この場合、母は恋の邪魔をする敵として歌われている。それに対して防人歌に出てくる父母たちは皆慕わしいものとして歌われている。これは、日常的には親は家単位として権力を持っているからで、公的権力が働いたときは文字通り身内として意識されたからであろう。

終りに、益田勝美氏の『防人等』の中に、「逃亡者が出、防人制度の廃止、復活の事実が語るこの制度の無理矛盾を、防人らが宿命としてではなく、現実として受け止めるまでに時代は熟して来ており、歌群がそれを示している点が、それ以前の防人歌と天平勝宝七年の防人歌との違いである」と言っている。

体制側に対して、防人歌の四分の一にも及ぶ父母との別れの歌は、厳しい限界の中で、せいいっぱいの防人たちの抵抗であったのではないだろうか。

東《あづま》歌《うた》

上野国《かみつけのくに》

巻十四の「東歌《あづまうた》」は、東国という特定の地域の歌ばかり集めた特異な巻である。そして、東国の農民たちの訛の強い、土の匂いのする素朴な歌群となっている。

これには勘国歌（国名の明らかな歌）九十首、未勘国歌（国名の明らかでない歌）百四十首あり、歌われている国々は、遠江、駿河、伊豆、相模、武蔵、上総、下総、常陸、信濃、上野、下野、陸奥と十二ヶ国である。

東歌はかつて東国地方に謡われた民謡であると言う人がいる。民謡説を主張する根拠は、

1東歌がすべて作者不明である。

2地名が多く詠みこまれている。

3類歌が多い。

4かけことばによる序詞が多い。

5素材や歌われている生活感情が極めて庶民的農民的である。

6東国農民は文字を知らず、従って歌は口誦されたとしか考えられない。

7東国は文化的後進地域で、歌（個人的創作歌）など到底作りえないであろう。

などがあげられている。

これに対して、水島義治氏は『万葉集東歌の研究』の中で「東歌は東国民謡圏の中に息づいた東国民衆の抒情詩―創作的短歌、個人的文学的短歌である」と反論している。

1すべてが短歌である東歌がなぜ民謡か根拠が明白でない。

2民謡はまず「うたわれるもの」でなければならない。しかるに東歌二百三十首すべて短歌定型であり、どこをどう探しても「うたわれるものらしい」あるいは「うたわれたらしい」という痕跡を見出すことができない。

3東歌は殆どが短歌で少くとも歌謡的ではない。もし東歌をそのままの形で民謡とするならば「民謡」という概念を改めざるを得ない。

と民謡説に対して素朴な疑問を投げかけている。

東歌の中で、上毛野国即ち群馬の歌が最も多く、二十五首あるので最初にとりあげたい。

碓氷

日の暮に碓氷《うすひ》の山を越ゆる日は夫《せ》なのが袖もさやに振らしつ（巻十四―三四〇二）

〈碓氷の山を越えて行く日には、私の夫は袖が目立つばかりにははっきりとお振りになったよ〉

碓氷峠は、信越線でアプト式を用いるくらい急な傾斜地であることは有名なので、私は万葉びとが往来できたのであろうかと疑問に思っていたが、比較的ゆるやかな入山峠ではないかとある。

入山峠は古くから東山道の主道だったとの推定は古代祭祀跡の発見によって確かめられている。古代人が旅の安全の道の神を祈るための珠数石峠とよばれているところがある。

ウスヒの名称は景行天皇時代に「碓日」と表記されている。江戸中期の「上野志」では、いつも薄い氷がはっている峠で終日薄陽から「薄日《ウスヒ》」となったとする。又、「上毛野風土記」では石臼の中から清泉が湧出しているので「臼井」であるとした。因みに現在、松井田町に編入されているが碓氷郡臼井町という所があった。

佐佐木信綱氏は碓氷峠を越えるとて袖を振るのが見えるはずがないと言ったのに対して、沢瀉久孝氏は「この歌は碓氷の山を眺めてこそ生きるのではないか、日の暮とか越ゆる日はなどとあるので誤解が生じた」と言っている。あまり実情にまどわさるべきではない。別離の妻と峠での歌とみるべきであろう。見送りの人とこの国境で峠の神に祈り、別れの盃を交わす、そんな時に詠まれた歌であろう。その点、万葉人の方が想像力、フィクションを上手に駆使しているといえるのではないだろうか。

多胡《たご》

吾が恋は現在《うつつ》もかなし草枕多胡の入野の奥もかなしも（三四〇三）

多胡の嶺に寄綱延へて寄すれどもあに来《く》やしづしその顔よきに（三四一一）

〈私の恋は今の今も切なく悲しい。そしてこの多胡の入野の奥ではないが、おく（将来）もやは

り辛く悲しいことだろうなァ〉

〈多胡の嶺に寄せ綱をかけて引っ張るように、いくら引き寄せても決して寄って来ないですましている。その美貌をいいことにして〉

「多胡」と一寸めずらしい名だが、これは朝廷では上野国の三郡から三百戸をさいて、一郡をつくり多胡郡と命名したとある。どうして新設されたのか、この辺の地理をみるとまず西東に鏑川が流れ、南北に神奈川が流れ共に烏川に合している。この辺に南朝鮮からの帰化人が多く住んでいた。その中心地は甘楽郡であり「甘楽」とは「から」であり、それは「韓」で帰化人の地名である。この地に帰化人を住まわせたことは、仁徳天皇の時上毛野君田道が新羅を討ち、その折新羅人を連れ帰ったと書紀にあるという。ところが七世紀前半ごろ碓氷方面から移住してきた部族が圧迫しその恐怖のため新郡設置を願い、みとめられたという。その記念碑が多胡碑である。

多胡郡の「胡」は中国では西北方の外国人をさすので、この場合も「多い外来人」の意であろう。

「草枕多胡の入野」の草枕は枕詞以上に、農民たちの歌垣での生ま生ましい具象性をそなえている。多胡の入野に入って労働し共寝した恋歌として面白い。

佐野

上毛野《かみつけの》佐野のくくたち折りはやし吾は待たむゑことし来ずとも（巻十四―三四〇六）

〈上野の佐野の青菜を折り取って調理して私はあなたをお待ちしましょう。たとえ今年はお帰りにならなくても――〉

旅に出ている夫の帰りを待つというより、通ってくる男を待つ歌のようである。

上毛野佐野田の苗のむらなへに事はさだめつ今はいかにせも（三四一八）

〈上野の佐野田の苗の占いで結婚の相手は決めてしまいました。今となってはもうどうしようもありませんよ〉

歌に詠まれている「苗のむらなへ」は苗代から一握りの苗を抜き取り、その数で占う方法、それによって決められた結婚のことのようで、作者は悩みに悩んだであろうが、その運命をすべて占いによって神の御手にゆだねた、あとはさっぱりとした気持で他の結婚申込者にそのことを告げたのであろう。「真間の手児名」は申込まれた男のどちらへということもできず身を投げてしまったが、この作者はいさぎよく開き直っている。

上毛野佐野田の舟橋取り放し親はさくれど吾はさかるがへ（三四二〇）

〈上野の佐野の舟橋を取りはずすように、親は私たち二人の仲を引き裂こうとするけれど私たちは決して離れるものですか〉

舟橋は、舟を並べた上に板を渡して橋にしたものである。出水の時にとり離せるから、舟橋まで序とする説があるが、全註釈の三句までが序詞であるという説をとりたい。

歌は親の希望に反しても自分たちの恋を貫こうとする娘の強い意志を歌ったものである。

佐野山に打つや斧音《おのと》の遠かども寝もとか児ろが面にみえつる（三四七三）

〈佐野山で打つ斧の音が遠くから聞こえてくる。そのように遠く離れている妻が一緒に寝ようと思っているのだろうか。妻の姿が目の前にちらついて離れないよ〉

これは上毛野の国号が冠してない佐野山なので未勘国歌（国名がわからない歌）に分類されている。

「佐野」と言う地名は各地にある。「上毛野佐野」は上野の高崎か、下野の佐野かといろいろ説があった。高崎市佐野は、土屋文明、窪田空穂、沢瀉久孝らが唱えており、下野の佐野は折口信夫が言っている。

和訓栞には「舟橋ヲヨシミ佐野ハ上州高崎の在地也」とあり、又箕輪軍記（武田信玄）に「おとにきく佐野の舟橋来てみれば苗ぞ流るる烏川かな」とあり、具体的に烏川（高崎）をあてている。

丹生《にふ》

真金吹く丹生の真朱《まそほ》の色に出て言はなくのみぞ吾が恋ふらくは（三五六〇）

〈丹生《にふ》の地の赤土のようにはっきり表に出して言わないだけのことだ。私が恋しく思う気持ちは〉

「真金吹《まがねふ》く」は「丹生」にかかる枕詞でこれは東歌ではこの一例だけである。「真朱《まそほ》」は顔料に用いた赤い土のことで、色が赤いことから「色に出で」を導く序となっている。この私の胸のうちを口に出してこそ言わないが心では深く思っているように、片思いの苦しさを相手に訴えている。

中金満氏の『東歌の風土と地理』によると、丹生《にふ》とは朱砂、辰砂から出る水銀をいったので、その丹を産する地が丹生である。丹文化は朝鮮半島南部から入ってきた。丹生と称する地は各所にあり、そこでは丹生神がまつられ、丹生部が活躍していた。伊勢国飯高郡（丹生郷）、上野国甘楽郡（丹生郷）、若狭国遠敷郡（丹生郷）、越前国丹生郡（丹生郷）、土佐国安芸郡（丹生郷）、豊後国海部郡（丹生郷）、近江国坂田郡（上丹郷）、摂津国武庫郡（丹生庄）、などと丹生を称する地が多い。

上野国甘楽《から》郡丹生郷は早くから帰化人が多く、甘楽《から》は「伽藍《から》」であり「韓《から》」であることは前にも書いたが、彼らは鏑川を中心に栄えた。

上毛野《かみつけの》乎度《をど》の多度里か川路にも子らは会はなも一人のみして（三四〇五）

乎度《をど》（小野）

或る本の歌に曰はく、上毛野小野の多抒里か安波路にも夫なは逢はなも見る人なしに

〈上野の小野の多抒里のどこか逢うのに都合のよい所で、あの人は逢ってくれればいいのになぁ、

一人だけで（誰にも見られないで）〉

女が洗い物をするために川辺に出ている、川辺に沿った道を男が田仕事に通うので、そこで偶然出合うことを期待する。逆に男の働く田に通う道が川に沿っていて、その川に女が偶然に男と出合う。申し合わせたデートでないことは「ひとりのみして」「見る人なしに」の表現に示されている。

鮎川沿いの元緑野郡側は狭野と同じ意味から小野と呼ばれ、その延長にある烏川と鏑川の交わった地の群馬郡側も小野とよばれた。これが『和名抄』の緑野郡と群馬郡の「小野郷」であろうと言われている。その後群馬郡側の小野は消滅し、現在では緑野郡だった小野（藤岡市小野）なる地が残った。乎度《をど》（小野）はその近郊の地をさしたものであろう。「佐野」も「小野」も烏川沿いの狭い野から出た地名であり、川筋の水の豊富な肥沃地であったとみられると中金満氏は言っている。

伊香保嶺

東歌の中に、伊香保を詠んだ歌が九首ある。伊香保嶺とあるのは現在の榛名山《はるな》であり、イカホからハルナに名称が変わったのは、それなりの文化圏の変遷があったということのようである。

中金満著の『東歌の風土と地理』によると伊香保神社（三宮）の名は承久二年（八三五）に初めて見える。神名帳に大社と記され、抜鉾神社（一宮）・赤城神社（二宮）両社に告ぐ高い神位であり、上野国の大社は以上三社のみであると書かれてある。そして、抜鉾・赤城・伊香保三社の勢力範囲の中間点に国府は築かれた。一宮は稲含山、二宮は赤城山、三宮は伊香保山を祀ってあり、一宮と二宮との峰を直線で結び、その線上に三宮の峰から垂線を下すと、そこは国府であり国司の祀った総社神社になっている。

一宮は石上部氏、二宮は上毛野氏、三宮は有馬君が祀っていた。有馬君とは現在も有馬地があり、その地方に興った豪族である。馬によって財力を得ていた豪族で、群馬郡東部に勢力をのばしていた。

七世紀はじめ榛名山の噴火により有馬地が噴石に埋まり居住できなくなると、国府近辺に移動して伊香保神社を現在の三宮に移した。その後、鎌倉時代になると武士の勃興のあおりで追われ、三宮から現在地伊香保山上へと移ったということである。

又、『和名抄』に上野国群馬郡が二部に分けられて統治されたとある。群馬郡西部に車持神社を中心に栄えた車持部がおり、やはり榛名山噴火のとき白川の丘陵へ移った。

現在の榛名神社は平安時代に山岳仏教との関係から山上に持ちこまれ伊香保を榛名に書きかえる勢力にまでなったということだ。

このように榛名山は東西の豪族の勢力によって、その消長は複雑に変化している。車持君から有馬君へ、そして最後は榛名神社の勢力へと変化していったのである。

特に東歌の時代は国司政治を中心に、有馬君が伊香保を祀った時代であった。「伊香保」の歌には当時の風土が詠みこまれており、国府から眺める伊香保嶺は相馬岳が中央にいかつく立っている。山全体がイカホ（厳秀）なのである。

伊香保ろに天雲い継ぎかぬまづく人とおれはふいざ寝しめとら（巻十四─三四〇九）

これは東歌の中でも難解な歌として知られている。島津聿央氏の『東歌鑑賞』の中で、かぬまづくのかは助字、沼につくという心、神の沼、からみつくの転、いろいろと説がある。

中金満氏は〈山上に雨雲がむくむくと湧き起って、雨乞いの神沼に降りてきた。人々が大騒ぎをしている。それではないが二人の仲を言い騒いでいるよ。騒がれたってかまわない、さあ共寝しよう〉と訳し、歌の内容は恋の直截的成就であると言っている。

伊香保ろの岨《そひ》の榛原《はりはら》ねもころに将来《おく》をな兼ねそ現在《まさか》し善《よ》かば（三四一〇）

〈伊香保山の山ぞひの榛原のように将来《さき》のことまで心配しなさんな。今さえよければいいじゃないの〉

「榛」は「ハンの木」という説と「萩」という説がある。見通しのきかない将来のイメージとしては、繁茂した萩原の方が相応しいような気がする。当時萩の花も衣の染色に使っていた。将来のことを「おく」というのは、現在の奥に将来があると古代の人の独特な考え方で面白いと思う。将来は向うから来るのでなく、現在を掘るように生きるならば、将来はおのずからあらわれてくるという古代人の哲学である。
たぶん女が将来に対する不安を言った、それに対し男がくよくよしても仕方がない、現在がよければいいじゃないかというのは、現実的な考え方でもある。又、享楽的な気分もあるかもしれないが、しかし退廃的でもない。むしろ明朗であり健康的な人生哲学を感じるのは私ひとりだろうか。

伊香保ろの八尺《やさか》のゐでに立つ虹《のじ》の現《あらは》ろまでもさ寝をさ寝てば（三四一四）

〈伊香保の八尺《やさか》のいでに立つ虹のように、はっきりと人目につくほど充分に共寝ができたらなあ〉

いでは堰塞で田へ水を引くために川の水をせきとめた処、恋のみが人生と考える純情な若者が雨が激しく降って七色の虹がはっきりと現れたとき「もう隠れて逢うのは嫌だ。誰はばかることなくお前と一緒に寝たい」と素朴に激しく歌う。虹を詠んだ歌は万葉集中ただこの歌一首のみである。

虹は上代において美的感覚よりも忌むべき変異とみられていた。農民の間でも虹の後は日照りが続き旱魃という恐れをもっていた。虹がたつように二人の仲がはっきり知れわたるほど共寝をしたい。その結果二人の仲はこわれるかも知れないという恐れがこの歌の中に感じられる。

上毛野伊香保の沼に植ゑ子水葱《こなぎ》かく恋ひむとや種求めけむ（三四一五）

〈上野の伊香保の沼に植えられた子水葱ではないが、こんなに苦しい思いをしようと、私はわざわざ種を求めたのであろうか〉

伊香保の沼は榛名山麓あたりの湿地帯で榛名山はその沼に美しい姿を映すという。万葉人にも四季折々の美の移ろいは憩の場所であったであろう。そこに植えられた子水葱は食料としても大切なものであり、その大切な恋人に歓びや苦しみを感じて切ない心がうまく表現されている。

伊香保せよ奈可中次下思《ながなかしし も》ひどろ隈《くま》こそしつと忘れせなふも（三四一九）

〈伊香保に住むあなたよ、あなたが私のために泣いて下さったことを思い出します。道隈を越えておいでになったことを私は決して忘れません〉

桜井満は、四句まで未詳と言っているが、島津聿央氏は「奈可中次下《ナカナカシシモ》」（汝が泣かししも）あなたが泣いて下さったことの意としている。又、「忘れせなふも」は、私は忘れません、「なふ」は東国特有の打消の助動詞と言っている。『佐佐木評釈』は「何かの障碍のため自由に逢えずにいる恋仲の男から女へ送ったもの」と評しており、『論究』は「心ならずも絶縁した女が、伊香保にいる昔の恋人に贈った歌なること疑いなく、その率直なる述懐に一層哀れを催すものがある」と評している。

伊香保嶺に雷《かみ》な鳴りそねわが上《へ》には故はなけども子らによりてぞ（三四二一）

〈伊香保の嶺で雷よ、どうかひどく鳴らないでおくれ、私は平気なんだが雷の嫌いなあの娘のた

めにね〉
本当に東歌の真髄とも言うべき天真爛漫なほほえましい歌である。「雷《かみ》」は鳴神《なるかみ》ともイカヅチとも呼ばれ神の怒声であり猛く恐ろしい霊と思われていた。この歌の背景にある古い雷神信仰は、上野国の雷の発生源数が日本一であるという土地柄からきているようだ。
群馬県の雷の発生源はほぼ三ヶ所あり、その一つが雨見山で、これは伊香保の相馬岳を通過して国府の上を通り抜ける。東歌はこの雷をうたったものという。
群馬には雷の通路に雷神社が分布し、県下に三百余社あるというから驚く。雷は災害をもたらすと同時に農作物に欠くことのできない慈雨をもたらす。この二律背反の性格が神としてこんなにも多く祀られていることになるのであろう。
伊香保風吹く日吹かぬ日ありといへど吾が恋のみし時なかりけり（三四二二）
〈伊香保颪《おろし》の風は、吹く日や吹かぬ日があるけど、あなたに恋焦れる切ない思いだけはいつときまった時がないよ〉
伊香保風も群馬の風土の一つで、伊香保の山から吹きおろす風は俗に「からっ風」と呼ばれるものである。これは主に冬から春にかけて吹き、風速一〇メートルから一八メートルで、この風は湿度をうばい農作物に多大の害をもたらす。麦や野菜畑にワラを立て作物に直接風があたらぬよう畝を作物より高く盛って風をふせいだりしているが、万葉人も何らかの対策を立てていたのではないだろうか。

上毛野《かみつけの》伊香保の嶺ろに降ろ雪のゆきすぎかてぬ妹《いも》が家のあたり（三四二三）

〈上野の伊香保の山に降る雪のゆきではないが、このまま行き過ぎ難い。可愛いあの娘の家のあたりよ〉

上句は、ゆき過ぎがてぬ妹《いも》が家あたりを歌いおこす序であるが、あたかも雪の中を歩いて来たような感じをおこさせるような心ときめく歌となっている。

伊香保ろの岨《そひ》の榛原吾が衣につき寄らしもよひたへと思へば（三四三五）

〈伊香保の山ぞいの榛原の榛の実は、私の着物に実《じつ》によく染まることだ。裏のない一重《ひとえ》なものだから〉

榛《はん》の木の実は昔から染料に用いられた。「ひたへと思へば」は裏のない一重のものだからの意て「衣」の縁語となっている。この歌は愛する女に自分を衣にたとえ、女が私によく親しみなじみ自分との仲がうまくいっているのは私が真実女を愛しているからだと言っているのである。

伊香保嶺は信仰の山であり、歌垣の山でもある。又、榛名湖は現在でも雨乞いの湖とされている。歌垣で結ばれた男女、その恋の哀歓は当時の農民の一般的心情であったのであろう。

黒保嶺

万葉時代、現在の赤城山のことを黒保嶺といった。中金満氏の『東歌の風土と地理』によると、赤城神という名称が書物にみえるのは、仁明天皇承和六年（八三九）で、無位赤城神に従五位下が授けられた時という。

赤城山の南面の頂上近く、赤城神社があり村麓の二之宮の地にも赤城神社がある。祭祀土器などが出土しているところからみると、地域住民から崇拝された山であることがわかる。

上毛野《かみつけの》氏の氏神赤城は「城」を語幹として美称「赤」をかむらせたものであり、一族の勢力の拡大は山名にまで影響を及ぼし崇敬の山、黒保嶺は赤城と呼ばれるようになった。

赤城山は、檜《ひのき》が多く黒々としていたので、農民たちは「黒保」といい親しんで、次のような歌をうたっている。

上毛野黒保嶺呂《かみつけのくろほねろ》のくずはかたかなしけこらにいや離りくも（三四一二）

〈上野の黒保嶺の葛葉の形のような可愛いあの娘にますます遠ざかって来たことだ〉

別離の悲しみをおさえつつ来たが、ふと気がつくと随分遠くまで来てしまった。故里、恋人から離れてゆく惜別の思いを故郷の山の固有名詞をつかって単純明快な表現をしている。

新田山《にひたやま》

新田山は現在の太田市金山であろうといわれている。「たたら」の製鉄の炉が三基発掘されている。赤城山、渡良瀬川、利根川、邑楽《おうら》郡の多々良沼の砂鉄を製鉄したというので金山と呼ばれるようになった。

次の歌二首は金山がまだ新田山と呼ばれていた時のもの、金山となる以前の新田山は、どのようにして名付けられたか、上毛野君の祖、荒田別からきている。荒田は新開地の意で「新田山」に通じる。その地の代表の山が新田山と呼ばれたのである。

新田山嶺《にひたやまね》にはつかなな吾《わ》に寄そり間《はし》なる子らしあやにかなしも（三四〇八）

〈新田山が他のどの嶺にもつかないように本当は私に心を寄せながら、どっちつかずにいるようなあの娘がたまらなくいとしい〉

しらとほふ小新田山《をにひたやま》の守《も》る山のうら枯れせなな常葉《とこは》にもがも（三四三六）

〈小新田山の山番をおいて守っている山の木々のように、枯れもせずいつまでも若々しくいてほしいものだ〉

「しらとほふ」がなぜ新田山の新にかかるのか、「白砥」を産出するからか、「白遠」は新開地が見わたせる意から「新」にかかるのか、いろいろと説があるが、どちらにしても「青丹よし」が奈良にかかる賛辞のように土地ほめに関する修辞であろうとある。又、「小新田山《をにいたやま》」とあるのは、筑波を小筑波と呼んだように新田山の愛称として呼んだのであろう。

かほやが沼、いなら沼

邑楽《おうら》郡は広い新開地の意で田が多い。田によって栄える地は水が多い。邑楽郡は北東に渡良瀬川、南東に利根川が流れ、それに挟まれた低地となっている。そこには多々良沼はじめ沢山の沼があるが、かほやが沼、いなら沼はそれらの中の沼であろうといわれている。

上毛野かほやが沼のいはゐ葛《つら》引かばぬれつつ吾《あ》をな絶えそね（三四一六）

〈上野のかほやが沼に生えているいわいつるは引くとずるずると寄って来るが、そのように私との仲を絶やさないでおくれ〉

永遠の愛、やむことなき男女の交情を相手に哀願している。

上毛野《かみつけの》伊奈良《いなら》の沼の大藺草《おほいぐさ》よそに見しよは今こそ勝れ（三四一七）

〈上野いなら沼に生えている大藺草のように、ただよそながら見ていた時よりも今の方が恋しい思いがつのるよ〉

かねて恋い焦れていた人とついに一夜を共にすることができた。相手を望んでも仲々得られなかった苦しい日々、その焦燥の思いはしずめられ充たされた。憧れがかない、ますます好きになり「今こそ勝れ」と言っている。「大藺草」は別名ふといという。カヤツリ草科の多年草で、池沼に群生、茎は七ミリ、丈は二メートルにも達するという。

安蘇山

「安蘇」は下野国にも安蘇郡があるが、次の歌は「上野安蘇山」の歌である。

上毛野安蘇の真麻群《まそむら》かき抱き寝れど飽かぬをあどか吾せがむ（三四〇四）

〈安蘇の麻畑の収穫に、麻の束をかき抱くようにあの子を抱いて寝てもまだ満ち足りない気がす

る。これ以上どうしたらよいのだろうか〉

愛情のほとばしりを率直に大胆に表白している。「かき抱き寝れど飽かぬを何《あ》どか吾がせむ」という性愛の直截的表現は、万葉集の中でも東歌以外には見られない。和歌の優美な世界ではない。いかにも東歌らしい歌と言えるだろう。

上毛野安蘇山つづら野を広み延ひにしものをあぜか絶えせむ（三四三四）

〈上野の安蘇山の葛野が広いので一面に蔓が延びている。そのように私たちの仲が続いて来たのに、どうして今になって切れることなんかあるものですか〉

「あぜか絶えせむ」はどうして途中で切れたりしようか。決して切れることはない。「あぜ」は「なぜ」の東国語、二人の仲は絶対に切れることがないというのは確信か、願望か、新たな決意か。

利根《とね》川、麻具波思麻度《まぐはしまど》

利根川の川瀬も知らずただ渡り波に会ふのすあへる君かも（三四一三）

〈利根川の浅い深いにも気をつけず、そのまま踏みこんでしまって、思いがけず強い波に逢うようにばったり出合ったあなたよ〉

何か衝撃的な出合いを感じる。予期せぬめぐり合いは新しいドラマが始まる。

上毛野《かみつけの》麻具波思麻度《まぐはしまど》に朝日さしまぎらはしもなありつつ見れば（三四〇七）

〈上野の真桑島門《まくわしまと》に朝日がさしてまばゆいばかりですよ。こうしてじっとあなたを見ていると……〉

「まぐはしまど」は真桑という地の島門の他いろいろと説があるが『全釈』は「恋人に逢って面はゆく恥ずかしい気分である。女らしいしとやかさが見える」と評している。又、『佐佐木評釈』は「逢はぬ時は恋しいのに逢ってみると面はゆく恥しいという初々しい女の感情があらわれている」と言っている。

上野国歌を考えてみると、まず官道に沿った歌、碓氷嶺、伊香保、黒保嶺、新田山、又土地の歌として多胡の嶺、佐野、かほやが沼、いなら沼、安蘇山、利根川、乎度《おど》と国府に近い所となっている。

武蔵国

武蔵国というと、現在の東京都と埼玉県、それに神奈川県の横浜、川崎市が含まれている。万葉時代は「武蔵」はムサシでなくムザシであったという。東歌に「牟射志野《ムザシノ》」と表記されている。「埼玉」は『和名抄』武蔵国に埼玉郡があり（サキタマは音便でサイタマとなっている）、サキタマは記紀の神名、社名にみられるように「幸魂」で幸いの霊をあらわし、利根川や荒川などがもたらす幸魂の宿るところとして名を伝えているという。

多麻河に晒《さら》す手作《てづくり》さらさらに何ぞこの児《こ》のここだかなしき（巻十四―三三七三）

〈多麻河で晒す手織りの布のように、さらにさらにどうしてこの児がこんなにまで可愛いのであろうか〉

多麻河は、山梨県の塩山市の北の山中から出て東へ、丹波山村を流れて丹波川となり、東京都西多摩郡に入り奥多摩湖に注ぐ。更に東へ流れ青梅《おうめ》市、立川、府中、調布、狛江《こまえ》市そして大田区の南部を通り羽田、東京湾へと注いでいる。

手織の布を多摩川の水に晒し、日にも晒すことから、さらさらと流麗な言葉で実によく表現されている。当時の多摩川は清らかで乙女たちが色とりどりの布を晒すのに絶好の場所であったであろう。東国の生活に根ざした風景を背景に若者らしい恋の陶酔に浸っている姿が目に浮かぶ。

武蔵野に占《うら》へかたやきまさでにも告《の》らぬ君が名占《うら》に出にけり（三三七四）

〈武蔵野の鹿の肩骨を焼く占いに、真実を打ちあけもしないあなたの名がはっきりと出てしまったよ〉

「かたやき」は鹿の肩胛骨や亀の甲を焼いてそのひび割れの形によって吉凶を判断することで、武蔵野の占い師が鹿の肩骨を焼き、口に出したこともないあなたの名が占いに表れてしまったよというのである。それで途方にくれているのではなく、承認を得ようとするてだてのようである。

武蔵野の小岫《をぐき》が雉《きざし》立ち別れいにし宵より背ろに逢はなふよ（三三七五）
〈武蔵野の山ふところに住む雉が飛び立つように、立ち別れて行ってしまった夜から、あの人に逢わないことよ〉

「小岫《をぐき》」の小《を》は接頭語で、岫《くき》は山の洞穴のこと。初めの二句が立ち別れにかかる序となっている。雉は平地や山地の草原に一雄多雌の小群を作るらしいが、秋から冬にかけて雄同志、雌同志と別れてくらすので、これを「立ち別れ」と言ったとある。

恋しけば袖も振らむを武蔵野のうけらが花の色に出《づ》なゆめ（三三七六）
〈そんなに恋しかったら袖を振りましょうものを、武蔵野に生えているうけらの花のように顔色をお出しにならないで、決して〉

或る本の歌に曰《いは》く

いかにして恋ばか妹に武蔵野のうけらが花の色に出ずあらむ
〈どのようにしてお前さんに恋い焦れたなら、武蔵野のうけらの花のように顔色に出さずにいられるのか（どうしても出てしまうよ）〉と応じている。こうした見事な唱和の歌とみることのできるものもあって面白い。女が人目を気にして顔色に出すなと言っているのに対して男はそんなことできないと激しい恋心を訴えている。

さて、「うけらが花」は後にも出てくるが「色」をおこす序となっている。うけらが花は普通白色のものが多いが、この場合紅色のものをいったようだ。菊科の植物で秋に今も武蔵野に自生しており薬用になるという。

武蔵野の草葉諸向《もろむ》きかもかくも君がまにまに吾《わ》は寄りにしを（三三七七）

〈武蔵野の草はあちらに向き、こちらに向きするように、どのようにでもあなたのなさるまま私は靡き寄りましたものを……〉

「諸向き」は『代匠記』に「かなたへもこなたへも風にまかせて向ふを言へり」とあり、「片向き」と相対した語である。あなたのおっしゃるまま―自分としてはどうかと思われることまでも―ただお言葉のまま靡き寄って来ましたのに、それなのにと怨みをこめながら変らぬ思いを訴える歌である。

入間道《いりまぢ》の大家が原のいはゐつら引かばぬるぬる吾にな絶えそね（三三七八）

〈入間道の大家が原のいはゐ蔓《つる》を私が引いたら、ずるずるとついてくるようにお前もついてきて私との仲を絶やさないで欲しい〉

恋の世界を深い処で経験したことのある人ならこの愛欲の不思議さを理解できるのではないだろうか。恋は喜びであると同時に苦しいものでもある。世間に背いたものであるのならなおさら悲劇が想像される。同時に相手の戸惑いと動揺が伝わってくるようである。

吾が背子をあどかも言はむ武蔵野のうけらが花の時無きものを（三三七九）

〈私の夫をどういったらよいだろうか。武蔵野に咲くうけらの花のようにいつもいつも恋しく思っている〉

「あどかも言はむ」は吾が夫を何と呼んだらよいかなアの意、「うけらが花の時無きものを」は『全註釈』にうけらの花は夏期にかけて長い間咲くので時無しを引き起こしているとある。

手ばなしの夫の賛美の歌である。万葉集が千三百年を経てなお人々を感動させるのは、率直な人間の心が歌われているからである。現代の人もスタンドプレーのないこうした歌を歌いたいものである。

埼玉の津に居る船の風を疾《いた》み綱は絶ゆとも言な絶えそね（三三八〇）

〈埼玉の津に停っている船が、たとえ風が烈しいので綱は切れても、二人の仲の便りだけは絶やさないで下さいね〉

埼玉の津は今の行田《ぎょうだ》市、羽生《はにう》市のあたりと言われており、津は船着場だから利根川の港で、そこに停泊している船をつないでいる綱に例えている。

人生の激流に流されるような恐怖を感じても私について来てくれ、どんなことがあろうとも私はお前を守ってみせるよとひたむきな愛の歌である。

夏麻《なつそ》引《び》く宇奈比《うなひ》をさして飛ぶ鳥の至らむとぞよ吾が下延《は》へし（三三八一）

〈宇奈比を目指して飛ぶ鳥のようにお前のところへ逢いにゆこうと私はひそかに心に深く決めた

よ〉

宇奈比は、「地名と思われるが武蔵にそうした地名がない。『海辺』という説もあるが、それだと『備』とか『肥』とかあるべきで『比』とあるは疑わしい、又、「東京都内世田谷区に宇奈根町とあるが、多摩川の北岸でそのウナネがウナヒに転じたものか」、或いは「海に向かって武蔵から鳥の飛ぶのを見て武蔵国歌に入れたのであろうか」ともある。私は最後の説をとりたいと思う。

相模国

「古代において東国はひなであり僻地であった。住民たちの生活意識も低いし、字を書ける人も少なかったかも知れない。まして文学としての歌をつくる人も少数であったかと推定される。そんな東国人に自前の歌の出来るはずはない。東歌はだから民謡なのだという見方がある。こういう考え方は中央的思考の傲慢さなのではないか」と佐佐木幸綱氏は言っている。

現在でも、田舎の人で学問のない人であっても感性のある、目を瞠るようなよい歌を作る人がある。東国人も貴族の歌とは違った地方の生活者としての歌、伝統的なものとは違った方言のまじった土の匂いのする歌を、無名の東国人によって作られても不思議はないような気がする。

相模の東歌は十五首もあり上野国の二十五首についで多い。内訳は足柄の歌十首、鎌倉の歌三首、相模嶺の歌一首、余綾《よろぎ》の歌一首となっている。

東歌に足柄の歌が多いのは、足柄峠が東国に入る門戸であり、大和朝廷にとって足柄の峠の神に背を向けるということは重大な問題であったので、手厚くまつられ、足柄の歌を殊さら多く集められたと言われている。旅の無事を祈って道の神に捧げる手向ぐさに幣《ぬさ》を手向けるだけでなく、自分の最も大切なものとして心中に秘めた思いを告白し手向けることもあった。

又、ここは丁度日本を東西に分ける文化的境界線にもあたる。私も子供のころ栃木県に住んでいたので、正月のお餅はのしもちにして四角に切ったものと思っていたが、九州に来て初めて、お餅はちぎって丸餅にするということを知った。又、関東では物を買っ・たというが、西の方は買う・たというように言語的にも境界線であることがわかる。

足柄

足柄《あしがら》の彼面《おても》此面《このも》にさす羂《わな》のかなるましづみ子ろ吾《あれ》紐解く（巻十四―三三六一）

〈足柄山のあちら側やこちら側に張るわなの音を立てるように人の騒ぎが静まって、あの子と私は紐を解いて共寝をするよ〉

羂《わな》は鳥や獣をとるためのわなで獲物がかかると音がする仕掛けがしてあったのだろうか。「かなるましづみ」は、①人々の騒ぎが静まって、②騒がしい間こっそりと、③人の噂が静かな間に、

④幾日もの間こっそりとなど、いろいろと説がある。

又、あしがらはあしがりとも歌われ、東歌に八例ある「足柄」の歌のうち、五例があしがり、三例があしがら、防人歌の三例はすべてあしがらとあるから、ほぼ半々に使われているようだ。

吾が背子を大和へやりてまつしだす足柄山の杉の木の間か（三三六三）

〈私の大切な夫を大和へ行かせて、私がその無事の帰りを待つのは足柄山の杉の木の間なんですよ〉

まつしだす（麻都之太須）は難解の句としていろいろと説がある。「松し立《た》す」「待つ時《しだ》し」のなまり、「待ちし立す」。イ列音をウ列音に転じた例が多いとすれば「待つ時《しだ》し」の転訛とみるとするのが有力のようである。

東国農民が大和へ旅立ったのは衛士《えじ》（中古、諸国の軍団から毎年交替して上京し皇居を守護した者）、仕丁《しちょう》（都の諸官庁の雑役に使われた者）のいづれかで、箱根越えは大井川と共に最大の難所でこの作者も神木の杉木立の間に供物を捧げ夫の無事を祈ったのであろう。

足柄の箱根の山に粟蒔きて実とはなれるを会はなくもあやし（三三六四）

〈足柄の箱根の山に粟を蒔いて、その粟は実になったというのに、あなたは会わないのはおかしい〉

「粟」は「逢は」をかけ、実となるは恋の成就の意である。

上句は序であるという説があるが、後藤利雄氏は『東歌難歌考』で、実際に作者は耕地でなく、箱根の原生林の中にわざわざ種を蒔き実がなるまで育てたと考える。困難なことを突破して実がみのれば恋人に逢えるというまじないが存在したのではないかといっている。鳥獣にも荒らされず、日光不足にも耐えぬいて粟はみのったのに逢わなく（粟なく）はおかしいのじゃないのと言うのだ。

百《もも》つ島足柄小舟歩き多み目こそ離《か》るらめ心は思《も》へど（三三六七）

〈多くの島々を行きめぐる足柄小舟のようにあちこち仕事に出かけることが多いので、逢うのが途絶えがちになるのでしょうね。本当は、心の中では私のことを思って下さるのでしょうが〉

相手の男が今日はこちら明日はあちらと欲望のままにめぐり歩いているのかも知れない。訪れて来てくれない男に恨みをいいたい、しかし、それをじっとこらえている女の切ない気持ちという解釈もうなずける。

又、作者は男であるとして「世の中の雑事で奔走することが多くて仲々逢えないね。心ではあんたのことを思ってるんだけどね」とも考えられるのではないだろうか。

造船にかかわる労働歌だという人もいる。足柄小舟は舟脚が軽く多くの島々を漕ぎ廻るのが自慢だったのか。労働歌とみると「あるき多み」がよく利いている。足軽山はこの山の杉の木をきり舟に造ると足の軽いことは他の材で作る舟とことなり、よって足軽《あしから》の山とつけたという。

足柄《あしがら》の土肥の河内の出づる湯の世にもたよらに子らが言はなくに（三三六八）
〈足柄の土肥の河内に勇き出る湯がゆらゆらとするように決して心が動揺するとはあの子は言わないのになァ〉

土肥の河内の出づる湯は現在の湯河原温泉で「不安なもの言いはしないのに……それだのに」と恋する者の不安な気持ちがただよっている。温泉の序とはいえ湧き出ずる様子が歌われて珍しい。万葉人も喜んで温泉に入ったのだろう。折口信夫は「恐らく女が男に疑われたのに答えた誓約の歌であろう。つまり男が女性の真意をはかりかねて不安に思っている」と言っている。

後藤利夫氏は「男が行っても会ってもらえなくなったという現実が背後にある。その会えなくなった理由が女の親の側にあれば仕方がない。女の心がわりのせいではないと思うんだがと不安になっている男の境地」と言っている。どちらにしても恋する者にしかわからぬデリケートな気持ちであろうか。

足柄《あしがら》のままの小菅の菅枕何故《あぜ》か巻かさむ子ろせ手枕《たまくら》（三三六九）
〈足柄の傾斜地に生えた小菅で作った菅枕をどうして枕にするのですか。いとしい女《ひと》よ。私の手枕をしなさいよ〉

「まま」は葛飾の真間とあるように崖であるがこの場合傾斜地ぐらいか。菅枕は足柄のまま産の小菅がとりわけ上質とされた。後藤利夫氏は結婚初夜でなく、二度三度と逢う瀬を重ねてまだ他人行儀なところのある妻に、うちとけるよう夫が呼びかけたものであろうと言っている。

男の手枕を拒否し自分の菅枕でねる。即ちすねている女に仲なおりを呼びかける歌と言えば少々うがちすぎているであろうか。

足柄の箱根の嶺ろのにこ草の花つ妻なれや紐解かずねむ（巻十四―三三七〇）

〈足柄の箱根の嶺のやわらかな草花のあなたは花妻なのですか、そうなら紐も解かず寝もしようが……。花妻でもないあなたと紐とかず寝ることはできません〉

三句までが「花つ妻」を起こす序となっている。「にこ草」はハコネ草とも言われているが、柔らかな花の咲く草、「なれや」は反語的疑問、花妻でもないあなたと共寝をしたいという意味となっている。

花つ妻であったらどうして眺めているだけで共寝ができないのか。高橋正秀氏は「神の吐息のかかっている期間中、それから一定の男に嫁ぐまでの間の女」と言っている。又、「神に仕える女性」の意で、結婚前でも後でも神に仕える期間は女性はオトメとなるのであって「神の嫁」を意味する。例えば真間の手児奈、桜児もみな「花つ妻」として、人の男の妻となることは許されなかった。

足柄のみ坂かしこみ曇夜の吾が下延《しば》へを言出《こちで》つるかも（三三七一）

〈足柄の御坂の神の恐ろしさに胸の中にそっとしまっておいた秘密をつい口に出してしまった

よ〉
万葉時代は人々は峠の神がいて旅人を遮ぎるので、幣を手向けて無事通して下さいという風習があった。無事通してもらうためには自分の一番大切なものを手向けなければならない。作者にとって誰にも言ってはならないとされている愛する人の名前を言ってしまったよというのである。
中臣宅守が越前に配流される道中
恐みと告らすありしをみ越路の手向に立ちて妹が名告りつ（巻十五―三七三〇）
と読んでいる。やはり心中の秘事、愛する妻の名を告白し手向けたのである。
足柄《あしがり》の安伎奈《あきな》の山に引こ船の後引《しり》かしもよここば子がたに（三四三一）
〈足柄の安伎奈の山で後から引張りながら下ろす船のように、何とかあなたを引き留めたいものです〉
万葉時代は山で舟を造ってそれを山から平地へ降ろすには舟を余程引っ張っておかないと、勢いよく滑って危ないのでその作業に例えて別れを惜しんでいる歌である。稀にしか来ない男を少しでも長く引きとめて置きたいと願う気持ちがよく表現されている。
足柄《あしがり》の吾《あ》を可鶏《かけ》山のかづの木の吾《わ》をかづさねもかづさかずとも（三四三二）
〈足柄のかけ山のかづの木の名のように私をかどわかして誘い出して下さいな。かどわかしがたくとも〉

「かづす」はかどわかす、誘拐する意で、「ね」は相手に求める助詞、「も」は詠嘆であるから、私をかどわかして下さいよとなる。生田耕一氏は「とつがす」の意で私を彼の人の許へ嫁がせて下さい。早く私を娶って下さいという意になると言う。

アヲカケヤマは矢倉岳ではないかと言われている。矢倉岳は足柄の北東にあってひときわ目立つ神奈備《かむなび》型の山であり、足柄神社が鎮座した時代もあった。「かづの木」はヌルデ（ウルシ科）とみる説もあるが、穀《かづ》の木の音転説、生田氏は「構《かづ》咲かすとも」とし「構《かづ》の木の花まだ咲く程にない」即ち「自分はまだ充分熟しきっていないけれど」の意とし、私註には「楮割かずとも」で「楮《こうぞ》の皮を割く作業をしている者にそんな作業をせず私をさそって」と呼びかけているのであろうと言う。

鎌倉

薪樵《たきぎこ》る鎌倉山の木足《こだ》る木をまつと汝が言はば恋ひつつやあらむ（三四三三）

〈薪を伐る鎌という名の鎌倉山の枝葉の繁った木を松というように待っているとあなたが言ったならばこんなに恋こがれていようか〉

木足《こだ》の木は枝葉の繁った木、松を待つとをかけた序、鎌倉山一面をおおう緑の松の繁みの美しい情景を恋の苦悩の増す深刻な様子を歌の上句下句に微妙に結びつかせている。つれない恋人を嘆く心と激しい恋心とが痛切にこめられている。

万葉時代にはすでに「松」と「待つ」の連想を常識化していた。佐佐木幸綱は次のように書いている。「同音によってこの同義を重ね合わせる発明を誰がなしとげたか、最初に誰かがこのアイディアを披露したときの囲りの人はどんなに深いショックを受けただろうか。掛詞「まつ」に出合うといつもその場面を夢想し楽しむのである」と。

相模嶺の小峯《をみね》見かくし忘れ来《く》の妹が名呼びて吾《あ》を哭《ね》し泣くな（三三六二）

〈いつも見える相模の山々を見て見ないふりをするようにつとめて忘れてきた妹の名をつい口に出して泣いてしまった〉

「忘れ来の妹」とあるからこの男女はすでに何かあって別れたのであろう。それなのに或る日相模の山々を眺めていると過ぎ去った昔の人の名前が男の脳裏によみがえってつい泣いてしまった。きらいで別れたのではないのであろう、その思いを素直にうたっている。

「泣くな」の「な」を詠嘆とよむか、禁止の「な」とするかによって別な解釈が生まれるがこの場合詠嘆とみるべきと思う。

ま愛《かな》しみさ寝に吾《わ》は行く鎌倉の美奈の瀬川に潮満つらむか（三三六六）

〈恋しくて辛抱しきれず私は共寝にゆくのだ。鎌倉の美奈の瀬川に潮が満ちていないだろうか〉

「美奈の瀬川」は今の稲瀬川と言われている。由比が浜の西に注ぐこの川は満潮になると海水が増えて川が渡れなくなるのであろうか。男が不安とときめきをもって女の所へ通う情景が美しい景色と共に浮かび上がってくるような愛の歌として官能的な美しさにまで高められ、これこそ人間短歌というべきであろう。

相模路の淘綾《よろぎ》の浜の真砂《まなご》なす児らは愛《かな》しく思はるるかも（三三七二）

〈相模路のよろぎの浜の美しい真砂のようなあの娘は何とまァ可愛いことだろう〉

「淘綾の浜」は『和名抄』に余綾郡があり余綾郷が見られる。現在の大磯町国府に比定されている。大磯町から小田原市国府津にわたる砂浜という。可愛い娘のことをこんなに単純に率直に美しい序をつかって表現する東歌は本当に素晴らしいと思う。

鎌倉のみ越《こし》の崎の石崩《いはくえ》の君が悔ゆべき心を持たし（三三六五）

〈鎌倉の見越の崎の岩崩ではないが、あなたが後悔なさるような不実な心を私は決して持っていません〉

「み越の崎」については稲村ヶ崎が有力。「君が悔ゆべき心」は作者自身とちぎったことをあなたが後悔なさるようなの意。一夫多妻、妻問い婚の当時としては、多くの妻は夫の愛情に対する不安にさいなまれていた。自分の愛の変わらぬことをけなげにも誓っている。

上総国、下野国

上総国

房総の地は今の千葉県にあたり、古くは「総国《ふさのくに》」と言った。これが上総国《かみつふさのくに》と下総国《しもつふさのくに》に二分され万葉時代には、房総半島の南端を上総国から安房国《あはのくに》が分けられたときもあった。総国《ふさのくに》には、相模国の三浦半島から東京湾を通って房総半島へ行くため、大和に近い所が「上」であることから総国の南の方が上総国《かみつふさのくに》で、房総半島のつけ根、即ち北の方が下総国《しもつふさのくに》となったのである。

房総の地は麻と穀とをもった天富命配下の四国の阿波の斎部によって開拓されたと伝えられる。そしてよい「麻」が育ったところを「総国」とし、よい「穀木《ゆう》」が育った所を「結城郡《ゆうき》」（下総国）としたという。さらに阿波の忌部《いんべ》の居所を「安房《あは》」と名づけたとある。

大和朝廷による東国の開拓は東海道にはじまり海上の道によって房総から常陸《ひたち》へとすすめられたのは、東歌の巻頭の歌が、上総国の海の歌であることからでもよくわかる。

夏麻《なつそ》引く海上潟《うなかみがた》の沖つ渚《す》の舟は泊《とど》めむさ夜更けにけり（巻十四―三三四八）

〈海上潟の沖の洲に舟を停泊させよう。夜が更けてしまったよ〉

「海上《うなかみ》」は海上郡と市原郡と合併して市原郡となり、海上、市西、養老の三村が昭和三十年に合併している。この歌は地名を除けば、東国的な特色がみとめられず、言葉の訛《なまり》もなく漁師としての生活の匂いもない。「さ夜更けにけり」という詠歎はむしろ旅人の感慨である。東国に旅した官人が歌ったのではないか、一首を流れる流離感と相まって都人の東国への関心をそそり、東《あづま》の歌として愛誦され定着をみたのではないかと大久保正氏は『万葉集を学ぶ』で言っている。

又、有力な異説として、海上潟は銚子市の西、旭市との中間に海上郡があり、これは下総である。万葉集中に別に三例「海上」の地名が出て二例とも下総の海上となっている。東歌を編集した者が都人であって東国の地理にくわしくなかったのではないかとも言われている。

又、佐佐木幸綱氏は『万葉集東歌』の中で、「東国人が都人の口ぶりを真似て作った歌ではないか。『東歌』には方言のない歌が他にもあって『明日香川』『韓衣《からころも》』『梓弓《あづさゆみ》』といった東国民衆とは無縁なものの名も登場する。つまり歌とは、日常そのままの反映ではない、詩歌とは非日常語による表現、日常語では言えないことを言うための表現なのであるから、それらしくない『東歌』があっても不思議はない」と言っている。

馬来田《うまぐだ》の嶺《ね》ろの小竹葉《ささは》の露霜の濡れて吾来なば汝は恋ふばぞも（三三八二）

〈馬来田の嶺の小竹の葉の露霜のように涙にぬれて私が行ってしまったなら、お前は一人切なく私を恋い焦れることだろうなぁ〉

馬来田は古く馬来田国造《くにのみやつこ》が治めたところ、『和名抄』に望陀《もうだ》郡とあり、現在の君津郡及び木更津の小櫃《こびつ》川流域の地という市原市の南にあたる。

馬来田の嶺ろは、小櫃川の南の丘陵地帯とも言われているが殆どの注釈書は飯富を中心とした丘陵地帯と推定している。

妻を置いて旅立とうとする夫の歌であろうが旅行くわが身の辛苦は言わず、自分が旅立った後の妻の心を思いやって憐れんでいる。

馬来田《うまぐだ》の嶺ろに隠りゐかくだにも国の遠かば汝が目欲りせむ（三三八三）

〈お前の家が馬来田の嶺にかくれているだけでもこんなにも恋しいのに、私が旅立って遠くなったらどんなにか逢いたくなることだろう〉

この一首は何らかの背景があるのではないか。賀茂真淵は『万葉考』の中でこう言っている。「防人の出立《いでたち》て此嶺の彼方に成しほどをかくいふ。今はただ此一嶺に隠るるばかり近きにも恋しきに、いや遠ざかり国もへだたりゆかばいかばかり妹を相見まほしからむといへり」一山へだてただけでこんなに恋しいのに防人に九州までゆき、三年も会えないなんて、どんなにか切実に逢いたくなるであろうと、納得のゆく解釈である。

下野国

「下つ毛野」は「上つ毛野」に対した名称で、後に「下野《しもつけ》」というようになった。

下つ毛野みかもの山の小楢のすまぐはし子ろは誰が笥《け》か持たむ（三四二四）
〈下野のみかも山の小楢のように美しいあの子は誰の食器を持つことであろうか〉
三毳《みかも》山は、国鉄両毛線の佐野駅と岩舟駅の中間から南側に広がる山で一名大田和山ともよばれ、標高二二三メートルの山、田辺幸雄氏が「山地が関東平野に尽きた処にぽっくりと盛り上ったかわいらしい丘陵」と形容している。「誰が笥か持たむ」は「家にあれば笥《け》に盛る飯《いひ》」の笥《け》である。誰の妻となるのだろうかという意。具体が生活的、牧歌的でありこんな具体をきかせてこの娘に歌を示せば、魅力ある求婚の歌となるであろう。

下つ毛野安蘇の河原よ石踏まず空ゆと来ぬよ汝が心告《の》れ（三四二五）
〈下野の安蘇の河原を石も踏まず宙を飛んでやって来たよ。お前さんの心をはっきり聞かせておくれ〉

安蘇の河原は『新考』に「安蘇川は渡良瀬川の支流なる今の秋山川なるべし」『全注釈』には「今栃木県に安蘇郡の名を残しているその安蘇の河原の名で呼ばれるのだからその地の代表的な河川であるべく渡良瀬川をいうのであろう」とある。

「よ」は「ゆ」と同じで、そこを通っての意。汝が心告れ、石踏むことも意識せず宙を飛ぶ思いで来たよ、お前の本心を打ち明けてくれと、相聞の原点のような素晴らしい歌である。

赤見山草根刈除《そ》け合はすがへ争ふ妹しあやにかなしも（三四七九）

〈赤見山の草を刈りはらって会っているのに、いやだと抵抗するこの子がむしょうに可愛い〉

赤見山は椎名嘉郎氏によれば、栃木県佐野市赤見町の東山と言っている。低い山だから草刈りの場にされていたようだ。

「合はすがへ」は『大系』に「赤見山で草の根を刈りそいで承知の上で逢ったのに恥ずかしがって従わない妹が何とも可愛い」。『注釈』には「赤見山の草を刈り除いてそこで逢ってくれてる上に、そんな事はないと人と争うあの子が本当に愛しい」と解釈されている。

娘が逢ってみたいと思うもののいざとなると躊躇する未だ初心な娘をかえって愛しがっている何とも微妙なところを歌っている。

遠江国、駿河国、伊豆国

遠江

「琵琶湖は近《ちか》つ淡海《あわうみ》であり、浜名湖（静岡県）は遠《とお》つ淡海《あわうみ》であった。近江は単にアハウミの約音アフミがオウミとなった。遠江はトホツアハウミの約がトオトウミとなった。都人は都に近い淡海にはことさら『近つ』を入れなくてもよかったのであろう」加藤静雄著の『万葉の歌』の中にこう書いてある。

東歌には都人の歌にはみられないような、ひなびたエネルギッシュな歌がある。都人は自分たちにない人間の根源的なところから湧きあがる感情の歌をみて目をみはったに違いない。

人妻とあぜかろを言はむ然らばか隣の衣を借りて着なはも（巻十四—三四七二）

〈あんたは人妻だなどどうしてそんなことを言うの、そんならあんたは隣の人に衣を借りて着ることはないの、あるでしょう、だったら私も隣の奥さんを借りてもいいぢゃないの〉

この底ぬけの明るさで屁理屈をいって女を口説く自由さは都人にはない世界である。

遠江の東歌は、すべて浜名湖の北東部で歌われている。都から東国へ通じる道があったからであろう。

麁玉《あらたま》の伎戸《きへ》の林に汝を立てて行きかつましじ寝《い》を先立たね（三三五三）

伎戸人《きへびと》のまだら衾《ふすま》に綿《わた》さはだ入りなましもの妹が小床に（三三五四）

伎戸は東名高速道路の浜松ＩＣのすぐ北の貴平であるという説、又『和名抄』に麁玉《あらたま》郡覇多《はた》郷がありそこは帰化系の秦《はた》氏の一族が住んだ所で、伎は帰化系の機織《はたおり》が住んでいたところ、伎人の住んだところを伎戸と言った。

〈麁玉の伎戸の林にお前を立たせたままではとても出かけて行けそうもない。まず一緒に寝よう〉と女をさそっている。人間の本能を肯定し、人間の生地のままの感情を表出している。

二首目も帰化系の人だから珍しいまだら模様に染めた暖かい綿がいっぱいに入った布団に寝て

いる。その彼女の布団に自分も入りたいものだ。率直な人間肯定こそ東歌の真髄というものだろう。

遠江《とほとほみ》引佐《いなさ》細江《ほそえ》の澪標《みをつくし》吾を憑《たの》めて浅ましものを（三四二九）

引佐細江は引佐郡にある細江で、現在も引佐郡として浜名湖北東部一帯の名となっている。浜名湖橋を西方から東京方面に向って渡る時左側一帯に入りこんでいる湖を引佐細江（奥浜名湖）だという。

水脈《みを》つくしは水脈つまり水路を示す標識、みをつくしが舟を漕ぐ人の頼りになるものなら、恋人は頼みになる人、「我を憑めて」私を信頼させておいて、やがては心浅くなさるのでしょうと不安をうったえている。

富士の高嶺

昔も今も、富士山を始めて見た人はその姿のあまりの美しさに感動するに違いない。富士はその頂上に雪をいただき天高く聳え立っている。その美しさを格調高く歌ったのが山部赤人である。

しかし、富士山を常に眺めつつ住んでいる東国の人々の歌はこうは感動していない。淡々と歌っている。彼らにとって富士山は眺めるばかりでなく、柴が生い茂りその柴を刈る山であり、又、人目をしのぶ男女が木の葉の茂った逢い引きする格好の場所でもあった。

①天の原ふじの柴山木の暗《くれ》の時移りなば逢はずかもあらむ（三三五五）

②不盡の嶺のいや遠長き山路をも妹がりとへば日《け》に及《よ》ばず来ぬ（三三五六）
③霞居る富士の山辺《び》に我が来なばいづち向きてか妹が嘆かむ（三三五七）
④さ寝《ぬ》らくは玉の緒ばかり恋ふらくはふじの高嶺の鳴沢の如（三三五八）

これらの歌には富士山を歌った感動のかけらもない。富士山は常に仰ぐ山であり、彼らにとって生活の場であったからだ。

①は〈富士の柴山のその木下暗《やみ》で逢瀬を重ねていたが時過ぎてその葉が散ってしまったら逢わないことになるのだろうか〉愛情だけがたより何の保障もない時代だけに不安が先だつのである。

②〈富士の高嶺の遠く続く山路でも、恋人の所へと思うと少しも苦しいとは思わずやってきた〉早く逢いたいと思うが富士の裾野には熔岩がごろごろしていたかも知れない。

そんな山路は走りづらい道だが恋人の所へと思うと全然つらくないというのだ。「けによばず来ぬ」は難解で、うめき声を出さないで、息もきらせず、日数もおかないでなどの解釈がある。

③〈霞がかかっている富士山の麓に私が行ってしまったなら、妻はどちらを向いて嘆くであろうか〉果しなく続く真白な霧の世界に迷い込んだ恋人が男を泣きながら捜しもとめている姿が浮んでくる。

④は〈あなたと共に寝ることは玉の緒ほどの短さで、恋いこがれることは富士の高嶺の鳴沢のように激しいことであるよ〉鳴沢にも勝る私の恋心と巧みな比喩によって鮮やかな感動を呼ぶ歌

となっている。
駿河・伊豆
駿河の海おしべに生ふる浜つづら汝《いまし》をたのみ母に違《たが》ひぬ（三三五九）
〈駿河の海の磯辺に生えている浜つづらのようにあなたを頼みにして母の心にそむいてしまった〉
浜つづらは浜辺に生えているつる草のこと。東歌の世界では母イコール親という時代であった。
伊豆の海立つ白波のありつつも継ぎなむものを乱れしめめや（三三六〇）
伊豆の歌は万葉集中二首あるのみで淋しい。これは東海道の道筋からはずれていたからであろうか。
〈伊豆の海に絶えず白波がたっている、そのようにいつまでも二人の仲を続けていこうと思っている、どうしてお前を思い乱れさせるようなことをしようか〉
女の歌だとすると、〈伊豆の海にたつ白波が途絶えがちながらも続いているように、あなたは二人の仲を続けようと思っているのでしょう（此の頃の通ってくることの少なさは）だから私は乱れ始めたのでしょう〉。男は口でうまいことを言うけど、行動が伴わない、女が男の口ぶりを真似て皮肉な調子でやりかえしたものとも言える。
斯太《しだ》の浦を朝漕ぐ舟は由無しに漕ぐらめかもよ由こさるらめ（三四三〇）

斯太は駿河国志太郡の海岸大井川の河口のあたり、その志太の浦に朝漕ぐ舟があるが、理由もなく漕ぐであろうか。私だってそのようにわけもなく歩きまわるものか。お前に逢いたいからさという意。ヨシコサルラメは由コソアルラメである。

信濃国、陸奥国

信濃国

信濃道は今は墾《は》り道刈りばねに足踏ましむな沓《くつ》はけわが背（巻十四―三三九九）

〈信濃路は新しく切り開いたばかりの道です。切り株を足でお踏みになって怪我をなさらないで、どうぞ、沓をおはきになって下さい、あなた〉

信濃路を通って遠くへ旅立つ夫に妻が贈った歌であろう。夫の旅の苦しみを思いやり、具体的に沓をおはきになってと細やかな心づかいの感じられる歌となっている。

この信濃路は、和銅六年（七一五）に開通した吉蘇路（木曽路）が有力である。

「刈りばね」は木の切り株のようにとられているが「刈り」と「切り」は少し違って、切り株は木を切った株、刈り株は草、柴、竹類を刈った株であろう。「沓はけわが背」は、現実はわらじくらいのものだったのであろう。夫への思いやり、愛情にみちた状況を具体的に歌い浮かびあがらせた名歌である。

信濃なる須我の荒野にほととぎす鳴く声聞けば時過ぎにけり（三三五二）

〈信濃にある須我の荒野にほととぎすの鳴く声を聞くとああ時が過ぎてしまったことだなァ〉

須我の荒野は『和名抄』では、松本市西方の荒野又は、小県郡《ちいさがた》菅平《すがだいら》あたりの原野とある。

「時過ぎにけり」の解釈はいろいろあり、

①ほととぎすの声によって農耕の時の至ったのに気がついた。

②ほととぎすの声に驚き、春の末までに逢おうと約束した時が過ぎ去ったことを歎いた。

③夫の帰り来るべき時が過ぎ去った。

ほととぎすは万葉集中最も多く歌に詠まれている鳥で、直接農耕の時節と関連して詠まれておらず、この歌の場合だけ農耕の時節にかけて解しようとするのは、東歌であるから労働歌にこじつけたのであろうか。

人皆の言は絶ゆとも埴科《はにしな》の石井の手児《てこ》が言な絶えそね（三三九八）

〈たとえ世間のすべての人と交際が絶えようともあの埴科《はにしな》の石井の手児との関係だけは絶やさないで欲しいものだ〉

「埴科」は信濃国の埴科郡の地、川中島の南、千曲川の東の地とある。「言な絶ゆとも」はただ音信が絶えようともではなくて、『古典全集』には「村八分となりことばをかけてくれなくなっても」とある。作者は村八分になって里の者との関係が絶えてもかまうものか、あの娘との関係を保つことができるならと相手の女に訴えるというよりは、自分の決意を強めた歌ではないかと、島津聿央氏は『万葉集東歌鑑賞』の中で言っている。

信濃なる千曲《ちくま》の河の細石《さざれし》も君し踏みてば玉と拾はむ（三四〇〇）

〈信濃の千曲川の小石も君が踏んだら玉と思って拾いましょう〉

信濃国の国府のほとりを流れる千曲川、その川原で恋人が踏んだ小石をそっと拾おうと心ゆたかな女性の歌。恋しい人の触れた石はその人の霊魂が宿るという上代の信仰を背景に持った歌である。

中麻奈《なかまな》に浮きをる船の漕ぎ出なば逢ふこと難し今日にあらずは（三四〇一）

〈川の中州に浮いている船が漕ぎ出して行ったならもう二度とあの方に逢うことはむつかしい、今日逢わなければ〉

「中麻奈」は地名でそれによって信濃国の歌と認めたのであろうが、今はその名が残っていないという。信濃国には七世紀ごろまでアイヌ人が住んでいて、中麻奈はチグマナと読むべきで千曲川のことであり、ナはアイヌ語の川という意の語源が地名に残ったのではないかとある。

今も昔も恋人同志の逢瀬にはさまざまな障害がある。その障害が大きければ大きいほど二人の愛情は激しく燃える。船に乗って旅に出る男との別離を悲しんだ女性の歌ではないか。「今日にあらずは」は何か切羽つまったものが感じられる。

陸奥国

会津嶺の国をさ遠み逢はなはば偲ひにせもと紐結ばさね（三四二六）

〈会津嶺のあるこの国が遠くなるので、逢はなくなったならば思い出すよすがにしようと思う。どうか心を込めて紐を結んでくれ〉

会津嶺は現在の磐梯山といわれている。都の方から会津は遠い所と印象づけられていた。会津嶺のある国が遠くて……逢わないならば、偲び種《ぐさ》にする紐を結んでくれと、万葉時代では夫婦の間の魂をこめて結び交わした着物の紐は再会するまで、みだりに解くことは許されなかった。

筑紫なるにほふ子故に陸奥《みちのく》の可刀利《かとり》をとめの結ひし紐解く（三四二七）

〈筑紫にいるあでやかな乙女子に誘《ひ》かれて陸奥のかとり乙女の結んでくれた紐を解くことである〉

香取の神かけて永遠を誓って結んでくれた神聖な紐である。孤独で淋しいひとり寝のせいかとうとう筑紫の乙女と寝てしまった。永遠の愛など実際にはないのかも知れない。

安太多良の嶺に伏す鹿猪《しし》のありつつも吾《あれ》は到らむ寝處《ねど》な去りそね（三四二八）

〈安太多良山の峯に伏す鹿や猪が、いつまでもいるように、いつまでもこうしていて私はあなたのところへ通って行こう。あなたの寝所も変えないで欲しい〉

安太多良の嶺は福島県二本松市の西方にあり標高一七〇〇メートル。「安太多良の嶺に伏す鹿猪《しし》の」までが「ありつつも我は到らむ」を導く序詞らしく、鹿や猪がいつまでも同じ処に住むようにの意で「ありつつも」にかかる。沢潟久孝氏の『万葉集註釈』によると安太多良の嶺に昼間はじっと待って伏している猪が夜になると里に出かけるよう私もやまず通おう、いつも寝所にいて下さいと東歌らしくあからさまな歌になっている。

陸奥の安太多良真弓弾《はぢ》き置きて撥《せ》らしめきなば弦《つら》はかめかも（三四三七）

〈陸奥の安多太良山で出来る真弓は、弦をはずしてそのままそらしめてしまったならば、二度と弦を張ることができようか〉

この歌は男女の仲は一度ひびが入ったなら仲々もと通りにはならないというのを弓の弦をたとえにして歌ったものである。

私たちは東歌を読むとき万葉びとの眼をもってその時代を想像してみる、又現代人の心をもって東歌を鑑賞してみる必要があるのではないだろうか。両方相まって共鳴現象をおこしてこそ東歌の真髄に触れることができるのだと思う。それが又、万葉時代の人々の生活の中からおきる喜びや悲しみを知ることとなり、素朴な東国人の心に少しでも近づくことができるのではないだろうか。

真間《まま》の手児名《てこな》（下総国）

「葛飾の真間の手児名」は東国の伝説である。昔、葛飾《かつしか》の真間（現在の千葉県市川市）に住む娘子《おとめ》がいて、粗末な身なりをしているが、高貴な箱入り娘もとても及ばないほど美しく、多くの男から求婚されたが、誰にということもできず、思い余って海に身を投げたという物語である。

万葉集の中にはこのような物語がいくつもみられる。西の菟原処女《うないおとめ》や桜兒《さくらこ》、縵兒《かずらこ》はみな複数の男に同時に求婚され自殺している。

万葉時代もこの手児名の伝説に関心があったらしく、山部宿彌赤人《やまべのすくねあかひと》、高橋連虫麻呂《たかはしむらじむしまろ》、そして東《あずま》歌《うた》の中にも歌われている。赤人、虫麻呂は共に奈良朝初頭の、官吏としては下級に属する歌人であったが、赤人は神亀元年（七二四）から天平八年（七三六）の十三年間、宮廷歌人として活躍していた。どのような目的であったかわからないが、東国に来て手児名の奥津城でこう歌っている。

　勝鹿《かつしか》の真間娘子《ままのをとめ》の墓を過ぐる時、山部宿彌赤人の作る歌一首　短歌を并せたり

いにしへに　ありけむ人の　倭文幡《しづはた》の　帯解《と》き替《か》へて　伏屋《ふせや》立て　妻問ひしけむ　葛飾《かつしか》の　真
間の手児名が　奥津城《おくつき》を　こことは聞けど　真木の葉や　茂りたるらむ　松が根や　遠く久し

き　言のみも　名のみもわれは　忘らゆましじ（巻三—四三一）

反歌

われも見つ人にも告げむ葛飾の真間の手児名が奥津城処《おくつきどころ》（巻三—四三二）

葛飾の真間の入江にうちなびく玉藻刈りけむ手児名し思ほゆ（巻三—四三三）

「勝鹿」は「葛飾」のことで、江戸川に広がる地域、即ち東は千葉県東葛飾郡と西は東京都葛飾区のことである。真間はもともと崖や土手の傾斜地をいい、葛飾の海になだれる市川の傾斜地が今でも真間という地名になっている。又、テコは娘子《おとめ》の東国の方言と言われ、ナは愛称の接尾語となっている。

赤人は、手児名の美しい顔や姿、それにまつわる物語を作品の中には歌っていない。それよりも荒れ果てた手児名の墓に立っての感慨を歌っている。

〈昔、このあたりに住んだという男が、しずはたで織った帯を解き交わして、粗末な小屋を建てて結婚を申し込んだという。その葛飾の真間の手児名の墓はここだと聞くが、木々が茂ったからであろうか、松の根が長く延びているように遠く久しい時が経ったからであろうか、墓は亡びてしまったがその悲しい物語、手児名の名だけは決して忘れることはできないであろう〉という意。

私はこの美しい手児名は言い寄る男たちに身をまかすことなく、真間の海に身を投げ、清らかな処女のまま死んだと想像していたが。

桜井満氏は「『万葉の歌』十三の中で「『帯解き替へて』というのは、男の妻問いをうけて互いに帯を解き交わしたと理解されているが、あるいは夫婦が離別することを意味しているのかも知れない。帯は夫婦が互いに結び合い解き合うものである。これを男が解き替えるということは、妻を替えることを意味するのであろう。このあたりに昔いたという男が妻と離別して、小さな家を建てて手児名に求婚したのではないだろうか。しかし、手児名が求婚に応じたとは言っていない」と言っている。

梅原猛は『さまよえる歌集』の中で「手児名は美女であるばかりでなく、男たちと肉の快楽にふけったのである。そして、視点を現在の荒れ果てた塚にあてて『奥津城をこことは聞けど』という言葉は、ここがあの有名な手児名の墓かという感慨がこめられている。かつて人々がこの上ない快楽をむさぼった場所が、今は死の場所となりそこには草木が生い繁っている。この荒れ果てた塚の前に立って赤人は、人生とは何か、人間というものの意味を考えたのだ」と言っている。

又、池田弥三郎は『万葉びとの一生』で「この一節は手児名は結婚したことを言っているのであろう。つまり古代の女性にあって『処女』といっても、段階があって、ある期間厳重なもの忌みの生活に入り、神の嫁としの資格を得た。そういう『処女』もあったとみなければならないだろう」と言っている。私はこの説が最も説得力があると思う。

反歌二首目は〈葛飾の真間の入江で、波になびく玉藻を刈ったというその手児名のことがはるかに偲ばれるよ〉ということだが、梅原猛は「『打靡《なび》く』は契沖が洞察したように身を投げた女の姿であろう。そうすると『葛飾の真間の入江に』という言葉が生きてくる。真間の入江に身を投げた手児名がその入江に横たわり波にもて遊ばれているそんな美女の屍を想起している。あるいはその死美人の髪が玉藻と共に靡いているのかも知れない」と言っている。

万葉集の中では死をあからさまに歌っていない場合が多い。「雲かくります」とか「惜しきこの世を露霜の置きて往にけむ」というように間接的に歌っている。この場合も打ち靡く玉藻は身を投げた手児名の髪の毛をイメージしているのかも知れない。

次に伝説歌人と言われる高橋虫麻呂《むしまろ》の歌をみてみたい。

　勝鹿《かつしか》の真間《まま》の娘子《をとめ》を詠む歌一首、短歌を并せたり

鶏《とり》が鳴く　東《あづま》の国に　いにしへに　ありけめことと　今までに　絶えず言ひ来る　葛飾の　真
間の手児名が　麻衣《あさぎぬ》に　青衿《あをくび》着け　直《ひた》さ麻《を》を　裳には織り着て　髪だにも　掻きはけづらず
履《くつ》をだに　はかず行けども　錦綾《にしきあや》の　中につつめる　斎児《いはひご》も　妹にしかめや　望月の　満《た》れる
面わに　花のごと　笑みて立てれば　夏虫の　火に入るがごと　港入《みなとい》りに　船漕ぐごとく　行
きかぐれ　人のいふ時　いくばくも　生けらじものを　何すとか　身をたな知りて　波の音《と》の

騒ぐ港の　奥津城に　妹が臥《こや》せる　遠き代に　ありけることを　昨日しも　見けむがごとも
思ほゆるかも（巻九―一八〇七）

反歌

葛飾の真間の井見れば立ち平《なら》し水汲ましけむ手児名し思ほゆ（巻九―一八〇八）

この高橋虫麻呂の歌は、さきの赤人の歌っていないところの手児名を詳しく、リアルに描写している。

〈真間の手児名は粗末な麻衣を着て青い衿をつけ、髪は櫛けずらず、はだしで歩いているけれど、錦や綾に包まれ大事に育てられている箱入り娘もこの手児名には及ばない。満月のようにふくよかな顔だちで、花のようにほほ笑んで立っていると、若者は夏虫が火に入るように、漁夫が港に向って舟を漕ぐように娘のもとに集って言い寄る。しかし、娘子《おとめ》は自分の身を思い知って入水してしまい、今は墓に伏している。その遠い代にあったことがまるで昨日の出来ごとのように、実際に見たかのように思われるよ〉

「身をたな知りて」という身のほどを、人間の男に嫁ぐことができない神に仕える身、即ち巫女の身であることを言っているのであろう。万葉時代、葛飾の真間は海に望む傾斜地であり、手児名はそうした真間の地の神をまつる娘子《おとめ》だったと言われている。

反歌は、水汲みという女性のつとめ、生活の場を通して手児名を回想している。

私は上京したとき、一度手児名ゆかりの地を踏んでみたいと思い千葉にいる友人をさそって尋ねてみた。総武線の市川駅で降りて、北（内陸）へ向って行くと真間川が流れている。そこに架かる手児名橋を渡り山の手をさして行くと小さな溝川があり、そこに又、小さな丹塗りの欄干のある橋がかかっていた。これが、男たちが手児名のもとにひそやかに通うとき、足音のしない馬が欲しいと言って渡った真間の継橋であった。溝川すれすれにアパートがそそり立っていた。継橋を渡ると右手に手児名霊堂がある。参道の両側に白い幡りが十本ほど立っていた。結婚もしないで身を投げてしまった手児名霊堂がいつの間にか出産、子育ての神様になっており、面白いことだと思った。

手児名霊堂の北にある弘法寺は急な石段を五十段ほど登った所にある。この寺は僧行基が手児名を供養するために建立したが、紆余曲折のすえ、今では日蓮宗の寺になっている。万葉時代はこの寺の下まで海であったという。境内の崖っぷちに立って、手児名が身を投げたのはこのあたりであろうかと、市川の街の広がりを見下した。

弘法寺を下りて左手へ行くと亀井院があり、手児名が水を汲んだという古い真間の井があった。

巻十四「東歌《あづまうた》」の中に、下総の相聞の歌で手児名関係の歌と見られる次の四首がのっている。

①葛飾の真間の手児名をまことかも我に寄すとふ真間の手児名を（巻十四―三三八四）

②葛飾の真間の手児名がありしかば真間のおすひに波もとどろに（巻十四―三三八五）

③にほ鳥の葛飾早稲をにへすともそのかなしきに外《と》に立てめやも（巻十四―三三八六）
④足音《あおと》せず行かむ駒もが葛飾の真間の継ぎ橋止まず通はむ（巻十四―三三八七）
①の歌は〈葛飾の真間の手児名を、本当なのか、私に娶《め》あわせてくれるという。あの真間の手児名を〉伝説の聞き手がまず語り手をはやしたてるようにこう歌っている。
②は〈あの手児名がいた時には、真間の磯に波も轟くほど騒ぎ立てられたことであろうか〉伝説を聞くもののため息である。
③は〈葛飾早稲の新穂を神に供える新嘗《にいなめ》の祭の夜であっても、あの愛しいお方を家の外に立たせておかれようか〉
「にほ鳥」はカイツブリのこと、鳩くらいの大きさで、沼や川などに浮巣を作り巧みに水に潜って小魚を捕って食べる。にほ鳥はカヅく（潜く）からカヅシカを起す枕詞となったという。

自分が手児名であったら、逢いに来た男を家の中に入れようと言うのである。佐佐木幸綱氏は「東国の人々が信仰のタブーを少しずつ破って自由の巾を広げつつあったのではないか」と言っている。
④は〈蹄の音を立てない馬が欲しい、それで葛飾の真間の継橋を渡り、絶えず愛しい女のもとへ通いたい〉男のあこがれの声である。
真間の手児名はこのように山部赤人が墓に寄せて詠み、高橋虫麻呂は伝説の内容をリアルに伝

え、その上、東歌は伝説の聞き手の立場の民謡として歌われ、これほど幸運な伝説は他にないのではないかと思うのである。

筑波山の嬥歌《かがい》（常陸国）

㈠

万葉集中、最も多く歌われている山、常陸（茨城）の筑波山に一度行って見たいと思っていたがそのチャンスが思いがけなく早くめぐってきた。

筑波山は、決して高い山ではないが、関東平野の只中にあるので美しくそそり立って見える。昔、常陸の国府のあった東側の石岡市から眺めると、筑波山は重なって一つの山に見えるが、南の方から近づいてみると、男体、女体と二つの峰からなっていることがわかる。西の男体山は海抜八七〇メートル、東の女体山は八七六メートルとやや高い。東の峰には登らせても、西の峰には登らせなかったのは、奥の院信仰があったからであろうと言われている。常陸の国の人々は古代から国魂のこもる山として信仰し、その国の象徴として仰いだ。筑波山はそれに相応しい堂々たる美しい山であった。

検税使大伴卿の筑波山に登りし時の一首短歌を并せたり

衣手《ころもで》　常陸《ひたち》の国　二並《ふたなら》ぶ　筑波の山を　見まく欲り　君来ませりと　暑けくに　汗かきなげ

木の根取り　うそぶき登り　峰《を》の上を　君に見すれば　男《を》の神も　許し給ひ　女《め》の神も　幸《ちは》ひ

給ひて　時となく　雲居雨降る　筑波嶺《ね》を　清《さや》に照らして　いふかりし　国のまほらを　つばらかに　示し給へば　うれしみと　紐の緒《を》解きて　家の如《ごと》　解けてぞ遊ぶ　うちなびく　春見ましゆは　夏草の　茂くはあれど　今日の楽しさ（巻九―一七五三）

反歌

今日の日にいかにかしかむ筑波嶺に昔の人の来けむその日も（一七五四）

高橋虫麻呂の歌で、大伴卿が筑波山を見たく思っておいでなので一緒に登ったと歌いおこし、暑くて汗をかき、木の根をつかみ、ふうふう言いながら登って山頂に案内すると、山の男の神も今日だけはお許しになり、女神もお加護下さって、明るく晴れわたり、素晴しい眺めを堪能《たんのう》し楽しく過ごしたという意味である。

虫麻呂は又、秋にも筑波山に登っている。

筑波《つくば》の山《やま》に登る歌一首　短歌を并せたり

草枕　旅の憂へを　慰《なぐさ》もる　事もあらむと　筑波嶺に　登りて見れば　尾花ちる　師付《しづく》の田居に　雁がねも　寒く来鳴きぬ　新治《にひばり》の　鳥羽の淡海も　秋風に　白波立ちぬ　筑波嶺の　よけくを見れば　長き日《け》に　思ひ積み来《こ》し　憂へは息《や》みぬ（一七五七）

反歌

筑波嶺《ね》の裾廻《すそみ》の田居に秋田刈る妹《いも》がり遣《や》らむ黄葉《もみぢ》手折《たを》らな（一七五八）

晩秋の筑波山に登ってみると、すすきの花が散る師付《しづく》の田んぼに雁が鳴き、鳥羽の湖水も秋風に波立っている。筑波山の壮大な景色を見て旅の憂いを晴らし、山の紅葉を手折って帰ろうと、思っていたようである。

私が筑波山に登ったのは、季節は三月の末であった。今は筑波神社の横からケーブルに乗り簡単に山頂まで登ることができる。山裾は赤松が多く、中腹の雑木林をぬけると山頂は背の低い裸木が寒々と立っていた。しかし、山頂から見下す景色は素晴らしかった。利根川のうねりの末に霞ヶ浦の湖面がきらきら光り、その向うには波立つ大海原である。南西に目を転じると広々とした関東平地の果に丹沢、足柄の山々、さらには端麗な富士山が聳えて見える。古代の人々が神の山と敬い、国見をし、嬥歌《かがい》をしたことが実感としてうべなうことができた。

『常陸国風土記』に東峰は巨岩が重なりけわしいが、その傍ら泉が絶えず流れて、足柄山の東の諸国の男女は春と秋に飲食物をたずさえて登り楽しみ遊んだとある。これが嬥歌《かがい》の始まりであろう。百科事典には「古代の農村における季節的行事、春秋に男女が山などに集り、歌を唱和し、妻（夫）定めをした風俗の東国の称呼で、中央ではおもに歌垣という。語源は『文選《もんせん》』に見える『嬥歌《ちゃうか》』を当て嬥歌《かがい》とした。古代の相聞歌の語源となった」とある。

虫麻呂は筑波山の嬥歌《かがい》をこう呼んでいる。

筑波嶺に登りて嬥歌会《かがいのつどい》を為る日に作る歌一首　短歌を并せたり

鷲の住む　筑波の山の　裳羽服津《もはきつ》の　その津の上に　率《あど》ひて　をとめをとこの　行き集ひ　かがふ嬥歌《かがひ》に　人妻に　吾も交はらむ　吾が妻に　人も言問《こと と》へ　この山を　うしはく神の　昔より　禁《いさ》めぬ行事《わざ》ぞ　今日のみは　めぐしもな見そ　言《こと》も咎《とが》むな（一七五九）

反歌

男《を》の神に雲立ちのぼり時雨《しぐれ》ふり濡れ通るともわれ帰らめや（一七六〇）

〈鷲が住む筑波の山の、裳羽服津《もはきつ》のそのほとりに、誘い合って若い男女が集って、歌を掛け合う嬥歌会《かがいのつどい》で、人の妻に私も交わろう。私の妻に人も言い寄れ、この山を領している神が、昔から禁じていない行事である。今日だけはいとしい人も見ないでくれ。どんなことも咎めるなよ〉歌の掛け合い後、性の開放が行われたことがわかる。

嬥歌《かがい》は日本では、大和の海拓榴市《つばいち》、摂津国の歌垣山、肥前国の杵島山など、照葉樹林地帯であった地域にみられ、東国でも筑波山、童子女《うない》の松原に伝えられている。

照葉樹林地帯である日本は、稲作文化以前に中国江南のやはり照葉樹林地帯から焼畑農耕文化が伝わっており、風習、習慣に共通性があることが学問的にも証明されている。文学の立場からも深くかかわり、嬥歌にしても照葉樹林地帯に通じて見られ、妻問婚《つまどいこん》の分布とも重っているという。

中国の今の広西、雲南の苗族《ビョウゾク》の歌垣は筑波の嬥歌と極めてよく似ていると言われている。季節は春、場所は大きな岡、未婚既婚の男女が歌を掛け合わせて意気投合すれば、記念の品を贈り将来を約束し、性の解放に及ぶことなど同根の文化と言ってよいのではないだろうか。

又、広西の壮《チユワン》族自治区は、ビルマ、ラオス、ベトナムの国境に接して、陰暦三月三日に歌垣が行われるという。その起源の説話は三つ伝えられている。まず歌をうたい神慮を慰めて災を払うことから発展した。次は相思相愛の或る男女が、愛情を見事な歌で訴え合ったがその恋は許されず、それぞれ自殺してしまった。その命日になると人々が集って歌を交わすようになったという。そして、もう一つは唐の時代の壮《チユワン》族の歌仙劉三姉の伝説で、しばしば労働と愛を高らかにうたいあげ、金持の罪悪を暴露したので金持の恨みを買い、山に柴刈りに行ったとき殺されてしまった。その命日に人びとが集って三日三晩歌をうたったという。多くの着飾った老若男女が山の頂や野原に集り歌をうたい交わす、その即興の歌声はあちこちから響きわたり、夜を徹してきれいに作られたてまりを投げ合いながら歌を掛け合ったということだ。

歌垣の起源として、一つは災厄防除説、二と三は鎮魂説ということであろうか。

㈡

万葉集の中でよく歌われている山といえば、富士山、榛名山、箱根山、磐梯山、安達太良山、鎌倉山、子持山、赤城山等であるが、そのどれよりも数多く歌われているのは筑波山である。

筑波山の歌は、東歌に十一首、防人歌に三首、その他に十首近く登場しており、関東の神やどる名山として、万葉びとから崇められたことがわかる。

嬥歌《かがい》は春秋二回、箱根以東の諸国の男女が飲食物をもって徒歩で筑波山に登り、短歌形式の歌を交わして性の解放が行われた。

佐佐木信綱氏は「嬥歌《かがい》はもともと信仰にもとづく祭であったが、通婚圏を広げる古代人の知恵であった。交通が頻繁でなかった古代において、おのずから通婚圏は限られてしまう。ほうっておけば血族結婚を重ねる事態がおこる、これを回避する古代の人の知恵ではないか」と言っている。

嬥歌《かがい》（歌垣）は日本以外の地でも照葉樹林地帯で行われていたことは先に書いた。

照葉樹林地帯というのは、日本をはじめ、中国の中、南部（四川、雲南）を経てヒマラヤに及ぶ地帯にある。照葉樹とは、樫、楠、椿、もちの木、山茶花、茶の木のように落葉しない、常緑で葉は厚く表面がてかてかと光っている木々のことである。

照葉樹林の繁茂している地帯の成立の条件は、山国で雨量がある程度なければならない。照葉樹林地帯は、稲が渡ってくる以前は、焼畑農業が行われていた。山の木々を焼き払ってその灰を肥料として耕し、アワ、ヒエ、ソバ、ムギ、大豆、小豆、さつまいも等を栽培して食糧としていた。それは一年で土地がやせるので、翌年からは次の樹林、その次の樹林と移ってゆき、何十年か後には又、もとのように生い繁った地へと循環して使った。

今でも中国以南で焼畑農業をしている所があるらしく、飛行機から見下ろすとどこかで焼畑の煙がたち昇っているということだ。

この地帯は日本と同じように納豆、こんにゃく、茶、絹、うるし等の産物があり、信仰においても、山や巨木、岩、動物などに神が宿るとして信仰の対象とする同じ文化圏であることがわかる。又、山遊びや嬥歌《かがい》（歌垣）が行われているというのも大変興味ふかいことと思う。

先ず東歌にある筑波山の歌十一首をとり上げてみたい。

筑波嶺の嶺ろに霞居過ぎかてに息づく君を率寝《ゐね》てやらさね（巻十四―三三八八）

〈筑波山の頂上に霞がかかるように通りかねて溜息をついているあの人を一緒に寝てあげたらどうなの〉

男が女の家の前を行ったり来たりして、いろいろと合図をするが、家の中の女は応じない。女の母親は男を畠を荒らす鹿や猪のように思って追い帰す場合が多い。それをその道のベテランの姉御肌の人が男に同情して、あんた、こんな純情な男をほうっておくのかい、寝ておやりよと言っているのが感じとれる。これは島津聿史の『万葉集東歌鑑賞』の中の解釈であるが、春秋二回行われた筑波山の嬥歌はこんな歌が歌われるよい舞台であったであろう。ためらう男女をせきたてる場合にこの歌は利用されたのではないだろうか。

妹が門《かど》いや遠そきぬ筑波山隠れぬ程《ほど》に袖ば振りてな（三三八九）

〈いとしい妻の家の門はますます遠くなってしまった。この筑波山にかくれぬうちに袖を振ろう〉

旅立つ男の歌であろうか。家からだんだん遠く離れ、見えるはずのない袖を妻に振って別離の悲しみを歌っている。袖を振ることによって相手の魂を鎮めることができると信じられてきた。もともと道の神様への手向《たむけ》として自分の大切な衣を着せたものが次第に袖だけになり、更に袖を「振る」だけで手向の意味をもつようになったということだ。

筑波嶺にかか鳴く鷲の音のみをか鳴き渡りなむ逢ふとは無しに（三三九〇）

〈筑波山でカッカッと鳴く鷲のようにわたしはただ声をあげて泣いてばかりで日を過ごすのであろうか、あなたに逢うこともできずに〉

愛する人に逢えなくて独り鷲の鳴く筑波山の麓に、寂しい日びを送らなければならない女の嘆きを歌ったもの淋しさに泣くという序に地方色が感じられ、恋しい人を思う激しさと寂寞とした鷲の啼き声が重なり合って心をうつ作品となっている。

『続万葉動物考』には「鷲は大抵一羽だけでいつまでも一つ所に静止し、時々寂しそうな声でカッカッと鳴くものであるから、思う人には会えず一人で悲しみ泣くという歌には誠に相応しい序詞である」と述べている。

筑波嶺に背向《そがひ》に見ゆる葦穂山悪しかる咎《とが》もさね見えなくに（三三九一）

〈筑波山のうしろに見える葦穂山、その悪しという名のように悪いと思われる欠点など私には全然ないのにねえ〉

この歌の「悪しかる咎もさね見えなくに」を自分には何の欠点もないのにの意にとるか、相手に何の欠点もないのにとするかの両説あるが、ここでは「自分に何の欠点もないのに」と男の訪れの絶えた女の嘆きの歌とした方が面白いような気がする。仲々個性的な歌である。

筑波嶺の岩もとどろに落つる水世にもたゆらにわが思はなくに（三三九二）

〈筑波山の岩もとどろかして落ちる水のように決して仲が絶えるようには私は思わないのに〉

岩もとどろという序は類型があるがそこに一種の叙景があり、詩境を感じることができる。古代東国の人々の風土を愛する心が豊かであったのであろう。前にもいったように、筑波山は「国見」の山であり、「嬥歌《かがひ》」の行われた山であり、国魂がこもる神の山であったのである。山から岩もとどろに水しぶきをあげて落ちる滝水という表現は激しい恋心と重なり合って印象ぶかく、単純化された恋歌は時代をこえて感動的である。

筑波嶺の彼面此面《をてもこのも》に守部据ゑ母い守《も》れども魂ぞ逢ひける（三三九三）

〈筑波山のあちらこちらに山番を置くように母は私を見張っているけれど、わたしたち二人の魂はもうぴったりと一緒になってしまいました〉

古代の婚姻のかたちは妻問い婚であった。男は自分の名を名告《の》り女の名を尋ねる、女は男に自分の名を告げることは即ち求婚を承知したことになる。娘の母親は恋の監視者であると同時に妨害者でもあった。この歌は母親に二人の仲を裂かれて反撃にでた歌と言える。「彼面此面《をてもこのも》に守部据ゑ」は筑波山は聖なる山であったから、森林の木が切りとられないよう監視する番人がおりそのように母が私を監視しているが私達二人は魂が合ってしまったという娘の歌である。

(三)

嬥歌《かがい》は一体どこで行われたのか、それはよくわからないということだ。しかし、高橋虫麻呂の歌の中に「裳羽服津《もはきつ》のその津の上に率《あども》ひて」とあるから近くに水があったのであろうと言われている。

『常陸国風土記』に「東の峯（女体山）の其の側《かたはら》に泉流れて冬も夏も絶えず」とある。又、杉山友章氏の『筑波誌』には、「女体山の頂上より南の方にわづか下れば清泉湧出す、西南に流下して女男川《みなのがわ》となる。風雨猛烈なるときは水声激して山嶽為に砕けむとするも、平素は至て細川流れなり、これをみなの川といふは（をみな）のみと（なん）のなとをとりて名つけしものなるべし」とある。

又、犬養孝氏はその源泉の周辺に歌垣がおこなわれるような場所はない、そして「あるいは男体、女体の鞍部、御幸が原かも知れない」と記している。

筑波山における嬥歌《かがい》の中心は女男《みな》の川の水辺付近から御幸《みゆき》が原にかけて南面する一帯、そして筑波山で気の合った男女がどこと限定せずに好みの所で歌をかけ合ったのではないだろうか。

さ衣の小筑波嶺《をつくばね》ろの山の崎忘らえ来《こ》ばこそ汝は懸《か》けなはめ（巻十四―三三九四）

〈小筑波山の山の崎よ、お前を忘れて行けるものならば私はお前の名を口にしたりはしないだろう〉

筑波山は女体山の方が男体山よりやや高いのだが、遠く南方から眺めると女体山の方が奥にあるので小さく見える。それで小筑波と呼んだらしい。男峰と女峰と二上山であるので、古代からここには男女がいてそこで生殖するという官能的なイメージが強い山と思うのであろう。そこで出逢ったお前を忘れることができない。筑波山の麓に住む男が旅立つて、別れてきた女の名を呼びながら通りすぎてゆく時の気持を歌ったもののようである。

小筑波の嶺ろに月立《つくた》し間夜《あひだよ》は多《さはだ》になりのをまた寝てむかも（三三九五）

〈筑波山の嶺にまた新しい月が出て逢わない夜がずいぶん経ってしまったがまた一緒に寝たいなあ〉

「月立ち」は月が改まる新しい月になることの意で、しばらく女性との間が遠ざかっていた男が、相手の女を思い出し、ひとりごとを言っている。人間の素朴な魂の素直な叫びである。その天真爛漫さに驚かされると同時に現代ではヘヤー問題など露骨さはますます激しくなる一方だが、このような率直な無邪気な心の表現は失われてしまっているのではないだろうか。

小筑波の繁き木の間よ立つ鳥の目ゆか汝を見むさ寝ざらなくに（三三九六）
〈筑波山の繁った木の間から翔び立つ鳥を見るようにお前を目で見るだけでいなければならないのだろうか、一緒に寝たことがある仲なのに〉
未だ少女の面影のぬけきらない時にこの男は知り合っていたのだろうか、しかし、或る日小鳥が巣を飛び立つように去っていってしまった。自分は声をかける術もない、一体どうしたらよいのだろう。共寝をした仲なのにと男女の機微を歌ってあわれを感じる歌だ。
筑波嶺の新桑繭《にひくはまよ》の衣《きぬ》はあれど君が御衣《みけし》しあやに着欲《ほ》しも（三三五〇）
〈筑波山の新しい蚕の繭で作った着物はあるけど、私はあなたのお召物がむしょうに着たくてなりません〉
相手の着物を着たいということは自分の愛を受入れて欲しいということである。当時は着物はその人の霊魂を分かち合う呪術として肌着類を交換する風習があった。
筑波嶺に雪かも降らる否をかもかなしき児ろが布乾《にのほ》さるかも（三三五一）
〈筑波山に雪が降ったのであろうか。いやそうではないのかなあ、可愛いあの娘《こ》が布を干したのであろうか〉
筑波山を背景に生活する万葉人《びと》の素朴な心を詠んだ歌で、方言を用いてたたみかける歌い方で味わい深く感じられる。しかし、この歌は作者が筑波山に降った雪を見て詠んだものか、それとも筑波山に干してある白い布を見て詠んだものかという二つの見方がある。

前者は契沖の『万葉代匠記』以来ずっと支持されてきたもの、後者は土屋文明の『万葉集私註』の説である。後者が「雪景色をうたった歌としては風雅すぎる。やはり労働をうたった歌と解した方が『東歌』としてふさわしいのかも知れない。」と。しかし、布を乾している光景としたら「雪かも降らる」と疑うほど布を干すことができただろうか。筑波山はそれこそ照葉樹林その他の雑木が一面に繁茂している山で、草山なら一面に干すことができるが、木々の上に干すことは余りにも不自然すぎる。

佐佐木幸綱氏はやはり旧説通り雪が降ったのでと解する方がよい。雪を貴族的風雅として見ているのではなく、労働に明けくれる「かなしき児ろ」の日常を重ね合せて見ているのである。働く者なりの風雅がここにありそれこそが「東歌」らしさなのであると言っているが、私もこの説に賛成したい。

防人歌の中にも筑波山の歌が三首ある。

吾が面《もて》の忘れも時《しだ》に筑波嶺をふり放け見つつ妹は偲《しの》はね（巻二十―四三六七）

右の一首は茨城郡の占部《うらべの》小竜《をたつ》のなり

〈もし私の顔を忘れた時には筑波山をふり仰いで見ながらあなたは私を偲んで下さい〉

筑波山は常陸国の国魂のこもった山であると同時に常陸の国の顔であった。防人に出でてゆく男の素朴な実感のこもった歌である。

筑波嶺のさ百合《ゆる》の花の夜床《ゆどこ》にも愛《かな》しけ妹ぞ昼も愛しけ（四三六九）

〈筑波山の百合の花のように夜の寝床でもいとしい妹は昼もかわいいことだ〉

この作者は那珂郡の上丁《かみつよぼろ》大舎人《おほとねりべ》千文《ちふみ》という人で、次のような歌もある。

霰降り鹿島の神を祈りつつ皇御軍《すみらみいくさ》にわれは来にしを（四三七〇）

妻をおいて出立する切ない思いに対して「皇御軍《すみらみいくさ》にわれは来にしを」と自らの心に言い聞かせている歌である。

橘の下吹く風の香ぐはしき筑波の山を恋ひずあらめかも（四三七一）

右の一首は助丁《すけのよぼろ》の広方《ひろかた》のなり

〈橘の下を吹く風が香ぐわしいこの筑波の山を恋しく思わずにいられようか——〉

橘の下吹く風はかぐわしきを起こす序とみる説もあるが実景ではないだろうか。防人として出立する時しみじみ感じたのであろう。

このように筑波山は古代の神の山として崇められると同時に嬥歌《かがい》の山として親しく山に触れ、恋人のようになつかしんだ山で、多くの人々から詠まれたのである。

作者未詳の歌

正述《ただに》心緒《こころをのぶ》（巻十一）

柿本人麿を最高峰として、それに連らなる山部赤人、高橋虫麿、笠金村、大伴旅人、山上憶良の高い峰々があり、そしてその広大な裾野に多くの作者未詳の作者たちがいたのである。その無名の人々の作品は、万葉集中、巻七から巻十六までに組入れられてあるが、最も多く存在しているのが巻十一、巻十二と巻十四である。その緑ゆたかな裾野は無名の人々の相聞歌にみたされている。

ここでは特に巻十一、巻十二に焦点をあててゆきたいと思っている。これらの歌群の社会的背景は、妻問《つまど》い婚で、男が女の家に通うという結婚のかたちから歌が生れているということを念頭においてみなければならない。

巻十四は、東国の豪族、農民の歌によって占められ、多くの方言が使われ、民謡的特質が濃い。しかし、巻十一、十二は遠い地方の歌もあるが、大体において中央の宮廷とその周辺に生活している者たちの歌である。

まず、巻十一には四九〇首あり、その中に『柿本朝臣人麿の歌集』から採択された歌が一六二首ある。それらをのけて純粋に庶民の歌と思われるものから取りあげてみたい。全巻相聞の歌にみたされているが、巻十一、十二以外には見られない分類がされている。即ち、表現の方法によって「正述心緒《ただにこころをのぶ》」「寄物陳思《ものによせてこころをのぶ》」「譬喩《ひゆ》」の三つに分けられてある。「正述心緒」は直接に自己の思いを表現する歌であり、「寄物陳思」は物にことよせて思いを表現する歌、「譬喩《ひゆ》」は物にこと寄せて思いを喩《たと》える歌となっているが、この区別は一応の目安であり、歌の分類はむつかしく混乱もみられるということである。

まず、巻十一の「正述心緒」から歌を抜き出して味わってみたい。

正述心緒《ただにこころをのぶ》の歌

たらちねの母に障らばいたづらに汝《いまし》もわれも事の成るべき（巻十一―二五一七）

誰ぞこのわが宿に来呼ぶたらちねの母に嘖《ころ》はえ物思ふ吾を（二五二七）

〈お母さんに邪魔されたなら、お前も私もとに角二人の仲は成就されないだろう〉

〈誰ですか、このわが家に来て呼ぶのは…。お母さんに叱られてふさいでいる私を〉

娘たちがいかに強く母に庇護されていたか、あるいは監視のもとにおかれていたかがわかる。

当時は男が女の所へ通う通い婚であったので母の権威は強いものがあった。

相見ては面隠さるるものからに継ぎて見まくの欲しき君かも（二五五四）

朝の戸を早くな開けそあぢさはふ目が欲る君が今夜《こよひ》来ませる（二五五五）

昨日見て今日こそ隔て我妹子がここだく継ぎて見まくし欲しも（二五五九）

〈会うときまりが悪くて顔をかくしてしまうのに、いつもいつも会いたいあなたよ〉

〈朝の戸を早く開けないで下さい。会いたいと思っていた方がおいでになっていますから〉

〈昨日逢って今日一日離れているだけなのにどうしてあの子がこんなにもつづけて会いたくなるのであろう〉

妻問い婚のもとで男女の心がさまざまな形で歌われている。母親や世間とあらゆる拘束の中、男女がひたすら恋の炎を燃やして束の間の歓楽をもとめていたか、拘束があればあるほど、彼らは恋心をかきたてられたのである。

たもとほり往箕《ゆきみ》の里に妹置きて心空なり土は踏めども（二五四一）
人言《ごち》のしげき間守《まも》ると会はずあらばつひにや子らが面忘れなむ（二五九一）
夕占《ゆふけ》にも占《うら》にも告れる今夜だに来まさぬ君を何時とか待たむ（二六一三）

〈往箕《ゆきみ》の里にあの子を置いて、心はうわの空である。大地は踏んでいるけれど〉

〈人の噂がうるさい、そのすき間をうかがって互いに会わずにいたら、しまいにはあの子は私の顔を忘れてしまうであろう〉

〈夕方の辻占にもほかの占いにも来ると出ている今夜さえおいでにならないあなたを私はいつおいでになると待てというのでしょう〉

古代の妻問い婚、男女の逢瀬がいかに意のままにならないかがわかると共に、そのあせりが歌を生ませていると言える。民衆の作のようで、素朴で彼らの溜息にじかに触れるような気がする。

立ちて思ひ居てもそ思ふ紅の赤裳裾引き去にし姿を（二五五〇）

朝寝髪われは梳《けづ》らじうつくしき君が手枕触れてしものを（二五七八）

〈立っては思い坐っても思うよ、赤い裳の裾を引いて去っていった姿を〉

〈朝寝髪を私は櫛けずりますまい。いとしいあなたの手枕が触れたのだから――〉

前の歌は男が女のあでやかな姿、後朝《きぬぎぬ》のひとときを懐しんでいる。後の女の歌のかもし出す雰囲気、これは都の人のいとまある生活の上に花咲く歌の世界である。

あづきなく何の狂言《たはごと》今更に小童言《こらはごと》する老人《おいびと》にして（二五八二）

面忘れだにも得すやと手握りて打てとも懲りず恋といふ奴《やっこ》（二五七四）

〈不甲斐なく何というたわ言を言うのか。いまさら子供のようなことを。老人の身で〉

〈せめてあなたの顔を忘れることだけでもできるかと、手を握って打っても懲りないことだ。恋というやつは――〉

先の歌は老いらくの恋を自嘲している歌、後の歌は自嘲的にそして擬人法の手法を加えて特異な歌となっている。人生をへてきて、自分を客観的にみる姿勢がみられる。

百代しも千代しも生きてあらめやもわが思ふ妹をおきて嘆かむ（二六〇〇）

かくしつつわが待つしるしあらぬかも世の人皆の常ならなくに（二五八五）

〈人間は百年も千年も生きているものであろうか―。短い命で私が思うあの子をただうち置いて嘆くことよ〉

〈こうしながら私が待つ甲斐があってくれないかなァ、世の中は皆無常なものなのに〉

前の歌は恋になげきつつふと人間の生死を考える。人の命は百年千年とつづくわけではないのに恋に嘆きあかす自分を静かにみつめる。冷めた解釈、客観性がある。後の歌は待つ恋の結果を期待はするが一方で相手の心がわりも予想し、人の世の無常を悲しむ無常観が感じられる。

寄物陳思《ものによせおもいをのぶ》（巻十一）

寄物陳思《ものによせおもいをのぶ》は前の正述心緒《ただにおもいをのぶ》に比べて一見、物にたとえるから技巧的に見えむつかしいようだが、しかし二つの方法のうち正述心緒《ただにおもいをのぶ》の歌はただ心のみを述べるのだから、考えてみれば難しいのかも知れない。われわれ歌を作る者たちにとっても花や月や風や雲に寄せて心をのべることが多く、歌の形としては基本的な形と言えるのではないだろうか。

寄物陳思《ものによせおもいをのぶ》には隠喩《いんゆ》及び象徴の技法を本質とするが直喩もある。直喩は○○は△△のごとしと歌うが、隠喩《いんゆ》は「詩のテーマを自然現象の中に見出しその現象を描くことによってテーマを呼びおこし展開させる象徴の要素を含む特色のある技法である」とあり、寄物陳思《ものによせおもいをのぶ》の歌を論ずることは詩の本質を論ずることでもある。

物に寄せて歌う「物」とはこの場合「衣、紐、帯、枕、真澄鏡《まそかがみ》、剣刀《つるぎたち》、弓、鼓、燈《ともしび》、橋、杣、墨縄《すみなは》、蚊火《かひ》、馬、道、神、月、雲、風、霧、雨、露、土、山、川、沼、野、海、舟、松、久木、小竹《しの》、茅、菅、藻、花、山吹、韓藍《からあい》、岩、貝、山鳥、鶴、鴨、千鳥、鶉《うずら》、鶏《かけ》」などがある。

この「物」自体は詩的価値があるわけではないが、作者の経験と感性で新鮮さをよびおこすイメージとして生かされてくる時、価値あるものとなる。

寄物陳思《ものによせおもいをのぶ》の歌の中には、その歌われている物に作者の心象が投影されていて、われわれが学ぶべき点が数多くあるような気がする。

まず巻十一の中の寄物陳思の中から直喩と思われるものを抜き出してみよう。

妹が目の見まく欲しけく夕闇の木の葉隠《ごも》れる月待つごとく（巻十一—二六六六）

〈あの娘《こ》の顔を見たく思うことは、丁度、夕闇の木の葉に隠れてなかなか出て来ない月を待つようなものだ〉

わが背子に我が恋ふらくは夏草の刈り除《そ》くれとも生ひくるごとし（二七六九）

〈あの方に私が恋することは、夏草が刈りとってもあとからあとから生えてくるようなものだ〉

中村明氏の『比喩表現辞典』によると「直喩は比喩であることがはっきりとわかる形式で、隠喩は表面上、比喩であるということを隠すところが特徴である。本当に伝えたいことを、そっくり他の事柄に移しかえ、その移しかえた方の言葉を表に出して歌い、そこから裏にある意味を感じとらせるというやり方」でこれは大変むつかしい高度の方法と思うが、万葉時代の庶民とも思われる人々が結構うまくやってのけているのには驚かされる。

飛鳥川水行き増さりいや日異《け》に恋の増さらばありかつましじ（二七〇二）

〈飛鳥川の水が増して行くように、いよいよ日増しに恋心がつのったならとても生きていられないであろう〉

朝影に我が身はなりぬ韓衣《からころも》裾のあはずて久しくなれば（二六一九）

〈朝の影のように私は痩せてしまった。韓衣の裾のように、会わないで時久しくなったので……〉

湊入りの葦別《わ》け小舟障《さは》り多み我が思ふ君に逢はぬころかも（二七四五）

〈港に入る葦の間を分けて行く小舟のように障害が多いので、私が思う方に会えない此頃であるよ〉

朝影はわが身であり、日毎水量の増す飛鳥川は日毎思いのつのるわが恋の象徴、港に入る小舟が葦をかき分けて入って行くのに難儀するさまは仲々会えない恋しい男の姿と重なるのである。

序詩のある歌

寄物陳思《ものによせおもいをのぶ》の歌の中には序詩を持つ歌が大変多い。巻十一作者未詳、寄物陳思の歌一八九首中、いろいろの説があって、一一二首とも一七〇首とも言われ、どちらにしても過半数を越えることになる。

序詩とはその根幹は掛詞で、何らかの形の譬喩《ひゆ》である。伊藤博氏は『万葉集相聞の世界』の中で「上の景物（形）と下の主想（心）とは、いつも対立関係にあり、しかもその対立する形と心とは、緊密で交流を融合を果しつつ結ばれその対立的な言語の面白さと一種匂い付けの両者の調和、不即不離な味わいに、いわゆる序詩の美しさが存するのである」と言っている。

ま菰刈る大野川原の水隠《みこも》りに恋ひ来し妹が紐解くわれは（二七〇三）

〈こもを刈る大野川原が水にかくれるように人知れずひそかに恋ひ焦れて来た人の紐を今解くことよ、私は……〉

住吉《すみのえ》の岸の浦廻にしく波のしくしく妹を見むよしもがな（二七三五）

〈住吉の岸の浦辺にあとからあとから寄せる波のように、しきりにあの子を見る手だてが欲しいことだ〉

志賀《しか》の海人《あま》の火気《けぶり》焼き立てて焼く塩の辛《から》き恋をも我はするかも（二七四二）

〈志賀の海人が煙をあげて焼く塩のようにからい、苦しい恋を私はすることよ〉

現代の歌は内容に重きをおいているが、万葉集の本質は案外そこになく、辛き恋をするというだけのものに、ながながと「志賀の海人の火気焼き立てて焼く塩の」と枕詞や序詞を連らねることによって、そこに和歌の本質である情感の織りなす微妙な形、物と心とがひびき合い重なり合って豊かなイメージが作り上げられるのである。

すなわち、比喩の技法は歌のみなもとであり「優れた隠喩を作ることは、同じからぬものの中に同じものを直覚すること」であると言われている。これら古代における比喩の技法は日本に限ったことではなく、中国の『詩経』の中にも、アリストテレスの『語学』の中にもあるという。

歌われているものに作者の心象が投影されていて、そこに作品の命が息づいているものをも少しあげてみよう。

朝東風《こち》に井堤《ゐで》越す波の外目《よそめ》にも会はぬものゆゑ滝もとどろに（二七一七）

〈朝吹く東風に堰を越す波がよそへ行くように、よそ目にも会わないのに、滝の水の落ちる音のように噂が高いことだ〉

住吉の浜に寄るとふうつせ貝実なきこともち我恋ひめやも（二七九七）

〈住吉の浜に寄るという貝殻のように、実のない言葉によって私は恋をしようか――〉

朝吹く東風《こち》に井堰を越す波、その波が滝のように音高く落ちるのを噂にたとえ又、浜に打ち寄せられた空しい貝がらの一片にむなしい言葉を見るのである。

彼らの詩的イメージは「物」の中にこそある。庶民の歌とも思われるこの寄物陳思《ものによせおもいをのぶ》の歌の中に、われわれ現代人の及ばぬ感性と技巧をみることができるのである。

正述心緒《ただにおもいをのぶ》（巻十二）

わが背子は今か今かと待ちをるに夜のふけゆけば嘆きつるかも（巻十二―二八六四）

玉くしろまき寝る妹もあらばこそ夜の長けくも嬉しかるべき（二八六五）

〈手枕をして共に寝る人がいてこそ夜の長いこともうれしいであろうが……〉

巻十二の正述心緒《ただにおもいをのぶ》の冒頭の歌である。北山茂夫氏の『万葉集とその世紀』の中に「こういう妻問い婚では、女（妻）が男（夫）の完全な支配におちいるということはなかった。むろん、女は受身の立場におかれており、男女平等からほど遠い。しかし、男が遠ざかると女はほかの男を迎え、新しく関係を結ぶようになった。それはやはり自由の状態というべきであろう」とある。

巻十一の作者不詳のときも書いたが、正述心緒《ただにおもいをのぶ》は物象を全くとり込まず、心理描写のみに終止するものから、物象をとり入れる寄物陳思《ものによせておもいをのぶ》と境目がはっきりしないものもある。

正述心緒は心の直接表現であり、直叙的ともいえるもので、ある心情を抱くに至る過程の説明でなりたっているようである。

例えば、

①わが背子が来むと語りし夜は過ぎぬしゑやさらさらしこり来めやも（二八七〇）

〈あの方が来ようと言った夜は過ぎてしまった。えい、もういまさら間違っても来ることはないでしょうね〉　シエヤは捨ばちな気持から発する感嘆詞、シコルは誤るの意。

②朝去きて夕は来ます君ゆゑにゆゆしくも吾は嘆きつるかも（二八九三）

〈朝はお帰りになって夕方にはいらっしゃるあなたであるのに、縁起でもなく私はため息をついたことよ〉　ユユシは神聖なるものや恐れ多いことに遠慮する心持を表している。後朝《きぬぎぬ》の別れに際しての歌であろう。

③わが命の長く欲しけく偽りを好くする人を執《と》らふばかりを（二九四三）

〈わが命が長くあって欲しいと願うのは、うそを巧みにつく人をつかまえたいだけのことよ〉

④白栲《しろたへ》の袖離《か》れて寝《ぬ》るぬばたまの今夜ははやも明けば明けなむ（二九六二）

〈いとしい人の袖を離れて一人寝る今夜は早く明けるならあけてほしいものだ〉

このように①、②は恋するものはひと時たりとも離れず共にいたいと思うので、ひたすら待っている女としては、①のように捨ばちになったり、②のように嘆きの歌となるのである。

③は以前はことば巧みに情熱的に言い寄ってきた男が、だんだん心が離れていったのを恨む歌で「偽りを好くする人」という描写ではっきりさせ、「執《と》らふばかりを」という行為が怨みを説明している。

④「白栲《しろたへ》の袖並めず寝る」という独り寝の悶えるという状況描写をして「今夜ははやも明けは明けなむ」と願望している。

このように正述心緒の表現法はほとんど物に寄せないで思いの状況説明で表現している。

この作者未詳は巻十一、十二をざっと読んでも非常に発想・表現の似た歌が多い。

立ちて居て為方《すべ》のたどきも今はなし妹に逢はずて月の経ぬれば（二八八一）

思ひ遣る為方《すべ》のたどきもわれは無し逢はずてまねく月の経ぬれば（二八九二）

思ひ遣るたどきもわれは今は無し妹に逢はずて年の経ぬれば（二九四一）

又、

徘徊《たもとほ》り往箕《ゆきみ》の里に妹を置きて心空なり土は踏めども（二五四一）

吾妹子《わぎもこ》が夜戸出《よとで》の姿見てしより心空なり地は踏めども（二九五〇）

立ちて居てたどきも知らずわが心天つ空なり土は踏めども（二八八七）

どれも男が女を尋ねる時の心を詠んだもの「たもとほる」は廻り道をする、同じ場所を行きつ戻りつする意で二人の関係がたやすく成立したのではなく、いろんな障害をのり越えて手にした意味が含まれて、その喜びのため有頂天になり「心空なり」という的確なことばで表現したのであろう。次の歌も「夜戸出の姿」、夜の戸口に一寸立っていた女の姿を薄暗闇の中に垣間みたことが忘れられなくなり「心空なり」と歌ったのであろう。

三首目は更に具体が少くなっており、立ちても居てももどかしい心の状態になり「わが心天つ空なり」と何も手につかぬ浮々とした様子で発想が実によく似ている。

しかし、高野正美氏は『万葉集を学ぶ』の中で「『心空なる』は、恋がより内面化の進んだ貴族和歌の世界では共感されなかったらしく、一首も見当らない。陰影を帯びた悲愁の情調をよくする貴族和歌と相違して、恋に酔いしれた乾燥した明るさは、まさしく民衆の歌の世界のものであり、民衆の生活に根ざした抒情と機能していた」と言っている。

個性的なものとして

愛《うつく》しと思ふ吾妹を夢に見て起きて探るに無きがさぶしさ（二九一四）

甘美な逢瀬の夢から覚めた寂漠とした思いを「起きて探るに無きがさぶしさ」と実に実感的に表現されている。逢えたときめく思いと目覚めたときの冷え冷えとした情景との対比は集団的、一般的な心情でなく、個性的と言えるのではないだろうか。又、

恋といへば薄きことなり然れどもわれは忘れじ恋ひは死ぬとも（二九三九）

〈なるほど恋といえばそれだけのことだ。しかし私は忘れまい、恋い焦れて死のうとも〉

「薄きことなり」は軽いことと同じと言われており、「恋」を抽象的に捉え、それを「薄きことなり」というのは平凡ではない。個性的な芽生えが見られるような気がする。

作者不詳の歌はどれをみても等質的で、類型的であるということは否めない。個性的にという

ことに重きをおく現代の歌からみると物足らないという面もあるが、当時の民衆の生活からくる発想、表現は奇をてらったものを忌み、等質的な中に安心感みたいなものがあったのではないだろうか。

高野正美氏は又、「重要な尺度はいかなる心象がいかように形象されているか、形象されたものがどれほど普遍性を獲得しているかにあるわけで、作者未詳歌にあっては、集団により磨きあげられた類歌性は、すぐれた普遍的な詩的形象を伴っている。先の『心空なる』の恋の歌はその一例たりうるであろう」と言っている。

寄物陳思《ものによせておもいをのぶ》・問答歌・羈旅発想《たびにおもいをおこす》（巻十二）

万葉集巻十二は、正述心緒《ただにおもいをのぶ》百十首、寄物陳思《ものによせておもいをのぶ》百五十首、問答歌三十六首、羈旅発想《たびにおもいをおこす》五十三首、悲別歌《わかれをかなしぶるうた》三十一首から成っている。

○寄物陳思《ものによせおもいをのぶ》の歌は、その序歌方式の中に民衆的な生活の反映が色濃くあらわれている。

少女らが績麻《うみを》のたたり打麻《うちそ》懸《か》け績《う》む時無しに恋ひ渡るかも（巻十二―二九九〇）

これは紡いだ績麻《うみお》（麻糸）を作るためのタタリ（道具）に打ってやわらげた麻を掛け、と麻を績《う》む娘たちの生活の様子を序として「績《う》む」から同音の「倦《う》む」へと転換させて下句の「恋ひわたるかも」につなげている。少女《おとめ》らがと言っていることから、そういった娘の仕事をさせている立場の人が、日常に見ていて歌ったのであろう。

高野正美氏は『万葉集を学ぶ』第六集の中でこれについて「生活のひとこまを恋情に転換させる発想の妙味が好まれたわけで、これは現実の恋情を詠んだのではあるまい。このような想定下で、はじめてこの歌の民衆生活に生き生きと機能している姿を捉えることが可能である」と言っている。

魂合はば相寝むものを小山田の鹿猪田禁《ししだも》る如母し守らすも（三〇〇〇）

「小山田の鹿猪田禁《ししだも》る如」というたとえは農耕生活を背景としたもので、農民にとって鹿や猪の被害に合わぬよう作物を守るのは、死活の問題であった。又、母親にとっても大事な娘の所へ来る男は、鹿や猪と同じわけで監視しなければならないところから歌われたのであろう。

馬柵《うませ》越しに麦食む駒の罵《の》らゆれどなほし恋しく思ひかねつも（三〇九六）

巻十二は近畿圏の民衆的な歌であるが、東国と同様馬との生活があり、馬は貴重な財産であった。当時の農民は米は大部分を租として国にとられてしまうが、麦は貴重な食糧であったので、馬が柵ごしに食べようとするのを叱りつけるのが日常だったのか、そういった生活の眼を通して発想されている。叱りつけてもしつっこく麦をねらう馬の姿は娘を訪うてくる男と重なり合ったのであろう。

佐檜《さひ》の隈檜《くまひ》の隈川に馬留《とど》め馬に水飲《か》へわれ外《よそ》に見む（三〇九七）
〈檜《ひ》の隈川に馬をとどめて水を飲ませなさい。わたしはよそながらそのお姿を見ましょう〉の意。
高野氏は又、「檜隈に住む娘たちが外《よそ》ながらみる対象は、彼女たちの心に描かれた理想の男性であろうか。彼女たちはその男たちを垣間みることを夢みるわけで、馬に乗ってやってくる男は『殿の若子《わくご》』とよばれるような豪族の息子であったり、都の貴人であったり、彼らをよそながらみることで満足し胸ときめかす可憐な娘たちの歌である」と言っている。

○問答歌には相聞歌が多いが、二首が問いの歌と答えの歌と対になって一作品となっているものである。贈答歌は遠くに離れている恋人とのやりとりの場合が多いが、問答歌は大体において場を同じくする者同志の間に交わされるようである。

又、問答歌は掛け合い的な歌のやりとり、相聞贈答歌の中から対応の面白く生気のあるもの即ち問答性に富むものを抽出してまとめたものもあるようで、これらの歌の表現の特色は答歌が問歌のことばを巧みにとりこみ、あざやかに切り返す手法のものである。

紫は灰さすものぞ海石榴市《つばいち》の八十《やそ》の衢《ちまた》に会へる子や誰（三一〇一）
たらちねの母が呼ぶ名を申さめど道行く人を誰と知りてか（三一〇二）
〈紫染めには灰を加えるものだ。その灰にする椿ではないが、海石榴市《つばいち》の四方八方に通じる辻で会っているあなたは誰ですか、名を聞かせて下さい〉

〈母が私を呼ぶ名を申し上げようと思うけれど、道行く人であるあなたをどなたと知って申し上げられましょうか〉

女性に名を尋ねるのは求婚を意味するので当時は軽々とは言えないのである。

うつせみの人目を繁み合はずして年の経ぬれば生けるともなし（三一〇七）

うつせみの人目しげくはぬばたまの夜《よる》の夢《いめ》にを継ぎて見えこそ（三一〇八）

〈世間の人の目が多いので会わずにいて年月が経ってしまったので生きた心地もしない〉

〈世間の人の目が多かったなら、せめて夜の夢にでも続けて見えて下さい〉

当時の生活が単純であっただけに、特に男女の中はすぐ噂され、人目をひどく気にしたことがよくわかる。

息の緒にわが息づきし妹すらを人妻なりと聞けば悲しも（三一一五）

わが故にいたくなわびそ後《のち》遂に会はじと言ひしこともあらなくに（三一一六）

〈命をかけて嘆息し切なく思っていたあなたであるのに、人妻であると聞いたので本当に悲しい〉

〈私のためにひどく力を落しなさるな。後々まで決して会うまいと言ったわけではないのですから〉

○羈旅発想歌《たびにおもひをおこす》は、旅にある男が家に残してきた妻や恋人を旅の空から遠く偲び、逢いたいと願う歌で占められ、例外を除けば旅にある男の歌である。
旅にして妹を思ひ出いちしろく人の知るべく嘆きせむかも（三一三三）
〈旅にあってあの人を思い出し、はっきりと人々がわかるほどに私はため息をついたよ〉
な行きそ帰りも来やと顧みに行けど帰らず道の長手を（三一三二）
〈行かないで下さいと留めに引き返して来るかと、かえりみながら行くけれど引き返しても来ない。これからの道のりは長いのに〉
○悲別歌は、男との別れを悲しむ歌であって作者は大体において女である。
久にあらむ君を思ふにひさかたの清き月夜《つくよ》も闇のみに見ゆ（三二〇八）
〈長い旅にお出かけになるであろうあなたを思うと清らかな月の光もまったく闇のように見えます〉
あしびきの片山雉《かたやまきぎす》立ち行かむ君に後《おく》れて現《うつ》しけめやも（三二一〇）
〈片山にいる雉のように旅立ってゆくあなたに残されて、どうして正気でいることができましょうか〉
このように作者不詳の歌の中には、農耕生活に密着した歌、即ち麻糸をつむいだり、農耕馬を飼ったり、鹿や猪から農作物を守ったり、草を刈ったりとその生活体験から発想された実感的な歌、そして又、男女の純な思いが数多く盛られているのである。

挽歌・旋頭歌（巻七）

万葉集には作者未詳の歌が巻七、巻十、巻十一、巻十二、巻十三、巻十四と六つの巻に集められてあり、万葉集四千五百余首中、二千二百首と凡そ半数を占めているのには驚く。作者未詳の歌には

①巻十四の東歌のように民衆又は特殊な歌い手に民謡のように伝わって、最初から作者として特定の人を持たなかったもの。

②その他の巻のように最初は誰かによって作られたのに編集当時作者名を失ったもの。

③名もなき民衆の歌で書きとめられたもの。

などがあるようである。

今回のべる巻七は、さまざまな嘱目の歌をひとまとめにして、或まとまった歌境を表わそうとしたものである。

月を詠ったもの

現代の人々は月面に降りて月の無機質な正体を見てしまったためか、或いは又、夜はネオンや昼をあざむく光の中で月の美しさも忘れがちなのか、あまり月を歌わなくなったようだが、古代

の人は月の光で恋が生れ、月をもっと身近かな不思議な存在として歌っている。
ますらをの弓末《ゆずゑ》ふり起し猟高《かりたか》の野辺さへ清く照る月夜《つくよ》かも（巻七—一〇七〇）
水底の玉さへ清く見ゆべくも照る月夜かも夜のふけぬれば（一〇八二）
月の光の清しさと人々の清純な思いが二重うつしになっている。
春日山おして照らせるこの月は妹の庭にも清けかりけり（一〇七四）
此の月のここに来れば今とかも妹が出で立ち待ちつつあるらむ（一〇七八）
月の光が男女の恋を育み素朴でほのぼのとしたものを感じさせる。
ぬばたまの夜渡る月をとどめむに西の山辺に関もあらぬかし（一〇七七）
月をとどめる関があったらなあと、月がいつまでも照って欲しいと歌っている。

山を尊ぶ

万葉集は海や川と同様、山に寄せる気持が強く、それは美しさ、雄大さへのあこがれは勿論のこと、山を神として畏れ、敬う気持をもって歌っている。
鳴る神の音のみ聞きし巻向《まきむく》の檜原《ひはら》の山をけふ見つるかも（一〇九二）
〈雷のような大変な評判にだけ聞いていたこの巻向の檜原の山をやっとの思いで今日は見たことよ〉
いにしへの事は知らぬをわれは見ても久しくなりぬ天の香具山（一〇九六）

〈大昔のことは知らないが私が見てからでも随分と久しくなったことだ。この香具山は〉尊い山としてこのように讃えている。

花によせて

気の緒に会へるわれを山ぢさの花にか君が移ろひぬらむ（一三六〇）

〈命をかけて思っている私なのに、あのしぼみやすい山ぢさの花のようにあなたの愛は衰えてしまったのでしょうか〉

秋さらば移しもせむとわが蒔《ま》きし韓藍《からあゐ》の花を誰か摘みけむ（一三六二）

前の歌は男の心が山ぢさのようにしぼんでしまったことを口惜しく思い、次の歌は秋になったら自分のものにしようと思っていた女（からあいの花）が他人にとられてしまって残念に思っている。このように草や花の自然の美しさをそのまま歌うというより、それらを素材にして男女の思いを托して歌われているようである。

●挽歌

万葉集の歌の分類に相聞（恋歌）に対して挽歌がある。死者への哀しみ慰霊を表す歌で切実なものが多い。挽歌の語源は中国の文選によったもので死者の葬りに際して柩を挽くとき哀しみのため謡う歌とある。

鏡なす吾が見し君を阿婆《あば》の野の花橘《はなたちばな》の玉に拾ひつ（一四〇四）

〈鏡のようにいつも私が見ていたあなたを火葬して阿婆野の花橘の実として拾ったことよ〉

秋津野を人のかくれば朝蒔きし君が思ほへて歎きは止まず（一四〇五）

〈秋津野を人が口にすると、けさ散骨したあなたのことが思われて嘆きは止まらない〉

万葉時代の死者を葬る方法として火葬が行われていたことがわかる。海辺や山、洞窟に放置された光景を歌ったものもあり、土葬、風葬などもあったようである。

幸福《さきはひ》のいかなる人か黒髪の白くなるまで妹が声を聞く（一四一一）

わが背子を何処《いづく》行かめとさき竹の背向《そがひ》に寝しく今し悔しも（一四一二）

現代に通じる普遍性のある実感のこもった歌を見ることができる。

●旋頭歌《せどうか》

万葉集四千五百余首の中には、長歌二六一首、短歌四二〇三首、旋頭歌六二首、仏足石歌体一首がある。旋頭歌は、五、七、七、五、七、七と歌う形式で、上句を歌って一度休止し、次に頭を旋して下句を歌う意からこのように名づけられたという。人麿や憶良らに作られたが、奈良時代に入ると次第に衰退していった。内容をみると農耕や女子の労働の歌が多い。

剣大刀《つるぎたち》鞘《さや》ゆ納野《いりの》に葛引く吾妹《わぎも》ま袖もち著せてむとかも夏草刈るも（一二七二）

〈剣は鞘に入っているのだが、その入野に葛《クズ》を引いているわが妻よ。私に新しい着物を着せようと夏草を刈っているよ〉

この岡に草刈る小人然《わらはしか》な刈りそねありつつも君が来まさむ御馬草《みまくさ》にせむ（一二九一）

〈この岡で草を刈っている子供よ、そんなに草を刈るなよ。そのままにしてあの方のおいでになる時の御馬草にしようよ〉

古代は野に生えている葛やすすき、苧麻《ちょま》などの茎の皮を水に漬けてやわらかくして、表面をこそげとって繊維を取り出し布を織った、又草は馬の大事な餌にもなっていたのである。

住吉《すみのえ》の波豆麻《はづま》の君が馬乗衣《うまのりごろも》さひづらふ漢女《あやめ》をすゑて縫へる衣ぞ（一二七三）

〈住吉の波豆麻に住んでいるあなたの乗馬服です。やかましく喋る漢国の女を住まわせて縫った乗馬服ですよ〉

夏影の房《つまや》の下に衣裁《きぬた》つ吾妹《わぎも》うら設《ま》けてわが裁たばやや大《おほ》に裁て（一二七八）

〈夏の木影の部屋のもとで裁物をしているわが妻よ、心づもりして私のために裁つのなら少し大きめに裁っておくれ〉

女が男のために裁って縫う着物を男の方がもう少し大きくしてくれと率直に歌っているのは面白い。

相聞（巻十三）

万葉集巻十三は、作者未詳の巻のうちであきらかな特徴といえば長歌を主体とした巻だということである。長歌六十六首に対して短歌や旋頭歌は、長歌の反歌としてのみ存在している。中でも相聞が五十七首と最も多く、あとは雑歌、挽歌がある。中には大陸文化の影響による神仙思想をとり入れた歌、地名をいくつも読みこんだ道行の形をとった歌、当時の生活にかかわる風物を数多く用いられた歌などがあり、長歌を中心とした巻なので物語的なものがあるのが特徴と言える。

こもりくの　泊瀬《はつせ》の国に　さ結婚《よばひ》に　吾が来《きた》れば　たな雲《ぐも》り　雪は降り来《く》　さ曇り　雨は降り来　野つ鳥　雉《きぎし》はとよみ　家つ鳥　鶏《かけ》も鳴く　さ夜は明け　この夜は明けぬ　入りてかつ寝《ね》むこの戸開《ひら》かせ（三三一〇）

反歌

こもりくの泊瀬小国に妻しあれば石は踏めどもなほし来にけり（三三一一）

男が初瀬の国の女の所へ求婚に来たことが歌われている。その時の天候の様子、野の雉、家でかっている鶏の鳴き立てるのを歌いこみ「中に入って寝よう、この戸を開《あ》けて下さい」と率直に

歌っている。この男に答えて、

こもりくの　泊瀬小国に　よばひ為《せ》す　わが天皇《すめろき》よ　奥床《おくとこ》に　母は寝《い》ねたり　外床《とこ》に　父は寝《い》ねたり　起き立たば　母知りぬべし　出《い》で行かば　父知りぬべし　ぬばたまの　夜は明け行きぬ　ここだくも　思ふごとならぬ　隠妻《こもりづま》かも（三三一二）

反歌

川の瀬の石踏み渡りぬばたまの黒馬《くろま》の来る夜は常にあらぬかも（三三一三）

〈初瀬の国に求婚しにおいでになったわが天皇さま、奥の床には母が寝ています。戸口に近い床には父が寝ています。私が起き立ったならきっと母が気づくでしょう。出ていったなら父が気づくでしょう。もう夜はあけてしまいました。本当に何とも思うようにならない忍び妻ですこと〉

〈川の瀬の石を踏みわたってあなたを乗せた黒馬が来る夜は、毎夜であってくれないかしら〉

ここで問題になるのは女が男に対して天皇《スメロキ》と呼びかけていることである。諸説によると、「スメロキのスメは、スメ神のスメと同じく、ロはノの意、キは男性を表わす接尾語（イザナキ、オキナのキに同じ）であるから、スメロキと言った場合も起源的には地方の豪族の首長を指したのであろう。それがやがて日本国の首長を指すようになり、天皇の意となったものと思われる。従ってこの歌の場合、土地の首長を指すのだろう」とある。

又、この長歌によって、当時の家の生活様式が具体的にわかる。女は家の内部の方に寝、男は外敵を守るために戸口に近い所に床をとる。そのため妻問いにくる男にたやすく逢えない女の嘆きが強く歌われている。

さし焼かむ　小屋《をや》の醜屋《しこや》に　かき棄《う》てむ　破薦《やれこも》を敷きて　うち折れむ　醜《しこ》の醜手《しこて》を　さし交へて　寝《ぬ》らむ君ゆゑ　あかねさす　昼はしみらに　ぬばたまの　夜はすがらに　この床の　ひしと鳴るまで　嘆きつるかも（三二七〇）

反歌

わがこころ焼くもわれなりはしきやし君に恋ふるもわが心から（三二七一）

〈焼いてしまいたいような小さい汚い小屋に、棄ててしまいたいような破れごもを敷いて、折れてしまいそうな、うとましい手を交わしあって、今ごろは寝ているであろうあなただのに、私は昼中、夜は夜通し、この床がみしみしと音をたてるほどに嘆いています〉

〈わが心を焼くのも私だ。ああいとしいあなたに恋い焦れるのも私の心のせいです〉

この心の奥底を率直に歌ったと思えるものに二つの考え方がある。

土屋文明は『万葉集私註』の中で「吾が醜き家、吾が醜き肉体をも捨て給はず通ひ来る君に恋ひこがれる、終日終夜待ち恋ひ嘆く女の心を歌つて居る」と言っている。

又、鴻巣盛広氏は『万葉集全釈』の中で「わが男が他の女と親しんでいる女の歌、冒頭の数句は女を罵りて妙」と言っている。

長歌の中で「寝らむ君故」と寝るであろう君と推量になっているので、男が他の女と枕を交わしているであろうことを想像して、終日終夜もだえる女の歌ではないだろうか。結句の「この床のひしと鳴るまで嘆きつるかも」という表現は上半句の「さし焼かむ、さし棄てむ、うち折らむ」の激しい罵倒句と呼応して一人のたうち悶《もだ》える嘆きを見事にまとめていると思う。

恋の破局の原因に二つの場合がある。前の歌のように①男に他の女ができた場合、②人の噂によって誤解した場合などがあるが、次の歌は②の場合である。

うちはへて　思ひし小野は　遠からぬ　その里人の　標結《しめゆ》ふと　聞きてし日より　立てらくの　たづきも知らに　居《を》らくの　奥処《おくか》も知らに　にきびにし　わが家すらを　草枕　旅寝のごとく　思ふそら　安からぬものを　嘆くそら　過《す》し得ぬものを　天雲の　ゆくらゆくらに　蘆垣《あしがき》の　思ひ乱れて　乱れ麻《を》の　麻笥《をけ》を無みと　わが恋ふる　千重《ちへ》の一重《ひとへ》も　人知れず　もとなや恋ひむ　息《いき》の緒《を》にして（三二七二）

反歌

二つなき恋をしすれば常《つね》の帯を三重結ぶべくわが身はなりぬ（三二七三）

〈心にかけて思っていた野（娘）は、その近くの里人が占有したと聞いた日から、立ち上るすべも分らず、身の置き所も分らないほどなので、馴れ親しんだ自分の家さえも、旅寝のように落着かず、思う心も安らかでなく嘆く気持も払えないものを、天雲のように心は動揺し、葦垣のように思いは乱れて、麻の麻笥《おけ》（入れもの）がないように乱れに乱れて、私が恋い焦れる千分の一も人に知らせず、いたずらに恋しつづけることであろうか。命をかけて〈二つとない恋をしているので、いつもの帯を三重に結ぶほどに私はやせてしまった〉「小野は恋しい女を例えた語で、その小野を里人が『標結《しめゆ》ふ』というのは女と同じ里の男がその女を占有したということになる」。とすると作者は里の者でなくよそ者ということになる。妻争いは同じ里の男に有利で、これはよそ者にとってショックであるが、「標結ふと聞きてし日より」とあるようにそれは里の噂にすぎなかった。男はその噂を信じて激しい嘆きを歌っている。万葉の恋歌には「人言繁《ひとごちしげ》き」とよく歌われているが、こうした人の噂による悲劇が如何に多かったかを示している。このように巻十三の長歌は、この時代の風俗や生活習慣、生活様式が具体的に且つリアルに歌われていて物語的なものが多く貴重な巻である。

参考文献

髙橋庄次著『万葉集巻十三の研究』　桜楓社
髙橋庄次著『万葉集巻十五の研究』　桜楓社
川口常孝著『人麿・憶良と家持の論』　桜楓社
下田　忠著『山上憶良長歌の研究』　桜楓社
島津聿央著『万葉集東歌鑑賞』　桜楓社
北山茂夫著『万葉の時代』　岩波新書
北山茂夫著『万葉群像』　岩波新書
北山茂夫著『万葉集とその世紀　上・中・下』　新潮社
桜井満訳注『万葉集　上・中・下』　旺文社
中西進・辰巳正明・日吉盛幸著『万葉集歌人集成』　講談社
伊藤博・稲岡耕二編『万葉集を学ぶ一〜八』　有斐閣
中西進企画『万葉の旅　一〜一五』　保育社

参考文献

土橋　寛著『万葉開眼　上・下』　ＮＨＫブックス
木俣　修著『万葉集―時代と作品』　ＮＨＫブックス
犬養　孝著『万葉の風土―明日香風・続・第三』　現代教養文庫
犬養　孝著『万葉の旅　上・中・下』　現代教養文庫
池田弥三郎著『万葉びとの一生』　講談社
梅原　猛著『さまよえる歌集』　集英社
梅原　猛著『万葉を考える』　集英社
大林太良著『海人の伝説』　中央公論社
大林太良著『海をこえての交流』　中央公論社
武者小路実「遣新羅使歌の背景」「国語と国文学　三十三―八」
東　茂美「河内王葬歌の周辺」「上代文学42」
永広禎夫著『万葉集作者未詳群考』　有朋堂
中金　満『東歌の風土と地理―上毛野国―』　教育出版センター
上代文学会編『万葉の東国』　万葉夏季大学
中金　満著『万葉東歌の諸相』　武蔵野書院

佐佐木幸綱『万葉集東歌』　東京新聞出版局
竹内金治郎著『万葉東歌私攷』　桜楓社
田辺幸雄著『万葉集東歌』　塙選書
沢瀉久孝著『万葉集注釈　巻十四』　中央公論社
中村行利著『万葉と九州』　日本談義社
福田良輔編『九州の万葉』　桜楓社
後藤刀志夫『東歌を考える』　歌誌「波涛」
直木孝次郎『日本の歴史』2　中央公論社

あとがき

私は、地方の片隅に住む一庶民として歌を作って三十年になりますが、万葉時代の庶民たちはどんな思いで、どんな歌を詠んでいたのだろうかと常々考えていました。

歌の師である有野正博先生から、万葉の庶民の歌について書いてみないかと言われ、天皇、皇族、或いは華やかな宮廷歌人でなく、大君の命《みこと》のまにまに任地へ向った地方官人や、筑紫の岬を外敵から守った防人《さきもり》、東国の豪族及びその下で働いていた者たちの素朴な歌に光りをあてて書いてみたら、そこに何かが見えてくるのではないかと思えてきました。

先ず、共に学んでいる短歌の友人たちが、その原点とも言うべき『万葉集』を読んでいる人が少ないということに気がつきました。

万葉集の解説書は専門的でむつかしいものが多く、地方では仲々手に入りにくい。万葉の庶民の歌を調べると同時に、その歴史的背景も深く研究したいし、又、まわりの人々にもそれを知ってもらいたい、私がその仲介役に、などおこがましくも思ったのです。

先ず、身近かな九州近辺の万葉の歌を調べてみますと、随分沢山あるのに驚きました。何と言っても私の住んでいる大分県中津市の分間《わくま》の浦（和間岬）で詠まれた歌が、巻十五に八首あることを知り早速読んでみますと、ただの旅ではなく、天皇の御命令で来たことがわかりました。何の為に、どうして立寄ったのか急に興味が湧いてきました。歌の内容は分間の浦の景色のことは何ひとつ歌ってはおらず、ただ、ただ都を思い、残してきた妻を恋しがる歌ばかりでした。

詞書《ことばがき》には、都から瀬戸内を航海してきて、山口あたりから逆風に遭い漂流のはて分間の浦に流れついたとあり、彼らは天平八年（七三六）新羅へ使わされた遣新羅使の一行であったのです。

読みすすむうちに、その歴史的背景と悲惨なドラマがかくされていることがわかり、地下水を掘りあてたような気がして気持のたかぶりを覚えました。

先ず参考にする学術書が欲しいと思いました。たまたま新聞の広告に高橋庄次著の『万葉集巻十五の研究』というのを見て、早速桜楓社に送ってもらいました。それから、東歌、防人の歌、作者未詳の歌に関する研究書など注文しましたが、私の書きたいと思うのに応えてくれない専門的なものもあり、当りはずれのあることに気づきました。それからは、東京に出たとき、駅の八重洲口のブックセンターの最上階の専門書のコーナーに行って、そこでよく見て十冊ぐらいまとめて買ったり、又、国会図書館や、神奈川の県立図書館に、東京住まいの子供に行って調べてもらったりしました。

折りも折、書き始めたその秋、夫が突然倒れました。症状は意外に重く、失語症、右片麻痺となり、十ヶ月の入院に附きっきりの看病をしなければならなくなり、これでは書き続けてゆくことはできないと思いました。しかし、せめて書き始めた以上は東歌、防人の歌ぐらいは書かねばと、附添婦を四、五日雇っては書き続けました。

ところが、調べたり書いたりして万葉の世界にどっぷり浸っていると、これから先の不安をしばし忘れる瞬間があり、それが何か貴重なものに思われてきたのです。

これは私自身のためにも書けるだけ書き続けようと思って、それからは、夏休みに帰省した子に病夫をたのみ、万葉歌の詠まれた現地に友人を誘っては出かけて行きました。特に遣新羅使人らの通過した瀬戸内の浦々、糸島半島の停《とまり》、壱岐、対馬と毎年何回かに分けて訪ねてゆき、現地に立って彼らの悲しみや苦悩を想像したり、気候、風土、地理的条件など調べたりしました。そして、歌誌「地脈」、同人誌「邪馬台」にこつこつ書いてのせているうちに十年余りの月日が経っていました。

佐佐木幸綱氏が平成八年五月六日の朝日新聞に次のようなことを書いていました。「短歌作者たちが古典を読まなくなった。身近な現代短歌をまず読もうというのだ。狙いどころやテクニックがすぐ自身の作歌の参考になる……。現歌壇の状況やレベルを信頼しきってしまうとどうも根が深く下りてゆかない。古典短歌以来の千三百年の伝統の水脈に根がとどかないとやはり促成栽培の野菜やブロイラーのようにすぐあきられてしまう。みな似てしまうからである。本人たちはそれぞれ個性をきそい合っているつもりでも、ちょっと離れてみれば些細な差にこだわっているにすぎない。『サラダ記念日』等を手本にするのではなくまこと根を深く下ろして、古典をヒントにしてはいかがかという私の提言である」と結んでありました。

私の常々思っていることを適確に示してくれたようで心底嬉しく思いました。長く歌を作っているものとして、歌の源《みなもと》とも言うべき素朴で、単純で、ひたすらで、天真爛慢な万葉の庶民の歌に触れ、万葉時代の人々を思いつつ歌作してゆきたい、又まわりの人々にも味わって欲しいと思いつつ書きました。

最後に、このたびの出版に際しましては、長男の啓一に監修をしてもらい、日本地域社会研究所から上梓することになり、代表取締役の落合英秋様に心から感謝いたしております。

平成二十九年一月二十七日

久恒　啓子

監修者・著者紹介

久恒啓一（ひさつね・けいいち）

昭和25年大分県中津市生まれ。九州大学法学部卒。日本航空㈱を経て、平成9年宮城大学教授。平成20年多摩大学教授。経営情報学部長を経て、副学長。

著書は『図で考える人は仕事ができる』『遅咲き偉人伝』など100冊を超える。

久恒啓子（ひさつね・けいこ）

昭和2年栃木県に生まれる。昭和43年「形成」「形成北豊」に入会。昭和53年「地脈」「豊洋歌人協会」に参加。平成6年 「波濤」に入会。

著書は、昭和57年　合同歌集『蘇芳』、平成6年　第一歌集『風の偶然』（日本歌人クラブ九州ブロック奨励賞）、平成9年『万葉集の庶民の歌』、平成16年　第二歌集『風あり今日は』（日本歌人クラブ九州ブロック優良賞）、平成20年『私の伊勢物語』、平成24年　第三歌集『明日香風』がある。

現在「波濤」同人、同人誌「邪馬台」編集委員、豊洋歌人協会副会長　選者、中津万葉の会主宰。

女流歌人《じょりゅうかじん》が詠《よ》み解《と》く！　万葉歌《まんようか》の世界《せかい》

2017年3月13日　第1刷発行

著　者　久恒啓子《ひさつねけいこ》
監修者　久恒啓一《ひさつねけいいち》
発行者　落合英秋
発行所　株式会社 日本地域社会研究所
〒167-0043　東京都杉並区上荻1-25-1
TEL　(03)5397-1231(代表)
FAX　(03)5397-1237
メールアドレス　tps@n-chiken.com
ホームページ　http://www.n-chiken.com
郵便振替口座　00150-1-41143
印刷所　モリモト印刷株式会社

ISBN978-4-89022-195-0

日本地域社会研究所の好評図書

日本地域社会研究所の好評図書

「消滅自治体」は都会の子が救う 地方創生の原理と方法

三浦清一郎著…もはや「待つ」時間は無い。地方創生の歯車を回したのは「消滅自治体」の公表である。日本国の均衡発展は、企業誘致でも補助金でもなく、「義務教育の地方分散化」の制度化こそが大事と説く話題の書！

46判116頁／1200円

歴史を刻む！街の写真館 山口典夫の人像歌

山口典夫著…大物政治家、芸術家から街の人まで…。肖像写真の第一人者、愛知県春日井市の写真家が撮り続けた作品の集大成。モノクロ写真の深みと迫力が歴史を物語る一冊。

A4判変型143頁／4800円

ピエロさんについていくと

金岡雅文／作・木村昭平／画…学校も先生も雪ぐみもきらいな少年が、まちをあるいているとピエロさんにあった。ついていくとふかいふかい森の中に。そこには大きなはこがあって、中にはいっぱいのきぐるみが…。

B5判32頁／1470円

新戦力！働こう年金族 シニアの元気がニッポンを支える

原忠男編著／中本繁実監修…長年培ってきた知識と経験を生かして、個ビジネス、アイデア・発明ビジネス、コミュニティ・ビジネス…で、世のため人のため自分のために、大いに働こう！第二の人生を謳歌する仲間からの体験記と応援メッセージ。

46判238頁／1700円

東日本大震災と子ども ～3・11 あの日から何が変わったか～

宮田美恵子著…あの日、あの時、子どもたちが語った言葉、そこに込められた思いを忘れない。震災後の子どもを見守った筆者の記録をもとに、この先もやってくる震災に備え、考え、行動するための防災教育読本。

A5判81頁／926円

ニッポンのお・み・や・げ 魅力ある日本のおみやげコンテスト 2005年—2015年受賞作総覧

観光庁監修／日本地域社会研究所編…東京オリンピックへむけて日本が誇る土産物文化の総まとめ。地域ブランドの振興と訪日観光の促進のために、全国各地から選ばれた、おもてなしの逸品188点を一挙公開！

A5判130頁／1880円